# L'intrus

Du même auteur

*Pour solde de tout compte*, Bérénice, 1999.
*Les morts ne parlent pas*, Anne Carrière, 2005.
*La Vie tranchée*, Anne Carrière, 2008 ; Pocket, 2013.
*L'Ombre d'un homme*, Anne Carrière, 2012 ; Pocket, 2014.
Prix Saint-Maur en poche.
*Les Oiseaux de passage*, Anne Carrière, 2016 ; Pocket, 2017.
Prix Paul-Féval 2016 (SGDL).

Bénédicte des Mazery

# L'intrus

*roman*

PLON
www.plon.fr

92, avenue de France
75013 Paris
Tél. : 01 44 16 09 00
Fax : 01 44 16 09 01
www.plon.fr
www.lisez.com

Mise en pages : PCA
Dépôt légal : avril 2023
ISBN : 978-2-259-31567-8

*À Thierry,*
*qui sait les fantômes*

*Que sait la matière que nous ne savons pas encore,*
*que nous échouons à porter jusqu'au langage ?*
Camille de Toledo

*Notre héritage n'est précédé d'aucun testament.*
René Char

— Aidez-moi… S'il vous plaît !

Elle tient l'enfant serré contre elle, enveloppé dans le drap blanc. Elle s'est décidée après l'avoir vu si pâle, si maigre au fond de son berceau, espérant un geste, un cri, un mouvement de lèvres. Tout, sauf ces paupières scellées sur des yeux absents. Tout, sauf ce visage figé.

— Je vous en prie !

Elle court dans les couloirs de l'hôpital.

— Aidez-moi !

Elle serre l'enfant plus fort encore, son petit visage aux joues veloutées vient glisser dans le creux de sa nuque, et l'amour la submerge si violemment qu'elle en a les larmes aux yeux.

— Les urgences !

Où sont les urgences ? Il va mourir, il est mort. Elle croise un médecin pressé, en retard, terminant à la hâte de boutonner sa blouse blanche.

— S'il vous plaît…

Il fait demi-tour, la rejoint, elle dégage le drap. Il lui retire l'enfant des bras, le regard brusquement aiguisé.

Ses mains, délivrées, qui ne tiennent plus rien. Et cette pensée, soudain, pour Romain qui trouvera la maison vide en rentrant.

# I

# *IN UTERO*

*Deux mois plus tôt*
*Dimanche, 11 heures*

— Tu vas courir dans cette tenue ?

Élise referme le tiroir devant elle dans un fracas de couverts.

— Mais il est où, ce hachoir de m… !

Elle a beau chercher partout, impossible de mettre la main dessus. La cuisine est comme éventrée, portes de placards grandes ouvertes, tiroirs tirés, tout ce brusque déballage des objets habituellement rangés. Romain referme le réfrigérateur, faisant cesser le bip régulier de la porte restée entrebâillée trop longtemps. Il ne dit rien, s'écarte pour la laisser passer dans sa nuisette en dentelle.

— À ton avis ?

Évidemment qu'elle ne va pas courir dans cette tenue !

— Donc, ça veut dire que j'y vais seul ?

Bien sûr, qu'il va y aller seul. Pour évacuer le stress de la semaine, pour compenser ses déjeuners d'affaires trop riches de directeur d'un cabinet d'assurance. Et pour s'entraîner en vue de l'épreuve sportive à laquelle ils se sont inscrits cette année.

— La date fatidique approche, dit-il. Plus qu'un mois.

Elle s'arrête, se retourne et lui fait face.

— Fiche-moi la paix, avec ton marathon !

Son agressivité est injuste, ce n'est pas « son » marathon, c'est elle qui a voulu qu'il s'inscrive aussi et, devant son insistance, il a fini par accepter en soupesant d'un air dubitatif son ventre légèrement rebondi. La vérité, c'est qu'elle s'en fiche, de cette course, ce n'est pas la question du jour. Elle sent ses joues s'empourprer, se cribler de ces points blancs, laiteux, qui l'enlaidissent. Elle a essayé de les masquer, en vain, rien ne leur résiste. Depuis son adolescence, à la moindre émotion forte, son visage se grêle.

— Je n'ai pas le temps, Mina vient plus tôt que prévu, ajoute-t-elle.

— C'est pour elle que tu cherches le hachoir ? répond-il avec un sourire ironique.

— Très drôle...

— Pourquoi ta mère vient plus tôt ?

— Elle n'a pas le moral, je lui ai proposé de m'aider à préparer le gigot.

— Élise, s'agace Romain, est-ce qu'un dimanche, un seul dimanche on pourrait rester rien que nous deux ?

— Oui, bien sûr. Mais vas-y, maintenant, va courir !

Il hausse les épaules.

— Un dimanche, ce n'est pas trop demander, je crois...

Il a raison, Élise ne peut rien rétorquer. Depuis la mort de Paul, sa mère s'accroche encore plus fortement à elle, en admettant que ce soit possible. Mina lui téléphone tous les jours, parfois deux fois, en la couvrant de « toi, ma fille unique », « toi, mon enfant chérie », insistant sur le fait qu'elle n'a plus qu'Élise désormais puisque l'amour de sa vie est parti. Et tous les dimanches, depuis sept mois, elle vient déjeuner chez eux. Mina l'envahissante, Élise est habituée, ça a toujours été comme ça depuis son enfance. Et il y a encore quelques mois, Romain et elle pouvaient s'allier de temps en temps contre Paul et Mina, c'était équilibré, eux deux contre ses deux parents, mais, maintenant que sa mère est seule, seule avec son incommensurable chagrin…

Elle finit par vraiment s'énerver de voir toujours Romain se dandiner d'une jambe sur l'autre devant elle.

— Va, j'te dis ! Tu n'auras qu'à courir pour deux.

Le déjeuner à préparer est un prétexte, et l'arrivée avancée de sa mère une invention. À peine la porte refermée sur Romain, Élise se précipite dans les toilettes. Bien qu'elle ait saigné le mois dernier, elle veut une réponse claire et nette. Elle a acheté un test en pharmacie, résultat fiable à 99 %, dans les cinq minutes. Accroupie au-dessus de la cuvette, tandis qu'elle urine sur la bandelette, elle repense à ce signe qui l'a alertée.

C'était hier, après l'achat du gigot d'agneau pour sa mère, son plat préféré. « Une pièce d'une qualité exceptionnelle » d'après le boucher. Élise avait insisté : il avait intérêt à ne pas mentir, sa mère avait le palais fin, on ne la trompait pas aisément. L'homme avait souri, sûr de lui : « Vous m'en direz des nouvelles, ma p'tite dame. » Elle était rentrée chez elle et, au moment où elle allait ranger le morceau de viande au frigo, elle avait été transpercée par une sensation aiguë, à la fois brutale et écœurante. Elle avait cru qu'elle allait vomir avec violence, de la bile car elle n'avait rien à rendre, juste parce qu'elle était traversée par une affreuse pensée dont elle devait se débarrasser. Le cœur au bord des lèvres, elle avait regardé fixement sans comprendre ce paquet de chair enveloppé dans un papier de boucherie sur lequel était écrit en grosses lettres rouges : « Chez M. Coq ». Ça ne s'inventait pas, ça, « Chez M. Coq ». Elle aurait dû vomir, mais elle n'y était pas arrivée. Et pourtant, elle le sentait, c'est exactement ce qu'il aurait fallu faire : vomir ce qui tournait en elle comme une sauce ratée, s'en débarrasser une bonne fois pour toutes et reprendre le cours de sa vie, tout simplement.

Élise se reculotte et dépose la bandelette sur le rebord du lavabo. Elle enclenche l'alarme de son smartphone, puis tente de s'occuper pendant les cinq minutes d'attente.

Elle remplit d'eau fraîche le vase de cristal offert par ses parents pour son premier anniversaire de mariage. Posé sur la table du salon, il est prêt à accueillir les anémones que Mina achète chaque dimanche, après sa visite au cimetière, et qu'elle installe elle-même dans le vase, le regard humide, en prononçant cette phrase, toujours la même : « C'étaient les fleurs préférées de ton père, tu te souviens ? » Comment oublier ? Sept mois que Paul est mort et, chaque fois, sa mère prononce les mêmes mots en leur apportant les mêmes fleurs, avant d'ajouter, la voix tremblante : « C'était si brutal, si inattendu ! »

« Même attendue, la mort est brutale », se dit Élise. Personne n'y est préparé alors même qu'elle est inévitable, que la seule certitude qu'on ait dans cette vie, c'est bien qu'on va mourir. Même attendue, la mort prend par surprise ; elle-même pensait son père éternel. Au dernier souffle de Paul, Élise avait fui la chambre, avait couru dans le quartier de l'hôpital jusqu'à perdre haleine, jusqu'à en cracher ses poumons. Cherchant à faire taire cette part en elle qui voulait le croire plus fort que la mort, ce reste d'enfant qui hurlait de douleur, qui refusait la disparition d'un homme, même de quatre-vingts ans, même ayant eu le temps de vivre une vie.

La sonnerie interrompt ses pensées, et la réalité la rattrape brusquement. Les cinq minutes sont écoulées, la vérité est là, à portée de main. Au lieu d'éteindre son téléphone, elle se dirige vers la salle de bains et pose son regard sur le petit écran du stylo test. Son portable sonne et elle ne pense plus à l'arrêter.

— Tu ne manges pas, ma chérie ? s'inquiète Mina dans un froncement de sourcils. C'est délicieux, pourtant.

Élise secoue la tête. Non. Son envie de vomir se réinvite, un goût âcre et désagréable envahit sa bouche.

— Je n'ai pas faim, j'ai mal au cœur.

Tout à l'heure, le résultat est apparu, clair, sans appel.

La voix de sa mère monte d'un cran dans les aigus.

— Tu es blanche. Romain, tu ne trouves pas qu'Élise est toute blanche ?

— Si. Prends un bout de pain, mon cœur.

Romain pose une main protectrice sur son bras. Il exerce une pression appuyée, sa façon à lui de témoigner qu'il a conscience de ses crises d'hypoglycémie capables de la vider de l'intérieur et de la conduire au malaise si elle n'ingère pas immédiatement quelque chose.

— Mange, ma chérie. Sa mère détache un morceau de pain et le lui tend avec insistance. Mange, je te dis.

« Mange, tu ne sais pas qui te mangera. Mange, ou bien c'est moi qui te mange. » Toute son enfance à se forcer, sempiternelle ritournelle. « Mange, ma fille, mange. »

Élise approche le pain de ses lèvres, nauséeuse de nouveau. Comment est-ce possible ? Elle a saigné chaque mois, elle n'a pas oublié sa pilule, alors quoi ?

ENCEINTE.

Elle ne comprend pas. C'est incompréhensible. C'est une erreur.

— Romain, s'il te plaît, convaincs Élise de consulter et de faire des examens. Elle me fait peur, avec son teint livide. Ça peut être grave : une lésion d'organe, une tumeur, une hémorragie à bas bruit…

— Au moins tout ça…, l'interrompt Romain en levant les yeux au ciel.

Mina toujours inquiète, qui passe des heures à faire des recherches sur Internet et à échafauder d'hypothétiques tableaux cliniques, dont l'atrocité s'enrichit chaque jour d'une nouvelle découverte, d'une potentielle horreur susceptible de leur tomber dessus et dont elle se repaît.

— Avec tous ces virus qui traînent, entre ceux qui mutent et ceux qu'on ne connaît pas encore…

Mina, dont l'angoisse a décuplé depuis la mort de Paul, terrassé un soir d'octobre par une épidémie de coronavirus. Élise se force à sourire, pour la rassurer, pour la faire taire.

— Arrête, je ne suis pas malade.

— Mais dis-moi… (Cette petite voix que prend sa mère quand elle ose à peine aborder un sujet.) Ces nausées, par hasard, ce ne serait pas… (Sourire soudain complice.) Vous ne me cacheriez pas un heureux événement ?

Romain ouvre de grands yeux éberlués.

— Un… quoi ?

Il tombe des nues.

— Ben, oui… (Mina le regarde, les prunelles brillantes.) Ma petite fille ne serait-elle pas enceinte ?

— Enceinte ? Mais comment ça ? Comment ça serait possible ? ânonne presque Romain.

Il dévore Élise des yeux. Avec anxiété, elle y découvre alors un espoir et une envie insensés. Enceinte, elle ferait mentir les phrases définitives, autrefois prononcées, les « jamais » et les « ne pas ». Mais quelqu'un qui a le courage et la liberté de revenir sur ses décisions, rien n'est plus beau : voilà ce qu'elle lit dans le regard de Romain. Tandis que, dans celui de Mina, maternel et plein de contentement, elle discerne une affreuse confirmation, une certitude affolante. « Ma fille est enceinte, celle que j'ai mise au monde va mettre au monde à son tour. J'ai été sa mère et aujourd'hui elle va faire de moi une grand-mère. » Mina est fière. Fière de sa fille, génitrice comme elle. Pourtant, elle sait, Élise le lui a toujours dit clairement : « Je n'ai pas envie de me reproduire, de fabriquer un autre être vivant, fragile, assujetti aux aléas d'une famille et de la vie, de ce monde. Je ne veux pas de ça. Jamais ! »

Ils la regardent fixement, suspendus à ses lèvres, dans l'attente d'une réponse. Ce serait le moment. Romain et sa mère lui ouvrent un boulevard dans lequel elle n'a plus qu'à s'engouffrer. Parfois, c'est si simple.

— Enceinte, ma petite fille…

Mina lui sourit, dans une tentative déloyale pour la pousser à confirmer sa supposition, qui fait subitement basculer Élise dans l'agressivité.

— J'ai mal au ventre ! Tu n'as jamais mal au cœur et au ventre, toi ?

Le silence, lourd et terrible. Mais que pouvait-elle dire ? Si seulement ils n'avaient pas autant insisté. Ce ne peut être qu'une erreur. Inutile d'en parler, d'en faire tout un foin. 99 % de fiabilité, 1 % d'erreur. Si ça se trouve, il n'y a rien.

Sa mère tousse, brisant le silence. Elle tousse, comme toujours quand elle est prise de court, avant de changer de sujet.

— Et… tu es prête pour le marathon ?

Élise pousse vers sa mère l'assiette où trône un gâteau aux carottes.

— Goûte ça, c'est moi qui l'ai fait, c'est léger.

— Tu es vraiment prête ? persiste sa mère, faisant semblant de s'intéresser à ce marathon dont, tout le monde le sait, elle se fiche éperdument.

— Fais-moi plaisir, pour une fois, prends un peu de dessert.

Élise fuit le regard de Romain, cette interrogation muette flottant sur elle.

— Une cuillère, alors, mais c'est bien parce que c'est toi, et si tu en prends aussi… Au fait ! Attendez, j'ai quelque chose pour vous.

Mina plonge la main dans son sac posé au pied de sa chaise et en sort un briquet ainsi qu'un chiffre, un gros 4. Une bougie qu'elle pose sur le gâteau avec un petit sourire.

— Joyeuses noces de cire, mes chéris, dit-elle en allumant la mèche.

Le dessert était arrivé, porté par Paul. Une gigantesque pièce montée, prévue pour cinquante personnes, couronnée d'une grosse bougie représentant un couple de mariés qu'Élise avait trouvé du plus triste effet. Romain et elle avaient dû grimper sur une chaise pour la souffler, et ils avaient mis plusieurs jours ensuite pour venir à bout de ce gâteau de mariage, avec l'aide de Vanessa et de Pablo, de Mina et de Paul, bien sûr, et de ce copain de Romain, son témoin si discret.

Après trois ans de vie commune, Romain et elle s'étaient mariés. Ils prétendaient que c'était pour des raisons affreusement pragmatiques. Lorsque Vanessa leur avait fait remarquer qu'ils auraient pu se contenter d'un Pacs, ils avaient ri, bêtement. Élise se souvient très bien de ce moment où ni l'un ni l'autre n'avaient su quoi répondre et dont ils n'avaient jamais reparlé. Aujourd'hui, la question est toujours là : pourquoi avaient-ils tant tenu à se marier ? Ce n'était pas pour prétexter une grosse fête, car ils s'étaient passé la bague au doigt dans la plus stricte intimité. Étaient présents ce jour-là ses parents (pauvre Paul et pauvre Mina à qui Romain et elle avaient refusé toutes les propositions d'invités et qui, jusqu'au bout, avaient cru l'emporter), sa vieille amie Vanessa et son « *querido Pablito amor de su vida* » (soi-disant le vrai, le bon, comme tous ses prédécesseurs), et le fameux copain de Romain qui n'en était plus un depuis et dont elle avait oublié le prénom, et c'était tout. Orphelin de sa mère, Claire, morte d'un interminable cancer lorsqu'il avait tout juste douze ans, Romain n'avait même pas daigné envoyer un mail pour informer de son union son « géniteur », comme il l'avait froidement présenté à Paul et Mina, un certain Denis installé à Madagascar, qu'Élise ne connaîtrait vraisemblablement jamais. Eux compris, ils étaient donc sept à leur mariage, pour un serment sans faste ni trompette. Ça leur convenait ainsi, mais Paul et Mina leur en avaient longtemps voulu. Élise revoit encore son père, en équilibre instable sur une chaise, le visage crispé et l'air stupide, un couteau en suspens au-dessus de l'énorme pièce montée commandée par ses soins.

— Quatre ans déjà… Comme le temps passe vite, murmure Mina.

Elle s'étonne de voir le chiffre brûler tranquillement sans que ni Romain ni Élise s'en émeuvent. Elle les supplie tour à tour du regard. Il faut que quelqu'un la souffle, cette bougie ! Il faut que l'un de vous se décide à les fêter, ces noces de cire !

Chaque année, l'engouement maternel pour les anniversaires de mariage irrite Élise, alors que son jour de naissance à elle n'est jamais célébré. Paul et Mina avaient toujours ignoré le 2 août, une date banale à leurs yeux que n'étayait aucun gâteau, aucune festivité, aucun présent. La faute à leur propre histoire, avait cru comprendre Élise en grandissant, au fait que, tous deux orphelins, ils n'aient pas eu de famille, avait-elle expliqué à Romain, déçu par leur refus de participer au premier anniversaire qu'il avait organisé en son honneur. Romain qui, en sept ans de vie commune, n'avait, lui, jamais oublié de le lui souhaiter avec force fleurs et cadeaux.

Sept ans, déjà.

Romain et elle s'étaient rencontrés dans un parc où ils couraient aux mêmes horaires, le matin à 7 heures, le soir à 19 heures. Peut-être tournaient-ils déjà depuis plusieurs mois au même endroit lorsque Élise avait remarqué ce grand brun d'un mètre quatre-vingts, yeux noirs et sourire charmeur. Plus âgé qu'elle, la trentaine bien tassée. Ils couraient chacun dans un sens et, chaque fois qu'ils se croisaient, le bellâtre lui décochait un sourire ensorceleur. Ses dents très blanches ressortaient sur son visage qu'elle avait cru, dans un premier temps, empourpré par l'effort. Par l'émotion en fait. Elle s'en était aperçue ce jour où ils s'étaient assis côte à côte sur le même banc. Cet homme à l'air si sûr de lui rougissait quand elle lui parlait. Elle trouvait ça charmant. Vraiment. Ça lui donnait envie de déposer un baiser sur sa joue pour en accentuer la flamme. Évidemment, elle ne le fit pas. La première fois qu'elle avait osé approcher son visage du sien, c'est ce jour où ils avaient quitté leur banc main dans la main pour cacher un fou rire irrépressible face à un couple tragicomique de joggeurs : une femme, paumes sur les genoux, pliée en deux, la respiration courte, devant un homme recroquevillé par terre, gémissant à ses pieds. Ce jour où, lorsqu'elle avait avancé sans réfléchir son visage vers le sien, Romain s'était emparé de ses lèvres avec une voracité surprenante, à laquelle elle avait répondu avec la même fougue.

Romain a sa propre version : bien que puissante, enlevée et « presque professionnelle », avait-il pensé, ce n'était pas la foulée d'Élise qu'il avait remarquée en premier. Ce qui l'avait frappé chez elle, c'était son visage rond, si joli, ses pommettes hautes et rebondies qui lui donnaient envie de les croquer. Et les quelques cheveux d'un blond très clair s'échappant de son bonnet, comme des éclats d'intimité. Chaque fois qu'il la croisait, il lui décochait son plus beau sourire en cherchant un prétexte pour l'aborder. L'occasion était vite venue, elle s'était assise sur un banc, il s'était installé à ses côtés. La première fois, ils s'étaient peu parlé, puis de plus en plus longuement. Sur ce même banc, il avait remarqué les changements sur son visage, les petites taches blanches qui naissaient quand elle s'enflammait, et son regard vert d'eau passant brutalement d'un état à un autre : un peu ailleurs, comme perdu dans ses pensées, puis l'instant d'après extrêmement présent, aiguisé, brillant de malice et légèrement moqueur. Il avait découvert aussi, et il dira qu'il l'avait aussitôt aimé, ce geste qui lui deviendra si familier, cette manie qu'elle a, pour signaler quelque chose, de lui donner un petit coup de coude assorti d'un bref mouvement de menton en direction de la chose ou de la personne à regarder. Comme ce jour-là, quand elle lui avait montré l'homme courant à reculons, encourageant sa compagne qui ahanait, épuisée, les yeux rivés au sol et le front plissé par l'effort. Tournant orgueilleusement le dos à sa trajectoire, le coach tyrannique ne voyait pas qu'il se rapprochait dangereusement d'un tronc d'arbre, et ils avaient assisté, en spectateurs vicieux et enjoués, à la chute du maître joggeur. Romain se souvenait lui aussi précisément de cet instant où, mû par une impulsion, il avait saisi la main d'Élise et l'avait entraînée à sa suite, tous deux riant comme des enfants jusqu'au moment où elle avait approché son visage du sien et qu'il avait plaqué avec avidité ses lèvres sur les siennes. Ce jour où ils avaient quitté le parc sans achever leur course et s'étaient hâtés, fiévreux, impatients, vers le domicile de Romain, à quelques rues de là. Ce jour où, pour lui aussi, tout avait commencé entre eux.

— Ah, si Paul était là…, lâche Mina dans un soupir.

Le prénom ramène Élise dans le salon, à cette table où s'étire le déjeuner dominical.

— Oui, répète sa mère dans un souffle, si Paul était encore de ce monde, nous aurions fêté nos trente-six ans de mariage. Trente-six ans…

— C'est des noces de quoi, ça ?

Élise s'en veut de sa brusquerie ironique, mais elle ne sait pas comment réagir aux yeux maternels embués de larmes à chaque évocation du souvenir de son père. Elle aussi est en deuil, mais elle se retient de pleurer…

— Des noces de mousseline, répond Mina d'une voix faible. Des noces fragiles, évaporées maintenant.

Sa mère l'émeut et l'insupporte à la fois. Refusant d'un geste l'aide proposée par Romain, Élise se lève, empile les assiettes, débarrasse la table avec des gestes rapides. Dans la cuisine, elle pose tout et s'arrête. « Respire. » Elle prend une large inspiration, expire le plus lentement possible et recommence. « Respire, fillette », disait son père. Son agacement diminue, se teinte de culpabilité. Elle n'est pas une bonne fille, elle est trop égoïste, trop dure. Mina souffre terriblement de l'absence de Paul, ils vivaient et travaillaient ensemble, depuis des décennies. Élise devrait consoler sa mère désormais seule, sa mère veuve, elle qui a la chance de fêter aujourd'hui ses noces de cire. Elle devrait.

De retour dans le salon, devant le sourire crispé de Mina, devant cette digue retenant difficilement ses larmes, sa culpabilité l'emporte. Élise approche le gâteau de sa mère.

— Souffle, toi. Vas-y, propose-t-elle avec douceur.

Elle est parvenue à prendre sur elle. Même en l'absence de Paul, même à une date différente, Mina les aura, ses noces de mousseline. Mina, qui pose sa main sur celle de sa fille et l'étreint fortement. Mina, dont le souffle puissant éteint la bougie d'un seul coup.

*Dimanche, 22 heures*

Romain se tient devant Élise, en caleçon, le test de grossesse à la main. Il la regarde fixement, les yeux brillants, et lâche d'une voix tremblante :

— Pourquoi tu n'as rien dit tout à l'heure ?

Il s'avance, s'assied à ses côtés sur le lit.

— Mon amour, murmure-t-il en lui prenant la main.

Elle voit une larme glisser le long de sa joue.

— Tu es enceinte, ajoute-t-il au comble de l'émotion.

Élise se fige, crispée par ce mot que Romain vient de prononcer avec une évidence déconcertante. Il ne sait pas que c'est inenvisageable ? Ce test est faux.

— Dire que ta mère avait deviné… (Il avance une main vers son ventre.) Un bébé…

Elle se recule dans un mouvement vif. Un… ? Élise refuse de prononcer le mot, ce serait le faire exister. Elle refuse qu'un être grandisse en elle, un être porteur d'une vie et d'une mort autres que les siennes.

— Je vais être père, soupire-t-il de bonheur en la prenant dans ses bras.

Élise se dégage avec vigueur de son étreinte. Pourquoi Romain fait-il comme si de rien n'était, alors qu'ils s'étaient mis d'accord ! Il n'y aura ni père ni mère. Et elle ? Pourquoi est-elle incapable de prononcer ce mot, ce seul petit mot : « Non », pour dire qu'ils ne vont pas le garder, qu'elle va… Oui, que si ce test dit vrai, elle va avorter, elle veut avorter ! Mais elle n'y arrive pas, elle ne sait pas elle-même ce qui lui arrive.

— Laisse-moi, grommelle-t-elle avant de se glisser sous la couette, de se recroqueviller pour enfermer la sourde angoisse qui pétrit ses reins, ses jambes, ses seins. Elle serre ses genoux plus fort contre son ventre, elle va l'écrabouiller, cet intrus au creux d'elle, ce corps étranger qui a osé taper l'incruste. Elle parvient juste à articuler, en réponse à Romain, désireux de continuer cette conversation absurde :

— On en reparle demain.

Elle le lui a toujours dit : « Pas d'enfant dans la maison ! »

L'enfant n'avait jamais été un projet, c'était même le seul sujet pour lequel Élise avait fait un véritable choix. Dès le début de leur vie commune, Romain avait voulu construire, consolider. C'était une obsession. Il se projetait en avant, loin devant, plein de cette énergie mâle qu'il partageait avec Paul, son beau-père. Au départ, Élise se sentait paralysée, incapable de prendre une seule décision personnelle, brusquée par la force des désirs de son compagnon.

Pour commencer, il avait voulu acheter une voiture. Une voiture dans une grande ville, alors qu'elle travaillait à quinze minutes à pied de chez elle et que lui se déplaçait à moto ? Pour quoi faire ? Pour polluer un peu plus la planète déjà exsangue ?

Ça avait été leur première acquisition. Une imposante voiture grise sentant fort le cuir neuf, quatre portes, et un « grand coffre pour trimballer tout le nécessaire », avait précisé Romain. Quitte à acheter un véhicule, elle aurait préféré une sportive rouge deux places, au moins, ça l'aurait amusée de la conduire.

La voiture grise et banale avait trouvé refuge dans un garage loué à deux rues de chez eux. Elle ne s'en servait jamais.

La deuxième acquisition, et non des moindres, avait été leur appartement, que Romain appelait leur « maison ».

— L'anagramme de maison, c'est « aimons », lui avait-elle fait remarquer, pour mettre un peu de poésie dans toute cette matérialité.

Ils auraient pu en rester là. « Aimons », c'est plus joli que « maison ». Mais, dans le fantasme social de Romain, la maison était LE lieu par excellence, celui de l'amour et de la protection, celui de l'installation, de l'ancrage. Chez elle, cela représentait tout le contraire. Elle aimait l'idée de pouvoir déménager comme ça, sur un coup de tête ou de cœur, en suivant son envie. Son corps se crispait à l'idée de posséder. Elle avait l'impression qu'on allait l'enfermer. Ses cours de latin lui revenaient à l'esprit, et le mot même de « maison » lui faisait peur. De *manere*, qui signifie « rester », la maison pourrait devenir ce lieu où elle serait condamnée à rester.

Élise s'était battue. Elle avait essayé de résister.

— Je préfère louer, Romain, c'est plus de liberté. Tu comprends ça ? J'ai besoin de me sentir libre.

— La liberté ? Mais la liberté est là, dans quelque chose qui t'appartient, dont tu fais ce que tu veux, qu'on ne peut pas te reprendre.

— « Me » reprendre ! Posséder, refermer la main sur un bien ou un être, mais qu'est-ce que ça veut dire ?

Elle ne comprenait pas, non, c'était au-delà d'elle, de ses pensées, de sa vision du monde.

Romain avait insisté :

— Je ne te parle pas de posséder *quelqu'un*, je te parle de *quelque chose*. Je te parle de pierre, de murs, de plancher, de plafond. Je te parle de quelque chose de solide, de quelque chose qui demeure.

Elle avait calmement prolongé :

— Une demeure, où l'on demeure, où l'on meurt à deux. C'est ça que tu veux ?

— Jouons sur les mots, d'accord... Oui, parfaitement. Et voir y vivre plusieurs générations, des enfants, des petits-enfants. Je trouve ça beau, oui. Qu'y a-t-il de mal à cela ?

Élise avait frémi à ces mots. Vivre, vieillir et mourir ensemble. Voir naître des enfants, les regarder se disputer leurs jeux, s'amuser au jardin et entendre, plus tard, des petits-enfants sur la même balançoire réclamer à leur tour qu'on les pousse haut et fort. S'émouvoir de leurs mains potelées serrant fermement les cordes de chaque côté tandis que sur leur dos s'appuient les paumes sèches et tavelées de ceux qui, soixante-dix ans plus tôt, étaient assis à leur place... Ah non ! Ces images d'Épinal de la famille idéale et procréatrice, cette transmission directe de lignées engagées dans un interminable tunnel la terrorisaient.

— Mais enfin, avait continué Romain, explique-moi quel est l'intérêt de jeter l'argent par les fenêtres avec un loyer ?

— Il ne s'agit pas de jeter l'argent, il s'agit de le dépenser ailleurs, avait-elle encore essayé.

— Ailleurs, où ?

Elle n'y avait pas réfléchi. Ailleurs, c'était ailleurs.

La discussion s'était achevée ainsi et, comme pour la voiture, elle en était sortie perdante. Romain avait croisé les bras dans cette attitude de défi qu'Élise détestait, qui le réduisait à un bloc monolithique. Silencieux, tenant sa posture, il avait attendu une réponse. Découragée par cette discussion qui n'en était pas une, elle avait fait une ultime tentative.

— Louer, ça veut dire qu'on peut tout changer, toujours et à tout moment. Et tu ne comprends pas que, si on ne possède rien, on ne peut rien nous reprendre ?

Romain était sorti de son silence.

— Nous y voilà. Finalement, ce qui te dérange, c'est qu'on puisse te reprendre quelque chose. En fait, tu as peur, Élise. Tu as peur de perdre ce que tu as. Voilà pourquoi tu défends si fort la non-possession.

Elle s'était sentie piégée.

Un mois plus tard, ils signaient un crédit sur vingt ans pour acheter un très bel appartement.

Et finalement Romain avait abordé le Graal selon lui : fonder une famille. Sur ce point, Élise avait une opinion arrêtée, alors elle s'était exprimée clairement. Un enfant ne faisait pas partie de ses projets de vie. Romain s'était rebiffé. Il voulait une descendance, des enfants.

— *Des* enfants ? s'était-elle étranglée.

— Je ne m'imagine pas avec un seul enfant. Tu devrais comprendre, tu es une enfant unique, comme moi.

Elle ne voyait pas le rapport, et puis son enfance de fille unique, elle l'avait bien vécue.

— Ce n'est pas une question de nombre, Romain, je n'ai jamais voulu d'enfant.

Dans ses yeux écarquillés, elle avait vu de l'incrédulité.

— Même pas avec moi, l'amour de ta vie ? l'avait-il taquinée, avec un sourire complice.

— Même pas avec toi.

— Un seul, alors ? avait-il tenté.

Il n'avait toujours pas l'air de la croire.

— Non.

— Tu plaisantes, j'espère. (Il était devenu grave). C'est maintenant que tu me dis ça ?

— C'est seulement maintenant que tu me le demandes. Et je sais ce que tu vas vouloir savoir : pourquoi ? Pour plein de raisons. Parce que la responsabilité est immense, parce que je tiens à mon indépendance, parce que j'ai suffisamment à faire avec moi-même pour ne pas avoir en plus la responsabilité de quelqu'un d'autre, parce qu'on est très bien tous les deux, parce que rien ne me fait rêver dans un projet de maternité…

Tandis qu'elle égrenait ses arguments, Romain la regardait en silence, abasourdi.

— Et si, pour une fois, tu acceptais mon choix ? avait-elle conclu.

Cela avait failli signer la mort de leur couple. Romain avait essayé de la convaincre en prenant leur entourage en exemple. Mais les bébés de leurs amis, sources de réjouissance pour leurs parents, n'intéressaient pas du tout Élise. Et si, dernièrement, sa vieille copine elle-même ne parlait plus que de ça, ce n'était pas un cas probant à ses yeux. Vanessa voulait désespérément un enfant tandis qu'Élise non. Pourquoi devrait-elle faire comme les autres ? Pourquoi Romain, les autres, la société ne pouvaient-ils pas respecter sa décision ?

— Peut-être parce que j'en veux, moi, avait souligné tristement Romain.

Pendant plusieurs semaines, l'enfant avait été au cœur de leurs échanges stériles, chacun campant sur sa décision sans parvenir à ébranler celle de l'autre, menaçant chaque fois de se transformer en disputes et aboutissant toujours à la même conclusion : il n'y avait pas de solution à leur désaccord. Pour finir, lassée par l'entêtement de Romain, Élise, le cœur déchiré, s'était résolue à parler de séparation, ultime moyen pour mettre un terme à cette discussion qui n'en était pas une pour elle. C'est à ce moment-là que Romain avait changé d'avis.

Comprenant qu'il ne la convaincrait jamais et effrayé à l'idée de la perdre, il avait accepté de renoncer à son idée de famille. Leur vie avait repris son cours.

Et voilà que, du jour au lendemain, ce bel équilibre volait en éclats.

— Tu étais d'accord pour ne pas en avoir, tu as oublié ? s'énerve-t-elle. On s'était mis d'accord !

Depuis quatre jours, Élise a l'impression de parler dans le vide.

— Peut-être, mais maintenant qu'il est là, on ne peut pas faire comme si de rien n'était.

« Peut-être, mais... » ? Romain ne l'écoute pas ou ne veut pas l'entendre, il est en boucle.

— Pourquoi refuser cet enfant ? Il ne vient pas de nulle part, Élise, il y a une raison à son existence, j'en suis sûr. C'est *notre* enfant, j'ai aussi mon mot à dire.

Romain a tort, cet enfant vient de nulle part. Et il détruit tout ce qui est leur vie, une vie qui semble désormais dater d'un autre temps. Elle refuse de le laisser saccager leur vie d'avant.

— Nous deux, c'est très bien comme ça, s'entête-t-elle.

Libres de leurs sorties, faisant l'amour à n'importe quelle heure, se croisant le matin dans la cuisine, elle échevelée et en retard, une tartine fichée dans la bouche, un bras passé dans une manche de veste, et lui impeccable dans son costume, époussetant soigneusement sa veste des restes du petit déjeuner, s'entraînant le week-end en vue du marathon.

— Tu veux me faire payer quelque chose, c'est ça ? Mais quoi, Élise, qu'est-ce que je t'ai fait ?

Pourquoi se parlent-ils sans plus s'entendre… ? Elle ne veut rien lui faire payer, pourquoi dit-il une chose pareille ? L'incompréhension brille dans les yeux de Romain et la souffrance assombrit son visage. Comment lui dire qu'elle aussi souffre ? Croit-il que sa décision est simple ? Elle ne voulait pas d'enfant, mais elle ne voulait pas non plus avoir à avorter. Elle en veut à Romain, elle s'en veut, que s'est-il passé avec cette pilule ? Elle ne se souvient pas de l'avoir oubliée.

— Un seul, l'implore encore Romain, on pourrait n'avoir que celui-là.

Il se tient assis sur le canapé, les épaules tombantes et le regard suppliant, lorsqu'elle remarque cette larme qui glisse sur sa joue, qu'il chasse d'un revers brusque de la main. Émue, elle se sent vaciller, elle entrevoit, une seconde, l'image d'un enfant entre eux, avant d'écarter fermement cette vision.

— Tu n'es pas obligé de venir avec moi, je peux aller seule à la maternité.

— Hors de question ! C'est mon enfant à moi aussi. Je t'accompagne.

Élise sait que, jusqu'à la dernière minute, il essaiera de la faire changer d'avis, et elle n'a pas envie de vivre cela.

Dans la salle d'attente bondée, elle est parcourue de frissons, incapable de se réchauffer après l'échographie obligatoire avant le rendez-vous avec un gynécologue obstétricien. Un magazine posé sur les genoux, ouvert à la même page depuis vingt minutes, les yeux dans le vague, Élise repense aux phrases prononcées par l'échographiste que Romain et elle viennent de quitter.

Qu'a-t-il dit, au juste, en faisant glisser sur son ventre nu la sonde luisante de gel ? Ah, c'est ça, elle se souvient, il a marmonné quelque chose comme : « Oui, oui (sans quitter son écran des yeux), vous êtes *bien* enceinte. » Il a insisté sur le « bien ». Elle n'a pas voulu se tourner vers l'image. Elle n'a pas voulu écouter les battements feutrés retransmis par l'appareil. Elle observait Romain, cette façon dont son regard allait et venait de l'écran à son abdomen. Maintenant encore, il la gêne, à fixer ainsi son ventre, et elle remonte le journal pour le soustraire à ses yeux. D'un côté sa présence la rassure, de l'autre ce serait plus simple s'il n'était pas venu.

— Monsieur et madame Brizot.

Elle referme sèchement le magazine, et une petite fille assise un peu plus loin se met à pleurer.

— Chhhut, fait sa mère en prenant l'enfant dans ses bras et en la balançant doucement d'avant en arrière, chhhut, ce n'est rien.

Élise voudrait dire à cette mère que, oui, elle a raison, ce n'est rien, qu'il lui arrive quelque chose qui fait peur mais qui va passer ; Élise aimerait dire aussi que, bien qu'elle ait trente-cinq ans, elle éprouve une envie furieuse, démesurée, enfantine, que quelqu'un la prenne dans ses bras et la berce comme cette petite fille, mais Romain l'attend, debout dans l'encadrement de la porte, le visage fermé. Alors elle ne dit rien. Elle se lève, le rejoint, et ils suivent ensemble la secrétaire jusqu'au bureau du gynécologue.

— On parle généralement d'une seule grossesse, explique le médecin au ton docte, mais en réalité il y en a deux : une grossesse physiologique, celle que tout le monde connaît, la plus reconnaissable, et une grossesse psychique.

Et le voilà expliquant les trois grands chapitres de la grossesse physiologique : un premier trimestre de différenciation cellulaire et de mise en place des organes où l'embryon devient fœtus, un deuxième trimestre de poussée des membres et du corps tout entier, où le fœtus se transforme en un bébé de plus en plus viable, et un troisième et dernier trimestre où l'enfant achevé prend du poids afin de remplir convenablement la layette qui l'attend dans le placard d'une chambre. Ou, vu d'une autre façon : un premier trimestre où la mère, épuisée, devient livide et vomit jour et nuit, un deuxième trimestre où son ventre s'arrondit très visiblement, un dernier trimestre où, lestée par son poids (Élise traduit : transformée en baleine), la génitrice ne pense plus qu'à la délivrance. Élise pourrait lui dire de s'arrêter au stade de l'embryon, qui ne sera jamais dépassé dans son cas. Elle devrait interrompre cette logorrhée et expliquer au gynécologue qu'ils ne sont pas là pour poursuivre une grossesse, au contraire… Mais elle n'en a pas la possibilité, il parle sans faire de pause, sans aucune respiration pour permettre que s'immisce la moindre phrase.

— Trois périodes physiologiques de trois mois chacune, ce qui porte le temps d'une grossesse « normale » à neuf mois, continue le médecin.

Élise le trouve lourd. Qui ignore encore qu'une grossesse dure neuf mois ? Pourquoi ne trouve-t-elle pas le moyen de l'arrêter, d'en venir au fait ? Il faut faire cesser ce monologue dénué de sens.

Cette fois il continue d'une drôle de voix, assourdie, en la fixant avec intensité.

— La seconde grossesse qui a *normalement* lieu en même temps que la grossesse physiologique est ce qu'on appelle la grossesse psychique.

Étrange, cette manie d'appuyer sur certains mots plutôt que sur d'autres. Donc, grosso modo, comprend Élise, dans une vie où tout se passe *bien normalement*, et à en croire la description faite, une grossesse psychique se traduit par : un premier trimestre où la femme se découvre enceinte et prend conscience des modifications de son corps, un deuxième trimestre où le fantasme de cet enfant s'incarne et devient réalité, et pour finir un troisième trimestre destiné à se préparer à l'inévitable séparation qu'implique tout accouchement.

— Trois périodes psychiques de trois mois chacune qui suivent et accompagnent la grossesse physiologique, précise le gynécologue.

— Et font neuf, complète Élise d'un ton ironique.

Elle note la légère ombre dans le regard du médecin, elle perçoit le sursaut de Romain à ses côtés, mais quoi ? Cette grossesse psychique ne la concerne pas plus que l'autre. Pourquoi lui raconter tout cela en détail alors qu'elle ne prendra même pas conscience de ses modifications corporelles… ? Elle est juste là pour interrompre ce processus savamment exposé, et le plus tôt sera le mieux. Tout ce bla-bla l'ennuie, jusqu'au moment où le médecin avance son buste par-dessus le bureau et prononce d'une voix calme et claire cette phrase irréversible et indiscutable :

— Madame, vous êtes enceinte de sept mois et demi.

Lentement, il pousse devant elle le cliché de l'échographie.

— Votre bébé mesure quarante centimètres et pèse déjà un kilo neuf.

Elle se souvient alors avec effroi de l'autre anagramme de maison : *amnios*.

Les jours suivants sont un vaste trou noir. Elle ne sait plus comment ils sont rentrés du rendez-vous, et elle ne se souvient plus de ce qu'elle a fait après. Dormir, oublier, ne pas pleurer, peut-être. « Pas de pleurs, pas de douleur », disait Paul. Elle se rappelle juste la présence de sa mère, la couvant du regard, les yeux emplis de questions muettes. Des questions inutiles, puisque Élise ne parle plus, son cerveau obstrué par ces mots inconcevables de « délai légal dépassé », de « trop tard pour avorter ». Par ces trois mots plaqués sur elle et qu'elle remâche en silence : « déni de grossesse ». Dans ce seul mot, « déni », où tout est dit.

Dans le déni un œuf a nidé.

A nidé caché, invisible, a grandi sans se faire voir. A niché en silence de l'autre côté de la frontière tracée par elle, malgré elle. S'est développé derrière son ventre plat qui ne veut pas grossir, à cet endroit même que Romain ne touche plus et qu'il regarde avec effarement.

— C'est un garçon.

Dans le salon, Romain se tient voûté sur le fauteuil crapaud retapissé par son beau-père, face à Mina. Il est tard. Élise est couchée, elle dort. Il a posé deux verres sur la table basse et les remplit, la main lourde, d'un vin rouge, épais.

— Enfin, Romain, comment est-ce possible ?

Mina est effarée. Le ventre d'Élise est un tel mystère, tout est devenu si compliqué de nos jours, elle est certaine que, de son temps, ça n'existait pas.

Romain vide son verre d'un trait avant de communiquer à sa belle-mère les explications du gynécologue. Au fil des semaines, la paroi abdominale d'Élise s'est transformée en un mur de muscles si durs et si tendus qu'il a fait obstacle à l'épanouissement de son ventre. Durant plus de sept mois, derrière cette barrière infranchissable érigée à son encontre, l'utérus n'a pas pu se développer comme il aurait dû. Faisant remonter l'intestin et les anses grêles, il a occupé le seul espace libre possible.

— Au lieu de pousser vers l'avant, il a grandi vers le haut. Et l'enfant aussi.

— Mais alors, s'inquiète Mina d'une voix étranglée, ça veut dire un retard de développement ?

Romain s'est posé la même question, sans parvenir à la formuler. À l'échographie, la vision tête-torse-bras-jambes d'un corps formé, le bruit régulier et rapide d'un cœur ont fait éclater ses pensées en mille morceaux, l'empêchant de former une idée intelligible. Il n'arrivait même plus à croiser le regard d'Élise. Habitué à l'hébétude et à la confusion provoquées par ce genre d'annonce, le gynécologue s'était exprimé clairement. L'utérus n'a pas grandi à sa place habituelle, mais l'enfant a bénéficié d'un espace suffisant.

— L'échographie montre une croissance tout à fait dans les normes.

Encore maintenant, malgré l'affirmation du médecin, Romain entrevoit le pire. Ce bébé-apparition ressemble à une illusion, un tour de prestidigitation pervers. Une soudaine image, absurde, s'impose à lui : cet être qui pousse à la verticale ne va-t-il pas naître debout ? Incapable de plier les jambes, tel un bonhomme de bois sculpté d'un seul tenant, au garde-à-vous à vie ?

— Je vais vous montrer les clichés, propose-t-il à Mina.

— Non, s'il te plaît, Romain, je ne préfère pas.

Mina ne veut pas en entendre parler, elle ne veut voir aucune image. Elle arrime son regard à celui de son gendre, à la tristesse qui le remplit. Se concentre sur ce qu'elle pourrait faire, ou dire, pour le réconforter. Se sent impuissante à l'aider. Qu'Élise n'ait rien vu, rien senti, ça, elle ne le comprend pas. Elle qui a été enceinte, elle sait qu'on sait. La vie, si elle est là, on la sent en soi. C'est une certitude. Même trente-cinq ans plus tard, elle s'en souvient parfaitement.

— Une plume, une bulle, des petits signes qui se mêlaient, dit-elle à Romain.

Très vite, elle a senti la présence. Paul et elle étaient tellement impatients…

— Et chaque jour, raconte-t-elle encore, je guettais l'arrondi de mon ventre.

Avec un brin de fausse pudeur, elle pose une main sur son bas-ventre.

— Les premiers temps, même, je le gonflais et me regardais de profil dans le miroir en l'imaginant plein des enfants désirés. On voulait une famille nombreuse, tu sais.

Romain se ressert un verre, le descend aussi vite que le précédent. Il a envie de hurler à sa belle-mère indélicate que, si elle connaissait si bien cet état que ça, pourquoi elle n'avait pas deviné plus tôt, hein ! Élise est sa fille, les mères ont normalement un sixième sens pour ces choses-là, en tout cas les bonnes mères. Il se tait, s'il parle, il va la blesser.

Mina se souvient combien, au départ, elle aimait ce ventre qui s'était mis à grossir à vue d'œil. Elle en riait, mais Paul avait pris sa remarque très au sérieux et s'était armé un jour d'un mètre de couturière. « Nous allons bien voir », avait-il dit en entourant sa taille. Et, au bout de deux semaines de mesure, plein d'une joie orgueilleuse, il avait conclu : « C'est un garçon, Mina. Avec une croissance pareille, ce ne peut être qu'un mâle. » Elle l'avait taquiné : « Un mâle ? Quel malheur ! Et si moi, je veux une fille ? » Comme si elle avait su, dès le début.

Romain remplit son verre de nouveau. Pour la première fois, il se pose cette question : aurait-il pu s'apercevoir de quelque chose ? Mais non, bien sûr que non. Si Élise elle-même n'a rien senti, si sa mère n'a rien vu, comment lui, un homme, aurait-il pu ?

— Paul était si heureux, poursuit Mina avec mélancolie. Si fier.

Elle aime se rappeler la lumière de ses yeux, dans ces moments de bonheur.

— Paul.

Chaque fois qu'il prononce le prénom aimé, Romain frissonne. Si seulement son beau-père était encore là ! Aujourd'hui plus que jamais, son absence lui pèse. Paul avait été un père pour lui, ce que Romain n'avait jamais connu avec le sien, perdu de vue au fil des ans. « On choisit sa famille », avait-il coutume de répondre à ceux que cette indifférence mutuelle, qui ne les concernait pas, bouleversait exagérément. Dès l'instant où Élise les avait présentés l'un à l'autre, Paul et lui s'étaient entendus. Même regard franc, même poignée de main vigoureuse et même sens du travail. Paul, patron de la boîte de coursiers dans laquelle il avait débuté sur un simple scooter et qu'il avait rebaptisée « Let me go » en hommage à « Bohemian Rhapsody ». Romain, bosseur acharné, accédant ensuite par sa volonté et sa persévérance aux plus hautes fonctions d'une grosse compagnie d'assurance… Les deux hommes s'étaient sentis unis par une immédiate fraternité, un de ces liens qu'une invisible évidence tisse aussitôt d'un être à l'autre. Qu'aurait pensé Paul de sa fille plate au ventre plein ? Comment les aurait-il aidés ? Il aurait su, en tout cas, Romain en était certain. Paul avait toujours eu les mots, même peu nombreux. Ces mots qui ont déserté la bouche d'Élise.

Romain est sombre, ce soir il boit beaucoup, Mina aimerait l'accompagner. Une fois le choc de l'annonce passé, elle découvre cette réalité qui la remplit de joie : sa fille est enceinte, elle va être grand-mère.

— Vous qui ne vouliez pas d'enfant…, glisse-t-elle.

Elle se souvient de ce dîner lorsqu'elle avait posé la question devenue rituelle chez elle : « Alors, ce bébé, c'est pour quand ? » et qu'Élise, tendue, avait annoncé d'un ton sans réplique : « Nous n'aurons pas d'enfant, nous n'en voulons pas. » Le regard de sa fille la défiait d'ajouter quoi que ce soit et, Paul et Romain restant silencieux, Mina n'avait rien dit. Elle ne comprenait pas cette décision, qui la chagrinait profondément, mais Paul n'avait jamais répondu à ses interrogations autrement que par : « C'est leur décision, pas la tienne. »

— Tu vas être père, murmure-t-elle en avançant son verre en direction de Romain.

Romain sursaute. Père. À ce seul mot, le poids sur sa poitrine s'allège, il respire mieux, se sent parcouru par une vague d'enthousiasme et d'espoir. Mina a raison, cette fois, c'est tangible. Il n'y a plus d'avortement possible. Son rêve, écarté par amour pour Élise, se concrétise : sa paternité est là, soudain à portée de main, tel un miracle. Cet enfant, dont l'existence inespérée est devenue inévitable, ressemble à un cadeau du ciel.

Il approche son verre de celui de sa belle-mère, trinque avec elle.

— Et Élise va être mère, complète-t-il d'une voix mal assurée.

Mina chasse de son esprit le souvenir de sa propre grossesse. Une mère doit mettre son histoire de côté pour se consacrer à son enfant. Elle a fait ça, elle a été une bonne mère. La preuve : sa fille, qui ne voulait pas d'enfant, est enceinte. La lignée se perpétue, tout naturellement.

— Oui, Élise sera mère, confirme-t-elle, dans un sourire tranquillisant.

Depuis trois jours, à la demande de son gendre, Mina passe ses journées chez eux et, à la moindre occasion, l'un et l'autre s'escriment à faire réagir Élise. Dès qu'il trouve un prénom insolite, Romain l'ajoute à sa liste de Vulcain, Poséidon, Homère ou Priam, sans déclencher la moindre réaction chez sa femme, tandis que Mina achète plusieurs magazines pour jeunes mamans, que sa fille n'ouvre pas.

Un après-midi, Romain appelle Vanessa à New York. Si Élise s'est confiée à quelqu'un, ce ne peut être qu'à elle. Mais cette dernière lui apprend qu'Élise n'a pas répondu à ses derniers messages ; elle ne s'en est pas spécialement inquiétée, c'est souvent le cas quand son amie est en bouclage d'articles. Vanessa revient en France dans une dizaine de jours. Que se passe-t-il, c'est grave ? Romain lui explique la situation, Vanessa s'affole. Elle a bien évidemment entendu parler du déni de grossesse, mais que ça arrive pour de vrai, et à Élise… Elle semble si perturbée que Romain ment sur certains points, histoire de se rassurer, lui aussi. « Ça va aller », dit-il en conclusion. Mais rien ne va, pense-t-il le cœur serré en reposant son téléphone sur le bureau. D'après ce que lui a rapporté Mina, Élise court encore. « Il n'y aura pas de marathon, et dans ton état il ne faut pas », lui a-t-il dit d'une voix ferme sonnant comme une interdiction. Sans obtenir de réponse. En dehors de la course, Élise se désintéresse de tout ce qui l'entoure et passe son temps sur Internet, à explorer les sites de chaussures de sport haut de gamme. Les six paires de baskets neuves, découvertes hier soir dans le placard de l'entrée, attestent son étrange et folle passion à laquelle il a essayé de mettre un terme en lui demandant de lui confier sa carte bancaire. Elle n'a pas bronché, elle est restée les yeux rivés sur l'écran avec, à ses joues, cette pigmentation caractéristique d'une rage contenue. Et toujours ce silence effrayant qui le rend fou.

— Parle-moi, Élise. Dis quelque chose ! PARLE !

C'est affreux, pour la première fois de sa vie, lui qui ne ferait pas de mal à une mouche, il a levé la main, il a eu envie de frapper la table, le mur, l'ordinateur. Pas elle, évidemment, pas elle ! Heureusement, son regard sur lui l'a arrêté, ce regard si noir, soudain.

Romain ne le devine pas, mais des milliers de phrases se bousculent dans la tête d'Élise. Des mots se heurtent dans tous les sens.

Passé le moment de stupeur, elle a été prise d'une immense colère à l'égard de ce corps qui la trahissait de cette façon. Une colère si puissante qu'elle a désagrégé ses paroles, fabriquant un langage morcelé et imprononçable, impossible à divulguer à l'extérieur. Pour punir ce corps, pour lui rendre le mal qu'il lui faisait, elle l'a alors martyrisé, avec le plus de violence possible. Bravant Mina qui répétait, effarée : « Enceinte, on ne court pas comme ça », ignorant les regards lourds de reproche de Romain, chaque matin elle se rendait au parc, la voix de Paul résonnant dans sa tête : « Plus vite, plus fort, fillette ! » Courir, le seul moment où elle se sent exister.

Depuis l'annonce, Élise a l'impression de n'être plus qu'un ventre, elle qui n'en a pas. Comme des prédateurs autour d'une proie, tour à tour Romain et Mina s'agitent autour de lui, devenu le centre de toutes leurs attentions. Son ventre à l'intérieur duquel un œuf a entamé une traversée solitaire de clandestin en espérant se faire accueillir à l'arrivée.

— Maintenant qu'on le garde, Élise, je voulais te dire… je suis si heureux à l'idée d'être père.

« On » ne le garde pas, contrairement à ce que prétend Romain ce jour-là, d'une voix émue, elle le donnera dès sa naissance. Il y a plein de femmes qui n'arrivent pas à avoir d'enfant et qui en désirent profondément. Il sera plus heureux avec une mère qui a envie de l'être. Dans l'esprit d'Élise, ce sera un don, pas un abandon. Mais comment faire comprendre ça à Romain ? Il a tellement changé… Lui d'ordinaire si calme la presse de répondre alors qu'elle n'a que son silence à lui opposer. Voilà deux jours, entre désespoir et fureur, il a levé la main, comme s'il voulait frapper. Fort heureusement, il s'en est tenu là, sa main est retombée, désarmée, grotesque. Il s'est excusé, horrifié de lui-même.

— Je serai à la hauteur de notre enfant, a-t-il affirmé d'une voix qui dérapait légèrement dans les aigus, je le sais. Mais je t'en prie, parle-moi.

Il n'aura pas besoin d'être à la hauteur, et Élise aimerait recouvrer la parole pour le lui dire. Lui dire aussi que, maintenant qu'elle est obligée de le mettre au monde, il lui arrive d'avoir très peur. Parfois, elle pense qu'elle va accoucher, comme ça, sans s'en rendre compte, que l'enfant tombera, une fois « mûr », de son vagin grand ouvert, en pleine rue, qui sait. Que deviendrait-il ? Et elle ? Elle aimerait que Romain ressente son désarroi et se radoucisse. Elle aimerait dormir contre lui, respirer le souffle de ses lèvres, sentir son sexe gonfler entre ses doigts… elle a tellement besoin d'être réconfortée ! Mais ils ne partagent plus la même chambre. Chaque soir, Romain déplie le canapé du salon, et Élise se retrouve seule dans leur lit. Avec, au creux du ventre, des abysses ouverts menaçant de l'engloutir.

Sa femme est un cas, un cas à part. Une anomalie dans l'histoire naturelle de l'enfantement, une anormalité qu'il convient, comme ils disent, d'« accompagner ». Accompagner, où résonne la racine latine *cum*, signifiant « avec », comme le lui a précisé la psychologue qui la suit pour son déni de grossesse. Mais il n'y a pas d'accompagnement possible, Romain le voit bien : Élise n'est pas « avec » cette psy qui les reçoit à la maternité de l'hôpital, deux fois par semaine. Pas davantage qu'elle n'est avec lui, ou avec Mina. Il fait inutilement l'effort de venir à 7 heures, le seul créneau horaire qu'il ait réussi à dégager. Depuis l'annonce, Élise est en arrêt maladie, et il sera prolongé, le journal d'entreprise pour lequel elle écrit le sait et l'a d'ores et déjà remplacée.

Chaque fois, ils croisent dans le couloir des femmes au bord de l'accouchement, et d'autres aux ventres délestés de leur occupant, les bras chargés de leur nouveau-né. D'après Romain, c'est une stratégie thérapeutique, au cas où la vue des femmes enceintes et des jeunes mères déclencherait quelque chose chez Élise. Mais il a beau l'observer discrètement, il ne remarque rien. Elle les regarde, oui, mais sans réagir.

Ces séances sont censées les aider à écrire une histoire. *Leur* histoire. En choisissant son langage avec précaution, la psychologue tente de mettre des mots sur ce qui se passe, des mots destinés à apprivoiser leurs peurs. De temps à autre, Romain voit une brève lueur s'allumer dans les yeux d'Élise, mais elle s'éteint presque aussitôt et ne débouche jamais sur une parole. Il n'y a que lui pour répondre aux questions. Il se plie à l'exercice imposé en s'en tenant au strict minimum, quelques phrases sur le cancer de sa mère, détecté juste après sa naissance. Il n'a pas envie de s'appesantir sur ce sujet. Le passé est le passé, on ne peut rien y changer. Seul le présent l'intéresse, ce présent qui n'advient pas : Élise est enceinte de presque huit mois maintenant et rien n'est décelable.

— Non, finit-il par répondre d'un ton tranchant à la psychologue semblant croire à une participation inconsciente de sa part au déni. Non, je n'ai pas peur qu'Élise déclenche un cancer avec cette grossesse.

Et puis un jour un changement se produit. Un tout petit signe, un signe à peine visible mais, cette fois, c'est Romain qui le perçoit.

7 heures moins dix. Ils sont assis en silence face à la porte de la psychologue. Deux solitudes posées côte à côte dans ce couloir où tout va bientôt basculer.

Bien que sa belle-mère n'oublie jamais, Romain pianote sur son portable un court message pour rappeler à Mina de venir à la sortie du rendez-vous. Sa présence auprès d'Élise lui est indispensable pour travailler l'esprit à peu près tranquille, lui dont chaque journée de travail est pleine comme un œuf. Il n'est pas encore 7 heures que sa messagerie affiche déjà une trentaine de nouveaux mails. D'un regard aiguisé, il sélectionne les plus importants, notamment celui de ce client dont l'usine a subi un incendie d'origine inconnue, qui estime le dommage à des centaines de milliers d'euros et attend de son assurance qu'elle… Il s'interrompt, brusquement bousculé d'une façon qu'il ne connaissait plus, ébranlé par ce geste à la familiarité troublante que son corps avait oublié. Levant les yeux de son portable, il reçoit un nouveau coup de coude d'Élise qui provoque chez lui une onde de chaleur subite. Il se tourne vers elle, mais elle ne le regarde pas, toute son attention est fixée vers cet endroit au fond du couloir qu'elle indique d'un bref mouvement du menton. Romain découvre alors une femme en robe de chambre matelassée qui avance vers eux. Dans ses bras, elle tient le même enfant que les autres, mais elle n'est pas comme les autres, car, il le voit de plus en plus précisément, c'est un vieux corps qui s'approche en tremblant. Cette femme au visage strié de rides n'a plus l'âge d'enfanter depuis longtemps, et pourtant elle tient un bébé dans ses bras.

Parvenue à leur hauteur, la vieillarde s'immobilise. Elle leur décoche un sourire édenté avant de se pencher vers eux – sous les cheveux clairsemés, l'affreuse et fugitive vision d'un crâne rose piqué de taches brunes horrifie Romain. Sa main noueuse aux jointures verrouillées écarte avec difficulté les langes entourant l'enfant plongé dans le sommeil, qu'elle dévoile tel un trésor.

— Il est beau, hein, mon Julien ?

Elle passe une main sur les paupières fermées aux fines veines bleutées.

— Et imaginez-vous, il fait déjà ses nuits.

La vieille femme balance doucement ses bras, de gauche à droite, de droite à gauche, et se met à chantonner d'une voix éraillée en remuant à peine ses lèvres craquelées : « Reste auprès de moi, mon enfant, mon tout-petit. »

Romain s'agite, mal à l'aise. Cette union entre l'extrême vieillesse et l'extrême jeunesse est dérangeante, repoussante, même, il lui semble que la Faucheuse, en flirtant ainsi avec la venue au monde, se joue de l'humanité et d'eux en particulier. Mais, contrairement à lui, Élise ne semble pas troublée. Il la regarde, droite sur sa chaise. Visiblement fascinée par le poupon assoupi dans la balancelle que forment les bras fripés, elle accompagne de la tête les gestes lents et le bercement du bébé immobile, « mon tout-petit », chante la vieille, et voilà que soudain Élise fredonne elle aussi des bribes de cette comptine connue il ne sait d'où, que Mina peut-être chantait pour l'endormir. Timide, du bout des lèvres, un son franchit enfin le seuil de cette bouche muette depuis des jours.

Romain écoute en retenant son souffle. Sa voix, c'est sa voix, la voix d'Élise revenue. Elle parle de nouveau, elle parle ! Il n'ose plus bouger, plus rien dire.

Il l'observe. Ses mots. Ses gestes. Cette première fois où elle s'intéresse à un bébé, ce premier geste de mère qu'il la voit accomplir lorsqu'elle avance timidement la main vers l'enfant comme si elle hésitait à le toucher. Il se retient de l'encourager, de lui dire que, oui, elle peut poser sa main sur le petit corps, qu'elle doit même le faire, que le contact sera doux et que ce sera encore mieux quand leur bébé à eux viendra au monde. Il résiste à l'envie d'accompagner sa main de la sienne, d'effleurer lui aussi cet enfant, de toucher ce bras minuscule qui affleure hors du linge et que la vieille femme replace d'un geste délicat le long du corps. Romain se contente de regarder et d'écouter les deux femmes, l'une trop chenue, l'autre trop menue, chanter pour l'enfant comme s'il était le Messie. Et, d'une certaine façon, n'est-ce pas ce qu'il est, cet être qui a redonné sa voix à Élise, cette voix, un peu étouffée, d'une douceur surprenante qu'il avait presque oubliée ?

Quand derrière eux une voix, autoritaire celle-là, brise la scène et les fait sursauter.

— Madame Marie !

Une infirmière approche d'un pas rapide en secouant devant elle un index réprobateur.

— Qu'est-ce que vous faites là, madame Marie ?

Dans les yeux de la vieille femme brille un éclair de malice, inattendu. Elle pose un doigt sur les lèvres de l'enfant.

— Chut, mon petit, dit-elle.

Puis, sans crier gare, elle soulève le bébé et le dépose dans les bras d'Élise.

Tétanisée, celle-ci se rigidifie, le regard figé sur ce paquet qui ne manifeste rien. Pas un geste, pas un pleur, l'enfant garde les paupières obstinément fermées sur un sommeil imperturbable. Par réflexe, Romain a glissé ses mains sous celles d'Élise, pour retenir ce qui peut être lâché, pour rattraper ce qu'elle va sans doute laisser tomber d'ici quelques instants. Il ignore quoi faire, quoi dire.

Ce n'est pas le cas de l'infirmière parvenue jusqu'à eux. Avec un sourire d'excuse et un vague « Merci », elle ôte le bébé des bras d'Élise et le cale grossièrement au creux de son coude, insoucieuse de sa tête qui pend soudain sur le côté, indifférente aux bras et aux jambes qui s'affaissent mollement. En réponse à la voix fendillée qui réclame à grands cris son Julien, elle attrape le bras flasque et ridé, gronde gentiment la vieille dame :

— Ce n'est pas votre Julien, madame Marie. C'est Andrea, la petite de Mme Chavez.

Puis, relevant seulement le regard stupéfait de Romain, elle précise avec un sourire amusé :

— Ils sont ressemblants, n'est-ce pas ? Ça apaise les patients Alzheimer de s'en occuper.

Doucement mais fermement, elle entraîne la vieille dame égarée dans les couloirs de sa mémoire.

— Allez, venez, madame Marie, je suis sûre que votre Julien vous attend dans votre chambre.

Et c'est là que tout bascule. Au moment où Romain voit Élise contempler avec tristesse ses mains délestées de l'enfant, quand il imagine pour la première fois une possibilité de l'aider, une façon d'agir. Il ne lâche pas des yeux cette femme, *sa* femme, car la levée de son impuissance lui restitue celle qu'il aime, qu'il a choisie pour épouse et qui, à cet instant, l'émeut profondément. Voilà combien de temps qu'il n'a pas ressenti ça ? Depuis l'échographie et l'effroi qui s'est ensuivi dans son esprit, dans son cœur, dans sa chair. Depuis ce creux brutal en lui qui l'a privé de tout désir et transformé en un être de colère. Comme par magie, toutes ces heures où il n'a fait que monologuer face à une Élise muette disparaissent. Il se penche vers elle. Il aimerait sentir encore son coude se ficher avec complicité dans le sien, il aimerait la prendre dans ses bras, étreindre son ventre contre le sien, sentir un peu de vie dans son ventre à lui, plus bas même, là où pour la première fois depuis des semaines, de façon inattendue, son sexe se dresse et réclame.

Lorsqu'il prend avec douceur la main d'Élise pour la serrer dans la sienne, elle le laisse faire. Et ce simple geste, ce rapprochement inespéré, lui fait l'effet d'un nouvel accord entre eux. Romain n'a plus peur, il sait quoi faire, maintenant.

Sa belle-mère n'est pas facile à convaincre, et Romain s'évertue à parer son récit de tout l'enthousiasme dont il est capable. Il aimerait qu'elle comprenne vite, qu'elle admette les bienfaits de cette solution que lui envisage avec clarté, la première issue qui s'offre enfin à eux, à vrai dire la seule, car il ne croit plus aux rendez-vous avec la psy.

— Oublie ça tout de suite ! ordonne Mina en détournant les yeux, horrifiée. On dirait des morts, ça me dégoûte.

Elle se lève, se met à arpenter le salon avec nervosité.

Romain referme brusquement le capot de l'ordinateur. Les vidéos et les images de ces *reborn babies* lui laissent, à lui aussi, une impression désagréable. Il reprend son récit au début, le concentre sur l'aspect thérapeutique, le plus crédible. L'après-midi même, il est retourné seul à l'hôpital, au service de gériatrie où il a retrouvé l'infirmière de Mme Marie. Fabienne, de son prénom, l'a renseigné avec gentillesse.

— Mina, ces faux bébés font des miracles auprès des patients atteints d'Alzheimer.

Mina lui retourne un regard noir. Quel rapport ? Sa fille n'a pas Alzheimer, qu'elle sache !

— Écoutez-moi jusqu'au bout.

Romain a suivi Fabienne jusque dans la chambre de sa patiente. Une piètre chambre bleue au lit défait que la lumière blafarde d'un après-midi gris couvre d'un voile triste et qui sent le désinfectant. Assise dans l'unique fauteuil à quelques centimètres du lit, Mme Marie balance doucement le berceau devant elle. En les entendant arriver, elle tourne son visage vers eux, mais, Romain le comprend immédiatement, elle ne le reconnaît pas. Fabienne lui parle lentement, posément, et la vieille dame accepte que l'infirmière prenne le bébé pour le placer délicatement dans les bras de cet homme inconnu.

— Tout doux, dit-elle seulement à Romain, tout doux avec mon Julien.

Comment convaincre Mina ? Lorsque Romain a reçu le bébé, un vertige s'est emparé de lui, qu'il choisit de taire. Professionnelle, Fabienne l'a tout de suite repéré, l'a rassuré.

— Vous verrez, vous serez heureux quand vous tiendrez le vôtre. Le vrai.

Il l'espère, parce qu'il n'a pas aimé la sensation éprouvée. Il a vite rendu le bébé à sa propriétaire et cache, à présent, à sa belle-mère le malaise qui l'a envahi.

— Mina, ces *reborn* pèsent le poids d'un vrai, ils en ont les traits, les mêmes petites veines. C'est dingue, mais ça marche.

— Dingue, tu l'as dit.

— L'infirmière m'a expliqué. Ça rappelle aux malades, surtout les femmes, la sensation des enfants qu'ils ont eus, qu'ils ont tenus dans leurs bras. Ces bébés les reconnectent à leurs émotions anciennes. Quand on leur en donne un à porter, dit-elle, leur visage se transforme. Ce n'est pas très scientifique, mais les malades s'en trouvent apaisés, réconfortés.

Romain répond au scepticisme lisible dans le regard de Mina.

— D'ailleurs, on devrait parler de « poupées » plutôt que de « bébés », mais ils exercent une fonction thérapeutique réelle. Y compris en maternité.

Mina lève les sourcils, intéressée. Sentant qu'il est sur une piste, qu'il peut l'emporter, Romain enfonce le clou, invente un peu, extrapole beaucoup, ment tout simplement.

— On utilise également en maternité ces « poupées » pour apprendre au personnel et aux futures mamans les bons gestes, la meilleure façon de manipuler un nouveau-né. Pour les familiariser avec le bébé à venir et les rassurer sur leur capacité à en prendre soin.

Au silence de sa belle-mère, à son regard fixe trahissant la profondeur d'une réflexion qui chemine, à ses doigts qu'elle tricote lentement les uns dans les autres, Romain sait qu'elle est sur le point d'approuver.

Plongée dans ses pensées, Mina est traversée par une inquiétude sourde. Romain compte sur elle pour instruire sa fille, pour lui montrer les gestes à accomplir, après tout, ce n'est pas si compliqué, a-t-il dit, n'a-t-elle pas déjà élevé un enfant ? Elle aurait dû refuser. Cette histoire de *reborn* ne lui inspire rien de bon. On ne remplace pas un bébé par un autre, ça ne marche pas. L'esprit humain est trop malin pour ça, trop retors, elle n'aurait jamais dû accepter. Ces faux bébés, ces morts-vivants, sont effrayants.

Mais Romain l'a d'abord chargée d'aider Élise à aménager la chambre de leur futur enfant, et Mina s'y consacre volontiers. Une chambre, c'est un lit, des meubles, une couleur pour les murs, des vêtements… toutes choses concrètes qui matérialisent l'enfant à venir. Élise va forcément réagir. Assise à côté de sa fille, Mina feuillette, avec un plaisir inattendu, les catalogues d'ameublement pour enfants, beaucoup plus épais et distrayants qu'autrefois. Régulièrement, elle s'arrête sur les pages retenant son attention et les montre à Élise, qui y jette à peine un regard.

— Ton bébé sera là dans quelques semaines, insiste Mina. Il faut lui préparer un joli cocon, accueillant et chaleureux.

À l'époque où elle-même était enceinte, ils avaient beaucoup moins de choix, c'était bleu pour les garçons et rose pour les filles, rien à voir avec les coloris variés d'aujourd'hui. Paul et elle avaient mis tout leur cœur à l'ouvrage pour la « chambre royale », comme ils l'appelaient avec fierté, en optant au début pour les tons classiques et puis finalement… Elle détaille le nuancier des couleurs et le violet lui saute au visage, qu'elle reconnaît dans un frisson.

— Cette teinte… elle te plairait ? demande-t-elle en avançant la page vers Élise.

Sa fille hausse les épaules, indifférente.

— C'était la couleur de ta chambre, quand tu étais bébé.

Mina ne s'y attendait pas, et pourtant c'était du Paul tout craché, cette façon d'exprimer ses émotions par les actes plutôt que par les mots. À son retour de la maternité, Mina avait trouvé la chambre d'enfant peinte en violet. Elle n'avait pas parlé du coloris, qu'elle trouvait joli, ni de l'odeur de peinture, encore prégnante. Que lui importait ? Dans un premier temps, sa petite Élise n'y dormirait pas, de toute façon.

Elle regarde à la dérobée le ventre de sa fille. Il est si plat, comment peut-il y avoir un être vivant là-dedans, peut-être se sont-ils trompés ? Impossible. Il y a eu une échographie, les médecins ne peuvent pas faire d'erreur dans ce domaine. Si Mina y posait la main, elle sentirait quelque chose, elle en est convaincue pour avoir déjà eu des enfants. Une chambre de bébé est faite pour être occupée, il est là, ce petit-fils à naître.

L'absence de réaction d'Élise l'énerve subitement.

— Alors, cette couleur ? Il faut que tu te décides, maintenant.

Sa fille ne répond pas. Les yeux rivés sur son écran d'ordinateur, elle regarde une vidéo de démonstration sur des baskets dernière génération répondant au doux nom de « Simple BB ».

— BB pour… bébé ? interroge Mina, une note d'espoir dans la voix.

— Pour basket-ball, corrige mécaniquement Élise, concentrée sur ces chaussures connectées qui se lacent, prétendument, toutes seules. La vidéo montre des adolescents réjouis d'y glisser les pieds et, *via* une application sur leur smartphone, d'en déclencher les serrage et desserrage automatiques des lacets.

— Génial, murmure Élise en ajoutant une paire pointure 39 à son panier. Comme Marty McFly dans *Retour vers le futur*.

— 350 euros pour des baskets ! s'exclame Mina, choquée. Je rirais bien que tu te retrouves les pieds serrés au point de ne plus pouvoir bouger, tiens. Et quand il apprendra ça, Romain n'appréciera pas.

Mina scrute la main de sa fille, hésitante au-dessus du clavier. Tout à coup, d'un clic, Élise invalide son achat et quitte le site.

— Alors qu'il y a plein de choses à acheter pour ton futur enfant…, surenchérit Mina.

Un enfant, ça coûte cher. Il en faut, des trucs et des machins : un lit à barreaux, un cosy, un berceau en osier (elle y tient, en souvenir de ce couffin où Élise dormait la nuit, dans leur chambre, et qu'elle déplaçait toute la journée pour garder sa fille auprès d'elle), une table à langer, une petite baignoire en plastique, une poussette, un porte-bébé, un babyphone, un transat, sans compter les biberons, les couches, les vêtements… Mais Élise ne l'écoute pas, et Mina, fatiguée de parler dans le vide, finit par décider seule. Elle choisit le blanc. Le blanc, c'est neutre et vierge, on ne pourra rien lui reprocher.

En quelques jours, Mina a tout organisé, tout installé. Il ne manque plus que l'occupant. Elle a fait repeindre la chambre, passé commande de tout le nécessaire : un matin, le kit complet arrive, entièrement blanc lui aussi. Elle a également rempli les tiroirs de la commode des habits nécessaires. Bodys en nombre, chaussons, babygros… Elle a montré à Élise le superbe pyjama blanc orné d'un énorme cœur où est écrit en lettres majuscules « Love Mum ». Inutilement, semble-t-il. Romain sera déçu de l'apprendre, mais la préparation de la chambre n'a suscité aucun écho chez sa fille.

Romain cherche le *reborn* le plus réaliste possible, tous ses espoirs reposent dessus. L'installation de la chambre n'ayant pas eu l'effet escompté, il est certain que son idée est la bonne, qu'il parviendra à toucher Élise au cœur. Ce *reborn* va éveiller en elle la maternité. Il va décupler l'ébranlement qu'il a senti en elle, dans ce couloir d'hôpital, au contact du faux bébé. Et cette grossesse calfeutrée s'épanouira enfin, se répète-t-il pour éloigner la peur mâtinant sa conviction. Après avoir visionné les vidéos postées sur Internet où une mère, un couple, une grand-mère, un adolescent filment l'arrivée d'un *reborn* dans sa famille d'accueil, parfois sous le regard d'un autre enfant, un vrai celui-là, Romain connaît cependant un moment de découragement. Toutes ces scènes auxquelles il a fini par s'habituer se ressemblent. Elles sentent le jouet, le feint, le factice ou la collection. D'ailleurs, la plupart des passionnés de *reborn babies* ne s'y trompent pas : les bébés ne sont pas vivants, il faut avoir Alzheimer pour ne pas faire la différence. Bientôt, en dépit de leur ressemblance troublante avec un nouveau-né, il ne voit plus, dans ces « bébés renaissance », que des corps en kit, des bouts de membres assemblés et peints par des femmes souvent talentueuses. Quand, alors qu'il désespère de trouver l'objet de ses rêves, il tombe brusquement dessus : un *reborn* si réaliste qu'il supplante d'emblée toutes les images précédentes.

Romain téléphone aussitôt à l'atelier de fabrication. Celui-ci est situé à quelques kilomètres seulement de leur maison, une chance qu'il interprète comme un signe du destin.

Il s'était imaginé un immense hangar où pendraient du plafond des têtes et des bras, des jambes et des pieds, des cous et des torses dénudés… et voilà que Véra, la responsable, lui ouvre la porte d'un simple atelier de trois pièces, de taille moyenne. Une forte odeur de résine règne dans la salle principale où une jeune femme aux bras couverts de tatouages, juchée sur un tabouret à vis, peint méticuleusement une petite main fichée sur un socle en bois. Elle se tourne à moitié vers Romain, levant sans s'interrompre un coude taché en guise de salut. À ses côtés, un homme tout aussi jeune, tout autant tatoué, couronne une tête de bébé de cheveux qu'il implante un par un à l'aide d'une grande aiguille. « Mohair et alpaga », précise Véra.

En pénétrant dans la dernière pièce, Romain ne peut réprimer un mouvement de recul. Sur le bureau repose un nouveau-né rouge et fripé. Jaillissant de son nombril, un bout de cordon ombilical, clampé, d'un blanc laiteux, pendouille contre le sexe minuscule recroquevillé sur deux bourses si gonflées qu'elles n'en forment qu'une.

— Nos bébés sont créés pour le cinéma, ils remplacent les vrais dans les films, explique Véra en détachant le cordon aimanté du nombril. Ce nouveau-né a été conçu pour une scène d'accouchement. Là, vous le voyez propre, mais, évidemment, dans les mains de la comédienne sage-femme, il était recouvert de vernix, de sang… Faux eux aussi, bien sûr.

Romain grimace. Cette évocation lui donne vaguement la nausée.

Véra s'arrête devant une table où repose un nouveau-né à la peau moins froissée, au visage ouvert.

— En voilà un autre, plus présentable, dit-elle avec un sourire.

Yeux clairs, cheveux châtains, peau blanche, il pourrait être le leur. Romain se penche, reste absorbé quelques instants dans la contemplation du regard bleu, fascinant. Véra attrape le bébé par les aisselles, le lève et le retourne sur sa paume. Romain est saisi par l'arrondi du dos et les fesses plissées, par les orteils repliés et les minuscules talons striés de rides ; ce corps ressemble à s'y méprendre à celui d'un nourrisson. Elle lui fait prendre diverses postures, et, à chacun de ses gestes, un bras, une jambe, comme doués d'une vie propre, bougent en retour.

Romain sursaute.

— C'est le silicone qui lui donne cette mollesse, cette flexibilité. Le silicone est comme une matière vivante qui épouse nos mouvements et y réagit. À la façon d'une marionnette animée, il répond à la personne qui le manipule. Ce qui, parfois, ajoute Véra avec un rire amusé, rend ces bébés difficilement supportables pour certains comédiens. Mais jugez par vous-même.

Elle recroqueville le petit corps en position fœtale et le pose dans les bras de Romain, partagé entre la curiosité et l'appréhension. Le bébé se coule contre lui, comme s'il s'installait, à son aise. Bien plus à son aise que le *reborn* de l'hôpital. Romain en ressent un trouble étrange, presque agréable. Surtout, il est fasciné par le naturel de ce faux enfant lové contre lui, épousant ses bras.

— Alors ? Qu'en pensez-vous ?

Romain sourit. C'est exactement ce qu'il cherchait.

— Il est parfait, conclut-il en tirant son portefeuille de sa poche arrière.

# II

# *EX UTERO*

Ces rendez-vous à la maternité confortent Élise dans sa décision de ne pas devenir mère. Car elle la voit, cette fatigue qui envahit les femmes déambulant dans le couloir avec leur chargement hurlant, ce halo de fatigue qui les marque semblablement. Leurs pas sont traînants, leurs gestes las, leurs corps difformes. Quelque chose en elles s'est envolé, elles ne sont plus qui elles étaient. Sans les connaître, Élise le jurerait : même leurs voix ont changé. Elle les suit des yeux, indifférente au regard de Romain qui s'attarde sur elle. Elle le sait, il l'observe dans l'espoir que quelque chose se produise, et sa déception est chaque fois plus palpable.

La psychologue, une blonde entre deux âges aux yeux verts de chat, a bien essayé de reconstruire son histoire, à coups de phrases et d'images destinées à apprivoiser ses peurs, mais ses efforts restent vains, Élise ne parle toujours pas. Les mots la fuient, les mots écrits comme les mots dits, ces maudits que sont devenus les mots. À chaque séance, c'est la même chose, au bout d'un moment, elle s'absente, les yeux dans le vague, sans plus écouter les questions de la psychologue, et à peine les réponses de Romain. Romain qui triche, de toute façon, qui écarte avec habileté ce qui le gêne. Elle laisse aller ses pensées sur le soleil pénétrant par la fenêtre ouverte, le ciel bleu du printemps, les bourgeons naissants aux grands arbres dans la cour. Elle laisse ses pensées s'envoler avec les premiers trilles des oiseaux, s'étonnant de ressentir aussi fortement la nature qui l'entoure tandis qu'à l'intérieur d'elle-même, là où la nature a pris des droits, elle n'éprouve rien.

Elle sait : Romain est convaincu que ces rendez-vous sont inutiles et il prend chaque fois sur lui pour l'accompagner. Elle sait : Mina désespère de pouvoir l'aider. Elle sait : la psychologue s'inquiète. Élise sait tout cela, mais elle sait aussi qu'elle ne peut rien y faire. Elle ne ressent rien.

Rien.

À l'exception de ce jour où cette femme, différente des autres, est apparue au fond du couloir. Élise la voit avancer, flottant dans sa robe de chambre élimée, son enfant serré contre elle, pareille à une hallucination. Vieille Vierge Marie au regard bleu perçant parmi les rides. Silhouette fantomatique traversant les âges. Ancêtre surgie du tombeau, son nouveau-né dans le berceau de ses bras.

Immédiatement, la scène lui revient, familière. Élise la reconnaît, de la reconnaissance du rêveur pour ces images se rappelant sans cesse à lui, surgissant aux portes des songes avec la constance des chiens fidèles. Longtemps, Élise a rêvé d'elle bébé, de son corps lourd et muet dans les bras d'une femme, Mina sans doute, même si ce n'était jamais très clair.

Élise regarde les lèvres flétries former les mots de cette berceuse, à la musique si familière elle aussi, comme si elle l'avait toujours entendue. Comme si, dans les méandres de sa mémoire, le chant s'était frayé un chemin jusqu'à sa conscience. « Reste auprès de moi, mon enfant, mon tout-petit », sa voix se joint à celle de la vieille femme, sa propre voix éraillée par trop de silence qu'elle reconnaît à peine, « le voyage n'est pas fini », retrouvant chaque mot, chaque parole.

Le petit corps que la femme place brusquement dans ses bras, aussi lourd, aussi plein que dans son rêve. Ce corps qu'on lui retire ensuite, sans crier gare. Le vide entre ses mains, ses pauvres mains ouvertes sur rien.

Et voilà qu'il est là devant elle, celui qui lui a rendu la parole.

Petit Jésus couché dans un carton posé sur la table du salon, vêtu d'un pyjama à l'inscription rouge « Love Mum », il dort mains entrouvertes, une lueur bleutée fendant ses paupières mi-closes. Le bébé de son rêve, c'est elle-même et c'est lui aussi. Comme si on avait sorti l'enfant invisible de son ventre pour vérifier que tout allait bien, qu'il existait bien, et qu'on l'y avait replacé ensuite. Happée par ce petit visage, elle ignore s'il s'agit d'un dérèglement dans le temps, d'une projection folle ou d'un souvenir tiré des limbes tournant en elle sans faire image. Écheveau de sensations confuses, de bribes qui jaillissent et disparaissent aussi vite.

Prise de vertiges, elle se retient à la table.

— Prends-le.

La voix de Romain, lointaine. Que se passe-t-il ? Qu'est-ce que c'est que cette histoire ? Pourquoi Romain et sa mère lui semblent-ils si loin ? Désorientée, Élise voudrait que cesse en elle ce tournis quand elle regarde ce « bébé » dont elle ne sait plus maintenant de qui il s'agit ni ce qu'il lui rappelle. Elle sait seulement qu'elle connaît ce moment, qu'elle l'a déjà vécu.

— C'est pour toi, ma chérie.

Et les mots de sa mère, brusquement, ouvrent les vannes.

« Pour toi, ma chérie. » Voilà ce que Mina lui avait dit ce jour-là. Une image lui revient tout à coup, qui interrompt le manège de ses pensées, l'image précise de cette chose que sa mère dépose à ses côtés dans son lit, cette chose « pour toi, ma chérie » qui fait cesser ses larmes et suspend son chagrin. Cette chose collée contre elle qui allait enchanter sa vie d'enfant.

Élise se penche sur le carton, saisie par la même émotion que ce matin où, petite fille, elle reçoit Thibaud, sa première et unique poupée. Tout d'abord lui revient en mémoire l'odeur, qui flotte et l'enveloppe de nouveau. Ce parfum vaguement écœurant du caoutchouc, émanation doucereuse des bras durs et des mains ballantes. Cette odeur, aigre, du cuir chevelu mou, percé par de minuscules trous noirs d'où jaillissaient des cheveux filasse et rêches. Et, maintenant, elle revoit les yeux azur et leurs grands cils noirs et rigides, elle réentend le claquement sec des paupières. Elle se souvient, comme s'ils dataient d'hier, du corps couché sur l'oreiller et des secrets confiés à cet *alter ego* muet et consentant. Ses chagrins, ses bonheurs, ses espérances, ses désillusions de petite fille… tout, alors, était vécu à deux. Comme elle avait aimé Thibaud ! En le ressuscitant, ce bébé devant elle rouvre le monde immense de ses cinq ans.

Mais elle en a trente-cinq maintenant, et ce bébé aux traits si vivants n'est pas la poupée de son enfance. Qu'est-ce que ça signifie ? Elle s'arrache à sa contemplation, se redresse, heurtée qu'on l'infantilise de la sorte.

— Vous voulez que je joue à la poupée, à mon âge ?

— C'est un *reborn baby*, répond Romain avec douceur.

— Un… quoi ?

Elle ne le quitte pas des yeux, inquiète.

— Un faux bébé. Prends-le dans tes bras, il va pouvoir t'aider, insiste-t-il.

— M'aider ?

— Élise, tu sais… Il y a la préparation à l'accouchement (en glissant rapidement sur son ventre, le regard de Romain s'assombrit), et ça, ce bébé, en quelque sorte, c'est une préparation à la maternité. Ta mère te guidera. Elle te montrera sur lui les gestes à faire, n'est-ce pas, Mina ?

Élise se tourne, vexée, vers sa mère.

— Comme quand j'étais petite, avec Thibaud, mon baigneur ?

Indifférente au reproche dans son regard, Mina lui adresse un sourire complice en acquiesçant d'un bref mouvement de tête.

— Ça se fait beaucoup, maintenant, continue Romain en posant une main sur le carton. On utilise ces faux bébés à l'hôpital, pour apaiser, rassurer. (Il se fait suppliant.) S'il te plaît, Élise, laisse-nous t'aider.

Romain, sa mère, ce bébé vont l'aider… Parce qu'elle serait inapte à la maternité. (Élise a une brusque et triste envie de rire.) Elle qui a tellement joué, enfant, à la maman !

— Ça me rassure, moi aussi, tu sais, murmure Romain.

Il se tient à ses côtés, silencieux, encourageant. Pour la première fois depuis longtemps, elle le sent proche d'elle, leurs mains côte à côte, presque à se toucher. Et si accepter ce bébé les réconciliait, les réunissait ? Elle a tant besoin de Romain. Dans sa situation, que risque-t-elle, de toute façon ?

Élise se penche de nouveau sur le carton. Timidement, elle commence par toucher la petite main, veinée comme la sienne. Contrairement au baigneur de son enfance, sous ses doigts la peau marbrée est souple.

— Prends le *reborn*, suggère Romain, si près d'elle que son haleine lui chatouille le creux de l'oreille.

Après une longue inspiration, elle glisse les mains sous les aisselles du bébé et le soulève. Instantanément, les bras s'écartent, le corps inerte se met en mouvement et elle est envahie par une nouvelle émotion, presque insoutenable, qui lui coupe le souffle. Lorsqu'elle le place contre elle, il s'abandonne avec souplesse, se recroqueville.

— On dirait un vrai, murmure-t-elle, impressionnée.

Dans le même temps que Romain s'est rapproché jusqu'à la toucher, Mina s'est éloignée, elle se tient maintenant à la porte du salon.

— Un vrai.

Élise soulève une main du bébé, la lâche, elle retombe, molle et lourde. Elle recommence avec l'autre, qui s'affaisse pareillement.

— Un faux-vrai, plutôt, la corrige Romain tandis qu'Élise colle davantage le petit corps contre son ventre, étonnée de sentir une douce quiétude monter en elle, l'envahir et, pour la première fois depuis des semaines, lui procurer un sentiment de paix… bientôt rompu par le claquement sec de la porte signant le départ de Mina.

— Il t'aidera, tu verras.

Alors il suffirait d'une projection pour laisser advenir l'enfant dans son ventre ? D'une poupée pour réveiller la mère en elle ?

— Mina sera là avec toi, tous les jours, assure Romain en ajoutant aussitôt, devant son froncement de sourcils dubitatif : Fais-le pour elle aussi. Ça lui changera les idées, elle pensera moins à Paul.

Si son père était là, Élise est certaine qu'il les taxerait de « ridicules », lui qui trouvait stupide cette histoire de poupée donnée aux petites filles et qui regardait Thibaud avec mépris. « Tu n'as plus l'âge, Elsie, de jouer avec lui. » Elle n'avait pas huit ans. Que dirait Paul en la voyant aujourd'hui avec ce *reborn* dans les bras ?

Dans la cuisine, Mina lave la salade pour le déjeuner, sans parvenir à se concentrer sur sa tâche. Ainsi Élise se souvient. Oui, autrefois, Mina avait joué avec son enfant et sa poupée. Comme toutes les mères du monde, elle avait joué à faire semblant, saluant la petite maman qui poussait avec fierté sa poussette dans le couloir, demandant des nouvelles du bébé sanglé à l'intérieur, félicitant les bruits de succion sortis des lèvres d'Élise qui donnait le biberon d'un air grave (« Il boit bien aujourd'hui, votre bébé, madame »), jurant de venir la chercher à l'école avec lui. Et Mina avait profondément aimé cette connivence, intime, entre elles.

Alors, là aussi, elle va jouer et faire semblant, mais elle n'y prendra plus de plaisir. En découvrant le *reborn* en même temps que sa fille, Mina a fait mine de supporter ce faux bébé, mais son aspect lui répugne. Elle s'est engagée auprès de son gendre, elle aidera Élise comme convenu, mais pas une seconde elle n'envisage de poser la main sur ce simulacre d'enfant, sur cet intrus inquiétant que Romain a glissé entre elles deux. Cette matière morte qu'elle ne touchera jamais. Elle n'attend qu'une chose : que le vrai bébé arrive. Dans un mois et demi.

Elle n'y croira que lorsqu'elle le verra.

Dans sa chambre, Élise se déshabille pour la nuit en pensant à cette histoire de faux bébé. Sa mère peut bien venir si elle veut, elle ne changera pas ses habitudes. Demain, elle courra avec sa dernière acquisition aux pieds, des baskets à bandes jaunes du plus bel effet, et ensuite… ensuite, on verra. Elle s'apprête à rejoindre son lit quand elle ressent une gêne subite, une pesanteur sur sa nuque. Elle se retourne. Allongé dans son carton, le *reborn* la regarde, les yeux grands ouverts. Que se passe-t-il ? Tout à l'heure, ses paupières étaient mi-closes et, maintenant, ses immenses yeux bleus pleins d'innocence sont posés sur elle, ostensiblement. Elle doit être en train de rêver. Elle s'approche, hésitante. À demi fermé, à demi ouvert, à chacun de ses pas le regard change. Elle avance puis recule, et elle comprend alors… Selon l'angle, la distance, la lumière, le regard n'est pas le même. Quelle illusion incroyable ! Elle n'a jamais vu ça. La poupée de son enfance n'a jamais eu ce regard entre-deux. Comment a-t-elle pu les confondre ? Les yeux de Thibaud étaient soit ouverts, soit fermés, grâce à un ingénieux mouvement de balancier qui abaissait et relevait ses paupières dans un bref claquement, à peine audible, mais qu'elle aimait entendre. Pour le plaisir, elle l'allongeait et le redressait des dizaines de fois de suite. Ouvert. *Clic*. Fermé. *Clic*. Ouvert. *Clic*. Fermé. *Clic*. Non, sa poupée d'enfance n'a jamais eu ce regard mouvant qui la suit des yeux, où qu'elle soit. Pareil à la Joconde, l'« effet Mona Lisa », comme elle l'a lu dans un livre. Ce faux bébé n'a rien d'une vraie poupée.

Elle se glisse dans son lit et l'observe, à la fois fascinée et rebutée par cet être étrange couché dans son carton. Elle sent quelque chose s'ouvrir à l'intérieur d'elle et se densifier, comme si son ventre se remplissait, la peur la gagne et son cœur s'accélère. Romain dort dans le canapé-lit du salon, elle pourrait le réveiller, mais, mue par un brusque désir, elle attrape le *reborn* et le pose sur le lit, à quelques centimètres d'elle. Allongée, les yeux fixés sur lui, Élise apprivoise sa présence, détaillant ses cheveux d'ange à son front, ses lèvres entrouvertes, son menton minuscule et, sentant ralentir les battements de son cœur, bientôt sourde aux bruits de la ville provenant de la fenêtre entrouverte et aux ronflements lointains de Romain, pour la première fois depuis des semaines, elle glisse sans heurt dans un sommeil d'enfant.

Tout ce que le corps comprend avant l'esprit ! Tandis qu'Élise dort, il se transforme d'une façon inouïe.

Au matin, ébahie, elle découvre ce ventre énorme et plein qui lui a poussé dans la nuit.

Les médecins en avaient parlé, mais elle n'imaginait pas que ça puisse arriver, comme ça, si vite. Rattraper presque huit mois de grossesse en quelques heures seulement. Élise roule sur elle-même, stupéfaite de trouver d'emblée les gestes pour apprivoiser la gêne nouvelle dans ses mouvements. Assise, elle glisse ses mains sous son bas-ventre, tenant en coupe l'énorme ballon. Un frisson de joie et d'inquiétude mêlées la parcourt au contact de cette peau tendue, de ce ventre disproportionné. Enceinte, elle l'est, oui, cette fois c'est sûr, elle est *bien* enceinte. Son ventre plein à craquer de l'enfant invisible, apparu, qui ne bouge pas encore sous ses doigts mais elle sait qu'il est là, et il lui apporte un soulagement inattendu en la faisant rejoindre la cohorte des femmes *normales*.

Tirée vers l'avant par son ventre rebondi, sa nuisette qui lui arrivait aux genoux est remontée en haut de ses cuisses et s'arrête maintenant juste sous son sexe. Debout au milieu de la chambre, Élise l'enlève. Nue devant le miroir en pied, elle découvre ce nouveau corps qui est le sien.

C'est elle, ce ventre énorme à la peau tendue de tambour et séparé en deux, à la verticale, par une longue et intrigante ligne brune glissant de son nombril bombé jusqu'à son pubis. Ce ventre conditionnant tout le reste parce qu'on ne voit plus que lui. C'est elle, ces seins gonflés qui débordent de chaque côté et qui lui plaisent aussitôt, elle trouvait les anciens trop petits malgré les compliments de Romain (« Moi, je les aime, plaidait-il, les petits seins, c'est élégant. »). Elle les soupèse, comblée de les sentir aussi lourds et pleins, presque douloureux.

Comme c'est drôle, elle était si effrayée par cette grossesse et, maintenant qu'elle est visiblement pleine d'un autre, elle pourrait presque aimer cette silhouette lourde et difforme dans le miroir. Au reflet duquel elle découvre alors une autre réalité : il va falloir bientôt laisser sortir celui qui vient juste d'advenir.

Derrière la porte, Romain s'agite le plus silencieusement possible, la pensant encore endormie. Élise enfile sa robe de chambre, devenue trop petite elle aussi, impossible à fermer, et elle fait un nœud grossier en dessous de son ventre nu, à découvert. Elle entend sa mère pénétrer dans l'appartement en soufflant, s'excuser pour son retard, un problème de bus, avec les bus c'est toujours pareil on sait quand on part jamais quand on arrive, enfin… Elle est là, Romain peut partir serein. Élise ouvre la porte, elle veut le voir avant qu'il s'en aille.

— Ah ! Tu es réveil…

Romain s'arrête net, bouche ouverte. Son regard stupéfait va et vient du visage d'Élise à son ventre dénudé. « Le voilà, ce corps que tu voulais voir rempli », pense-t-elle avec fierté. Elle s'approche de lui jusqu'à cogner son ventre au sien. Il recule en s'excusant, elle lui pardonne, elle n'a pas eu mal. Elle lui prend la main, l'approche d'elle.

Sa main collée au ventre énorme, Romain reste sans voix, hébété. Ses lèvres tremblent, ses yeux brillent, humides. Apercevant le *reborn* sur le lit, il sourit à Élise.

— Ça a marché, souffle-t-il. Oh, mon cœur !

Derrière lui, Mina, entrée à son tour dans la chambre, recule, les yeux écarquillés.

— Ma chérie, ma chérie, ma chérie, murmure-t-elle en boucle.

Dans leurs yeux, Élise lit l'émerveillement pour le prodige qu'elle vient d'accomplir. Tous les deux lui rendent grâce, communément, de les sortir comme ça, d'un seul coup, d'une situation si compliquée. Elle les rend heureux. Et si son père était là, il serait fier de sa petite fille qui a vaincu la peur.

Ce jour-là, Romain l'appelle plusieurs fois, pour lui tenir presque au mot près les mêmes propos.

— C'est moi.

— Je sais.

— Tu vas bien ?

— Oui.

— Et ton ventre… Il est toujours… ?

— Toujours gros, oui.

Élise imagine que ça marche dans un sens, pas dans l'autre. Maintenant, elle ne dégonflera qu'à l'accouchement.

— Bien, bien. (Romain a un petit rire.) Et…

Il prend des pincettes pour s'adresser à elle. De nouveau il rit, du même rire un peu forcé, avant de lâcher d'une voix sourde :

— Et, dedans, est-ce que tu sens… tu sens notre bébé ?

— Je ne sais pas, je ne suis pas sûre…

— Je comprends, mon cœur, je comprends. C'est si nouveau pour toi aussi.

— …

— Je vais essayer de rentrer tôt ce soir.

— D'accord.

Elle ne sait pas ? Elle n'est pas sûre ?

Au premier coup, elle a sursauté. Puis il y en a eu un autre, doux et ferme lui aussi, un déplacement en apesanteur, une évolution aérienne et liquide, légère comme de l'air, ondulante comme une vague. Et puis tout est devenu beaucoup plus fort, beaucoup plus net. Cette fois, elle le sent. Il est là, il existe, il ouvre un monde en elle, un monde habité. C'est incroyable, cette présence d'un seul coup, cette force ahurissante qui brise toutes les barrières. Oui, cette fois, au moment où elle raccroche avec Romain, elle le sent, ce bébé, au plus profond d'elle-même.

Elle peut être sûre de lui, maintenant. Il se confirme, de sa façon muette et bavarde : « Je suis là. »

— Tu es prête ? demande sa mère en entrouvrant la porte. On peut commencer ?

— Inutile, répond Élise en entourant son ventre de ses mains. Ça y est, il est là, tu vois bien.

Elle n'a plus besoin de se plier au jeu proposé.

— Ton ventre, oui, mais pas le bébé. Ce sont deux choses différentes.

« Tellement différentes », complète Mina intérieurement en pénétrant dans la chambre.

Élise avait l'intention de s'insurger contre ce jeu grossier, presque injurieux, mais la dureté dans le regard de sa mère, cet éclat sévère qu'elle lui connaît bien, l'arrête. « J'ai fait un effort pour accepter ce jeu, par amour pour toi, décrypte-t-elle dans les yeux de Mina. Alors maintenant… (Sa mère désigne le *reborn* sur le lit)… maintenant, tu n'as qu'à faire un effort, toi aussi, et obéir sans te poser de question. Après tout, c'est toi, la responsable de toutes ces complications. » Élise se sent fatiguée, soudainement, redevenue enfant, sans plus l'envie de livrer bataille. Et, puisqu'elle ne peut plus courir, si elle laissait faire sa mère ? Si elle se laissait faire ?

— On y va ? insiste Mina.

Romain, suspendu à sa décision avec angoisse, si soulagé en découvrant son ventre. Et Mina ragaillardie, sortant peut-être de son marasme, n'ayant pas prononcé une seule fois le nom de Paul. Finalement, constate Élise avec tristesse, ce *reborn* arrive dans la continuité d'une maternité dont elle est dépossédée. Depuis le début, son corps ne lui appartient plus, elle ne s'appartient plus : elle appartient à l'enfant qui a pris possession d'elle, elle appartient à Romain et Mina qui se sont approprié son ventre, devenu leur bien. Pourquoi n'appartiendrait-elle pas à ce *reborn,* dans son pyjama « Love Mum », qui la suit des yeux, prêt à jouer, lui aussi ? Cette façon qu'il a de la regarder, avec tendresse, presque ! Il lui évitera aussi de trop penser à ce bébé inconnu en elle. Alors, puisqu'elle n'a plus que ça à faire en attendant l'accouchement, Élise décide d'abandonner ce combat perdu d'avance. Et, même si ce *reborn* n'a pas grand-chose en commun avec sa poupée d'enfance, elle choisit de l'appeler Thibaud.

— Le repas, pour commencer, fait sa mère d'une petite voix en s'asseyant sur le lit à ses côtés, un biberon à la main.

Élise prend Thibaud contre elle, peinant à lui trouver une place sur son ventre. Après l'avoir calé sur le côté et installé ses deux petites jambes sur sa cuisse, elle dirige le biberon vers la bouche ; la tétine rétive bute au bord des lèvres, se replie sur elle-même.

— Doucement, la reprend Mina. Il faut d'abord lui titiller la bouche pour qu'il entrouvre les lèvres, sans forcer.

D'un seul coup, la tétine s'introduit à l'intérieur de la bouche avec un léger bruit de caoutchouc.

— Tiens le biberon suffisamment haut pour ne pas laisser passer d'air, sinon ton bébé fera de l'aérophagie et il aura mal de ventre.

— Ça m'est arrivé ?

— Non. Tu ne pleurais jamais. (Mina lâche un petit rire.) Et « Pas de pleurs… ».

Élise entend encore le baiser sonore de Paul sur son genou écorché et sa grosse voix : « … pas de douleur. »

— Un peu plus incliné encore, lui suggère sa mère.

Autrefois, les biberons pour poupée, fabriqués en plastique dur, se vidaient tout seuls. Élise adorait. Il suffisait de les retourner et, comme par magie, le liquide disparaissait. Dans la vraie vie, ce sera encore plus simple, se dit-elle, pas besoin d'apprentissage. Hop, la tétine dans la bouche et le bébé fait le reste. Il tète parce qu'il a faim, tout bêtement, n'importe quel petit d'animal fait ça.

— Après chaque biberon, les rots, annonce sa mère. Très important, car si tu le recouches et qu'un rot n'est pas passé, il risque de… Attention !

En remontant le bébé sur son épaule, Élise a laissé échapper la petite tête, qui a glissé sur le côté.

— Il faut toujours leur maintenir la nuque, la réprimande Mina. Un nouveau-né ne tient pas sa tête tout seul, il n'a pas les muscles pour.

Élise enveloppe de la main la nuque de Thibaud, colle son petit visage contre sa joue, il glisse au creux de son cou, s'y love. Elle tapote délicatement son dos qui tressaute au rythme de sa main. Contrairement à ce qu'elle avait imaginé, cette succession d'actions n'est pas si monotone. S'il n'y avait pas tous ces « il faut » et « il ne faut pas », elle s'en amuserait presque. Il a un rot de travers, il n'a pas fait tous ses rots. Il a froid, chaud. Soif, faim. Il a sommeil, il a fini de dormir… Tous ces gestes dédiés à la fonction de mère, joués dans l'enfance et soudain rejoués adulte, la divertissent. « C'est bien, c'est bien », approuve Mina. Serait-il possible que sa mère s'en amuse également ? Son regard s'est adouci.

À l'heure du bain, Élise ne s'y attendait pas, en ouvrant la couche elle découvre un sexe posé sur deux bourses. Thibaud a les organes génitaux d'un mâle. Rien à voir avec son baigneur d'enfance, un garçon asexué (en réalité un bébé neutre qu'elle aurait pu genrer comme elle voulait, mais, à l'époque, l'idée ne l'avait pas effleurée). Dans son esprit d'enfant, le baigneur était forcément un garçon, on disait toujours « le », jamais « la » bébé. Comme si le bébé était d'office masculin. Moitié fascinée, moitié troublée par les organes si réalistes, Élise fixe les bourses gonflées et le pénis plissé, il y a de la vigueur et du laisser-aller dans ce sexe exposé qu'elle n'ose pas approcher, comme s'il était un endroit interdit qu'il serait dangereux et même peut-être, oui, malsain de toucher.

— Dépêche-toi, il ne faut pas que le bain refroidisse.

Sa mère a rempli la petite baignoire de bébé en plastique bleu, et maintenant elle tourne, nerveuse, autour d'Élise.

— Il faut rester vigilante, le savon, ça rend les corps fluctuants. Moi, j'avais tout le temps peur que tu ne glisses entre mes mains, que tu ne m'échappes.

« Fluctuants ? Quel drôle de mot », se dit Élise en s'agenouillant, le petit corps nu dans les bras. Son gros ventre collé à la paroi l'oblige à une contorsion désagréable. Elle se concentre, décidée à appliquer à la lettre les recommandations faites à voix haute par Mina. « Tran-qui-lle-ment », elle descend Thibaud jusqu'au contact de l'eau. « Dou-ce-ment », elle immerge le petit corps en laissant les bras dodus s'enfoncer dans l'eau claire. « Soi-gneu-se-ment », elle savonne son ventre rond en maintenant le bébé d'une main sous la nuque. Immobile dans ses bras, Thibaud ne glisse pas. Au contact du corps flottant dans une douce apesanteur, Élise s'émeut de sa peau tendre et tiède.

— Ça suffit maintenant. Ne traîne pas, c'est comme ça que les bébés prennent froid.

Mina se trompe, il se produit tout le contraire. Avec la température de l'eau, Thibaud se réchauffe, son visage rosit et ses yeux voilés d'humidité font briller son regard, comme s'il était vivant.

— C'est fini, je te dis, sors-le de là.

Petite fille, Élise traînait le plus longtemps possible dans son bain, avec Thibaud. Elle y restait jusqu'à trembler dans l'eau presque froide, attendant le dernier moment pour quitter la baignoire et obtempérer, que Mina s'énerve vraiment et menace de lui prendre son baigneur. Elle entend de nouveau ce même agacement dans la voix maternelle.

— Sors-le de là, je te dis !

Elle se redresse, le dos douloureux, tirée vers le bas par son ventre plein, redoutant un instant qu'il ne la déséquilibre, que le bébé dans les bras ne lui échappe et ne devienne ce corps fluctuant évoqué par sa mère. Mais non, elle est debout, le *reborn* dégoulinant entre ses mains, sitôt recouvert par la serviette que Mina jette sur lui.

— Range-le dans son carton.

Le « ranger » ? Sa mère exagère. Et ce ton qu'elle prend, de plus en plus sec, de plus en plus autoritaire. Donc, c'est fini, on ne joue plus ? C'est l'heure de « ranger » la chambre et les jouets ? On ne fait plus comme si c'était un vrai ? Dans un carton, qui plus est. Et pourquoi pas dans un berceau de bébé, celui en osier, par exemple ? C'est plutôt là que Thibaud devrait reposer, non ? Aucune mère, à moins d'y être forcée, ne coucherait son enfant dans un vulgaire carton, n'est-ce pas ?

— Tu mettrais ton enfant dans une boîte, toi ? demande Élise avec agressivité.

Dans la bouche de Mina, les mots comme hachés :

— Tais-toi, tu dis n'importe quoi.

Dans les yeux de sa mère, soudain, l'image de cette boîte dans laquelle il avait fallu déposer son père et, tout de suite après, le reproche et la douleur d'avoir réveillé le malheur. Alors que Mina et elle auraient pu se remettre à jouer comme autrefois, de la même façon innocente et importante… « Tais-toi, mais tais-toi donc ! », se tance Élise, que le chagrin envahit soudain. Avec force, elle repousse l'image du cercueil descendant au fond du trou et se dirige vers le carton avec Thibaud, nu, dans les bras.

— Il faut les coucher sur le dos, ajoute Mina d'une voix blanche. Toujours sur le dos.

Mina se rappelle tout, comme si c'était hier. Pour éviter la mort subite du nourrisson, cette épée de Damoclès suspendue au-dessus des têtes de tous les parents, on mettait alors les enfants sur le ventre. Ensuite, paradoxalement pour la même raison, on les coucherait sur le côté, puis sur le dos comme aujourd'hui, mais, du temps d'Élise, c'était impérativement sur le ventre. Mina se souvient, d'une façon si prégnante qu'il lui semble que c'était hier, de l'angoisse la saisissant chaque fois qu'elle quittait des yeux le berceau de sa fillette endormie. Si elle s'était écoutée, elle ne l'aurait jamais laissée seule de toute son enfance, ni dans un lit, ni dans un couffin, ni dans une pièce où elle n'était pas. Elle aurait emmené Élise partout avec elle. Jour et nuit.

C'est d'ailleurs ce qu'elle avait fait les premiers temps en installant le berceau contre le lit conjugal. « Je l'allaite, c'est plus simple, pas besoin de se lever », avait-elle expliqué à Paul. De toute façon, un bébé dans une maison, c'est le sommeil qui fuit le foyer. Au lieu de ces larges plages où l'on avait pris l'habitude de s'étaler, les nuits devenaient des moments découpés, des bribes arrachées à un mauvais sommeil, fragile, superficiel. Au début, Mina ne dormait quasiment pas de la nuit. Elle écoutait dans le silence la respiration rapide d'Élise, redoutant qu'elle ne s'interrompe, comme si c'était la situation la plus probable, alors que, non, bien sûr que non, ce genre de chose ne devait pas arriver. « Ferme les yeux, lui intimait Paul. Dors ! » Paul qui ne dormait pas, lui non plus, et qui finissait par se lever, ivre d'insomnie, et gagner la chambre inoccupée d'Élise en face de la leur. Là, écroulé dans le fauteuil qui grinçait sous son poids, il entamait enfin une courte nuit en gardant la lumière allumée. Les yeux rivés au rayon lumineux filtrant sous le seuil de la chambre d'enfant, Mina finissait elle aussi par grignoter une ou deux heures de sommeil, son bébé accroché à son sein.

Mais quand Élise avait eu six mois, avec fermeté, Paul avait mis un terme à sa présence dans leur chambre. Il ne trouvait pas ça sain. Sain. Mais qu'est-ce qui est « sain », dans certaines situations ? Paul aurait-il trouvé « sain » ce bébé de silicone glissé entre eux, dans leur famille ? Sûrement pas. Il aurait détesté l'aspect de ce *reborn* et ses mouvements faussement naturels, il n'aurait jamais accepté qu'Élise ait envie de le coucher dans un berceau d'osier plutôt que dans son carton. Mina l'avait mal pris, elle aussi, et pourtant elle aurait dû y voir un bon signe, un signe encourageant. Signe qu'Élise saurait accueillir le bébé désormais évident dans son ventre. Elle joue le jeu, si bien, même, que Mina s'effraie du gouffre ouvert en essayant de faire d'elle une mère. C'est aujourd'hui seulement qu'elle le comprend : elle va bientôt perdre sa petite fille. Élise n'aura plus jamais cinq ans. Elle ne jouera plus à la maman, assise par terre dans sa chambre, elle ne bercera plus sa poupée, ni ne la couchera, ni ne lui parlera : « C'est l'heure du biberon, Thibaud. » Disparue, la petite « Elsie », la « Fillette », comme l'appelait Paul en ébouriffant la chevelure blonde quand il passait près d'elle, déclenchant toujours la même protestation : « Arrêêêête, papa, tu me décoiffes ! » Paul qui arrachait systématiquement sa fillette à son jeu : « Viens, on va se promener, on va faire la course ! »

Mina ne peut s'en prendre qu'à elle. Élise la femme va devenir mère, c'est son tour. Le bébé inerte va céder sa place à un vrai, un vivant. Mina doit laisser partir son enfant, malgré le chagrin.

« Mais enfin, tu croyais quoi ? (La voix de Paul, sa voix étouffée de grand fumeur.) Contre certaines choses, Mina, nous ne pouvons rien. »

Pourtant, elle s'en souvient, au départ de leur enfant, c'est lui qui a pleuré.

Autrefois, un babyphone était un simple émetteur et récepteur de sons, on n'y entendait que le silence ou les pleurs, et, en voyant apparaître la vision en couleurs si nette du petit lit et de son occupant sur l'écran, Mina est happée par l'image. Si Paul et elle avaient disposé de la même technologie, leurs relations auraient été plus simples. Lorsque Élise avait intégré sa propre chambre, Mina ne l'aurait pas perdue des yeux, elle aurait vécu plus sereinement le retour à leur intimité que Paul réclamait.

— Tu peux éteindre, dit-elle à sa fille. Il n'y a rien à voir.

La nuit, Mina entendait toujours la première les pleurs dans le babyphone. Elle se levait aussitôt, sans réveiller Paul, en dégageant délicatement son bras lourdement posé sur son épaule, et s'acheminait sur la pointe des pieds vers la chambre d'Élise. Parfois, arrivée au-dessus du berceau, elle la trouvait endormie de son beau sommeil d'enfant. Elle avait bien entendu des pleurs, pourtant.

— Tu ne l'éteins pas ? insiste-t-elle.

Élise contemple l'écran, hypnotisée, et Mina lit dans son regard la présence du bébé. À quoi pense-t-elle ?

— Tu m'as allaitée ?

Cette petite bouche arrimée à son sein, la pompant, la suçant, la dévorant... Oh oui, Mina avait allaité Élise, avec infiniment de bonheur. Son corps se souvient encore des lèvres avides et voraces et du plaisir ressenti, amplifié par les bruits de succion et les petits doigts pétrissant son sein, puis les morsures des premières dents. Un plaisir culminant avec ce tiraillement délicieux et régulier dans le bas-ventre, sexuel presque, elle ose le dire maintenant, et qu'elle peinait à cacher à Paul. C'était si bon de donner à manger et d'être mangée, si merveilleux d'offrir son sein. Si elle avait pu, elle aurait donné les deux en même temps !

— Sept ou huit mois, je ne m'en souviens plus exactement. Peut-être neuf.

Au-delà de six mois en tout cas, puisqu'elle se rappelle s'être levée la nuit pour donner une tétée dans la chambre violette. Mina regarde le biberon posé sur la table. Elle en a rempli, des biberons, avec ses seins ! Tellement que, certains jours, elle pleurait d'en avoir autant, d'en avoir trop.

— Si longtemps ?

— J'avais beaucoup de lait, j'en donnais pour les femmes qui n'en avaient pas assez.

Tellement de lait. Elle repense à la traite de ses mamelles si nourricières, à ce bébé qu'elle a tenu dans ses bras, à cette enfant qui a grandi en son sein. Mina aimerait raconter à Élise à quel point elle avait aimé faire corps avec elle.

— Et toi, tu allaiteras ?

Perdue dans la contemplation de l'écran, sa fille hausse les épaules, sans répondre.

À l'époque, il suffisait qu'Élise pleure ou que Mina prononce son prénom pour que ses seins se tendent sous une montée de lait. Élise, nourrie à ces mamelles gorgées que Mina frottait à son petit visage pour exciter sa faim et éveiller ses lèvres, la poussant à s'emparer à pleine bouche de son mamelon gonflé, à en tirer avec avidité tout ce qu'il y avait à y prendre. Au début, son sein droit donnait davantage et elle avait craint que l'autre ne se tarisse, mais le gynécologue, amusé, l'avait rassurée : si l'un de ses seins donnait moins, ce n'était pas grave. Quant à ne plus en avoir du tout d'un côté – cette fois, il avait paru agacé –, les annales de la médecine ne comptaient aucun cas de ce type. C'est l'allaitement qui activait les niveaux de prolactine, elle devait simplement penser à proposer les deux seins en alternance. S'il le disait… Mais, même avec ces explications, Mina continuait de se sentir démunie. Et si seule. Après la naissance, Paul s'était replongé avec fureur et acharnement dans son travail, et elle n'avait eu personne sur qui s'appuyer dans la journée. C'est d'une femme qu'elle aurait eu besoin alors. Une mère, une grand-mère, une tante, une voisine, n'importe qui pourvu qu'il y ait une femme auprès d'elle.

Mina se sent soudain épouvantablement vieille, épuisée par ces souvenirs d'une existence ancienne, devenue presque irréelle. Tout cela est loin, si loin. C'était une autre vie.

Prétextant la fatigue, Élise s'est retirée dans sa chambre. Elle a allongé Thibaud à ses côtés, sur le lit, bras écartés, et elle pense maintenant au bébé qui va naître, ce bébé qui arrivera nu. Elle ne sait pas si elle aura envie de le prendre contre elle, si elle saura s'en occuper. Ne croit plus qu'elle l'abandonnera comme elle l'avait envisagé. Ignore si elle le mettra au sein. Élise se demande si elle pourrait envisager une autre bouche que celle de Romain, fût-ce celle d'un enfant, de son enfant, à ses mamelons. Elle se tourne vers Thibaud, au regard calme, au sourire accueillant. Et si… ? De l'index, elle effleure le petit nez en trompette, descend jusqu'au creux au-dessus des lèvres, suit les courbes de la bouche entrouverte. Et si elle essayait pour voir ? Un coup d'œil vers la porte fermée. Avec sa bouche morte et ses lèvres immobiles, Thibaud ne tétera pas, mais sa présence contre elle lui donnerait une idée du contact créé par l'allaitement. Pourquoi pas ? Elle déboutonne sa chemise, approche le petit visage de ses seins, hésite. Le droit ? Le gauche ? Manque de renoncer, heurtée par l'incongruité de son idée. Puis se décide. Collant le visage contre son aréole, elle adapte la bouche à son téton droit, étouffant, au moment où son mamelon dressé s'introduit entre les lèvres entrouvertes, son sentiment de gêne. Ce qu'elle fait là est étrange, indécent, presque, certainement stupide. Pourtant, elle ferme les yeux et se laisse aller à ses sensations, les mains posées sur ce corps couché sur le côté, contre l'arrondi de son ventre. Pour commencer, c'est un apaisement, qui se transforme, à mesure que s'écoulent les minutes, en un engourdissement merveilleux, chaud comme une caresse, qui l'absorbe petit à petit. Irradiant peu à peu son corps, le ressenti moelleux augmente et se diffuse, confus, d'origine indéterminée. Élise entrouvre les yeux, intriguée par cette fièvre à son ventre, à sa poitrine. Les minutes s'accumulent, la sensation se précise, sa source aussi. Maintenant, elle écarquille les yeux, tous ses sens en alerte : entre ses bras, la chaleur inconnue se répand ouvertement, une chaleur grandissante dont elle comprend subitement qu'elle provient du *reborn* collé contre elle !

— AAAH !

Elle le repousse, le rejette violemment à l'autre bout du lit. Horrifiée, elle ne peut plus s'arrêter de hurler.

La porte de la chambre s'ouvre sur Mina, affolée.

— Qu'est-ce qui se passe ? Qu'est-ce qui se passe ?

Sa mère se précipite sur elle, referme d'un geste vif la chemise ouverte sur les seins nus d'Élise, encadre son visage de ses mains.

— Calme-toi, ma chérie, calme-toi !

Elle déplace ses mains, tremblantes, sur le ventre de sa fille.

— C'est le bébé ? Ça ne va pas ?

— Il est chaud, il est chaud ! hoquette Élise en se levant avec lourdeur. (Elle désigne le *reborn* à l'autre bout du lit.) Touche-le, tu vas voir.

Sa mère se redresse, tout à coup hors d'elle. Comment un enfant sans chair peut-il prendre vie ?

— Mais qu'est-ce que tu racontes !

Debout dans la chambre, Élise tremble de tous ses membres en activant son smartphone.

— Il se réchauffe, son corps se réchauffe !

Sa mère la regarde, hébétée, les yeux pleins d'effroi, les membres raidis. Prise d'un étourdissement, elle se laisse retomber sur le lit. Et si le jeu devenait réalité ? Si, à force d'y croire, de le vouloir, un miracle s'accomplissait… ? « Après tout, un Pinocchio de bois est bien devenu un enfant de chair. »

Au téléphone, Romain se confond en excuses, il est désolé, ce paramètre lui était totalement sorti de l'esprit.

— C'est à cause du silicone, Élise. Il absorbe et retransmet la chaleur humaine.

— Quoi ?

— La matière est froide au départ, mais, au contact d'un corps vivant, elle se charge de sa chaleur. En physique, ça s'appelle un transfert thermique.

Élise refuse de le croire.

— C'est comme pour ses gestes, c'est parce que tu bouges qu'il bouge. Pour la chaleur qu'il dégage, c'est pareil, c'est la tienne, c'est toi qui la génères.

Il ment.

— Mon cœur, c'est une poupée de silicone, tu comprends ? Un simple amas de silicone qui réagit à ton corps. Laisse-le seul dans un coin et tu verras.

Élise s'approche du lit, les yeux fixés sur Thibaud. Il a atterri comme elle l'a jeté, n'importe comment.

Tournée sur le côté, sa tête forme un angle incongru avec son corps désarticulé, jambes et bras propulsés en tous sens, totale aberration anatomique. Elle s'approche, le cœur battant, à l'affût d'un geste, d'un mouvement, d'une respiration. Même infimes, elle les verra, elle épie avec tant d'acuité le petit corps affaissé. Soutenue par le regard de sa mère, Mina la non-croyante, qui croit conjurer le sort en se signant d'une main agitée, Élise ne quitte pas des yeux Thibaud aux membres déboîtés, semblable à une poupée maltraitée par un enfant impulsif. Elle a eu si peur ! Elle ne doit pas s'effrayer, a dit Romain, elle doit le manipuler pour constater qu'il s'agit d'un simple phénomène physique. Juste une illusion de vie dans un simulacre de corps. À quelques centimètres du bébé, elle avance une main hésitante. Ça y est, elle le touche, et les joues et le front, et le menton et les mains : tout est comme avant. Un corps souple et doux, froid. Elle se décide à le saisir, sa tête pend un instant dans le vide, mais, rapidement, elle le tient tout entier dans ses bras où il glisse avec naturel, se recroquevillant dans la position du fœtus. Elle reste ainsi, debout au milieu de la chambre, le temps qu'il faut.

Romain a raison.

Si elle garde suffisamment longtemps Thibaud contre elle, son corps se réchauffe. Parce qu'elle est vivante, il prend vie.

Elle repense à ce qui s'est passé tout à l'heure, à cette fièvre qu'exhalait le corps de l'enfant et qui se transmettait à son propre corps. Pas seulement d'elle à lui, comme le prétend Romain, mais aussi dans l'autre sens : c'est lui qui la réchauffait.

Maintenant, avec émotion, elle le regarde dormir, les paupières closes, bien calé dans le berceau d'osier où elle l'a installé d'autorité. Si le petit garçon qui doit sortir d'elle lui procure le même effet, peut-être qu'elle l'aimera. Peut-être que son arrivée balaiera la peur et que tout ce qui lui semble si difficile aujourd'hui ne sera plus qu'un souvenir indistinct, amené à disparaître. Ce sera peut-être aussi simple que ça.

Enfant, c'est ce qui lui plaisait le plus : habiller et déshabiller sa poupée au gré de ses envies. Élise n'aime pas le pyjama dont Thibaud est affublé, marqué de cette injonction lancée à son visage, criée à son intention. Elle va lui en mettre un autre. « Love Mum », quelle stupidité ! Comme si un nouveau-né sans parole pouvait revendiquer un sentiment aussi compliqué. Comme si l'amour se décrétait. Une publicité mensongère conçue par des commerciaux experts dans le marché juteux de la petite enfance, voilà ce que c'est.

Elle pénètre dans la future chambre de son bébé.

— Qu'est-ce qu'on va te choisir de beau ? demande-t-elle à voix haute en posant le *reborn* sur la commode, visage tourné dans sa direction.

Elle tire le premier tiroir et découvre les pyjamas. Il y en a au moins une dizaine, soigneusement rangés. Elle déplie le premier de la pile immaculée.

— Celui-là ?

C'est un pyjama « Love Mum », identique à l'autre.

— Ah non, non !

Elle le replie, saisit le suivant puis un autre encore, elle les sort les uns après les autres, de plus en plus frénétiquement, jusqu'au dernier qu'elle examine, incrédule. Les douze pyjamas sont blancs, tous identiques, tous floqués sur le devant du fameux « Love Mum » en lettres rouges ! Qu'est-ce que ça veut dire ? Son incompréhension grandit lorsque, en ouvrant le deuxième tiroir, elle découvre des bodies, des chaussons, des chaussettes, des gilets, tous blancs, eux aussi. Avec appréhension, d'un geste nerveux qui ébranle le meuble et fait trembler Thibaud, elle s'attaque au troisième tiroir. Il s'ouvre sur des dizaines de couches rangées en piles crayeuses. Soudain, cette commode éventrée l'effraie. Elle se retourne vers la chambre, la main placée sous ce ventre qui tire et lui fait mal. Pour la première fois, elle regarde avec clairvoyance ce qui l'entoure. La commode, le lit, la table à langer, le cosy, la lampe : tout est d'un blanc aveuglant.

Elle sursaute en entendant un bruit de pas. Sa mère se tient dans l'encadrement de la porte.

— C'est quoi, ce blanc partout ? murmure Élise en balayant la pièce des bras.

— Tu ne peux t'en prendre qu'à toi, rétorque Mina d'une voix cassante. Je t'avais proposé du bleu, du rose, du violet.

— Je n'aime pas ces couleurs, rétorque Élise en fronçant le nez d'un air dégoûté.

Mina s'énerve brutalement.

— Voilà ce que j'aurais aimé que tu me répondes à ce moment-là. Mais non, tu ne voulais pas choisir, tu ne t'intéressais à rien en dehors de tes baskets. Tu n'as rien fait pour m'aider.

Élise se retient de crier : elle ne pouvait pas ! Si elle avait pu, elle l'aurait fait. Pourquoi sa mère a-t-elle toujours l'air de penser qu'elle le fait exprès, que c'est sa faute ? Elle attrape la pile des « Love Mum », la brandit en direction de Mina.

— Pourquoi ils sont tous pareils ?

— Parce que… (Sa mère bafouille une seconde, avant de se reprendre.) Parce que tu avais un pyjama qui y ressemblait, un cadeau de ton père, après ta naissance.

Mina a trouvé un pyjama semblable au sien, trente-cinq ans plus tard ? Désarçonnée, Élise laisse tomber la pile de ses mains dans le tiroir ouvert, en vrac. À quoi joue sa mère ?

— Ce bébé n'est pas le tien, lâche-t-elle entre ses dents serrées, tandis qu'une soudaine fureur la fait vibrer de l'intérieur. Et c'est un garçon, je te rappelle.

Élise sent son visage se cribler de taches blanches.

— Tu ne voulais pas t'en occuper, tu ne voulais pas y penser, c'est ta faute, pas la mienne ! assène Mina d'une voix retentissante en tournant les talons. J'en ai assez entendu.

— Arrête de crier ! hurle Élise, soudain hors d'elle.

— J'arrêterai quand tu te seras calmée. Tu te mets toujours en colère… De toute façon, tu es née en colère.

— Arrête de me dire ça !

Cette colère, qui dépasse sa compréhension et va la déborder, justement, Élise veut la contenir de toutes ses forces. Elle ne va pas la déverser sur sa mère, elle ne lui donnera pas raison. Sa mère ne l'emportera pas. Pas question. Elle attrape Thibaud sur la commode et, en se mordant les lèvres pour ne rien ajouter, lui enfile un pyjama avec des gestes rapides mais mesurés, attentive à ne pas le brusquer.

— Qu'est-ce que tu fais ? s'inquiète Mina.

Elle part. Il faut qu'elle quitte cette pièce trop blanche. Qu'elle fuie sa mère, qu'elle fuie cet appartement. Il faut qu'Élise sorte d'ici.

— Je sors, annonce-t-elle d'un ton bravache en relevant Thibaud, habillé.

Toutes ses pensées fixées sur la porte, elle soutient d'une main son bas-ventre, consciente tout à coup qu'elle marche avec une lenteur exaspérante.

— C'est bien, répond alors Mina d'une voix blanche. Un bébé, il faut que ça respire.

Dehors, le temps est beau et chaud. Élise tourne son visage vers le ciel, avide de goûter, dans la douceur de ce début d'été, la caresse du soleil et le souffle du vent, d'écouter les battements d'ailes des canards. Son regard glisse sur le lac bordé d'une allée large et sinueuse, file vers ce petit bois qui débouche devant le bac à sable et la terrasse du Verdoyant, où Romain et elle s'arrêtaient toujours prendre un café à la fin de leur entraînement. Rien que de suivre des yeux cette allée tant de fois foulée, elle se sent revivre. Elle prend conscience seulement maintenant à quel point sortir de l'appartement la soulage, combien l'air du dehors l'allège, comme elle est heureuse d'être seule. Ou presque. Élise regarde Thibaud allongé dans la poussette. Elle l'a emporté sans se poser de questions, dans un réflexe qu'elle ne s'explique pas, pour le soustraire à sa mère. Mais qu'est-ce que Mina aurait pu lui faire ?

— Lili !

Au bout de l'allée, une silhouette grandit, bras levé, main qui s'agite à son intention, familière avec son gros sac en bandoulière battant sa hanchc.

— Li-li !

Ça alors ! S'appuyant d'une main sur le dossier du banc et retenant de l'autre le bas de son ventre, Élise se redresse lourdement.

— Vanessa !

Elle répète le prénom de son amie pour se convaincre de sa présence, c'est si inattendu de la voir ici ! Essoufflée, échevelée, Vanessa se précipite dans ses bras, ses fesses et hanches repoussées par le gros ventre d'Élise.

— Ma Lili, j'suis trop heureuse de te voir ! s'écrie-t-elle en lui déposant un baiser sonore sur chaque joue. Tu sais que ta mère s'est fait prier avant de me dire où tu te trouvais. Elle était d'une humeur... !

Vanessa et sa mère, comme chat et chien depuis l'époque où Mina minaudait auprès des copines et des amoureux de sa fille. Élise était alors une adolescente boutonneuse, évidemment coiffée au poteau par la séductrice aux yeux d'azur que tous ses amis « a-do-raient ». À l'exception notable de Vanessa que ce numéro de charme agaçait et qui, pour faire rire sa copine, imitait sa mère, à grand renfort de gestes maniérés et de phrases élogieuses : « Vous êtes si formidable, Éric (ou Pierre, Manu, Gaëtan et d'autres encore...), si élégant, si cultivé. » Mina s'en était évidemment aperçue et, depuis, elle battait froid cette Vanessa qui lui résistait.

Son amie desserre son étreinte et la regarde avec admiration.

— Je peux ? demande-t-elle, la main déjà posée sur le ventre d'Élise. C'est dingue ! Non mais c'est dingue ! Pourquoi tu ne m'en as pas parlé ? Pourquoi tu ne me répondais plus ?

— Tu es rentrée quand ?

Vanessa se laisse tomber sur le banc, à ses côtés.

— Toi alors... Hier soir. Je peux fumer ?

Elle ouvre grand son sac de Mary Poppins, toujours le même, usé jusqu'à la corde et rempli de tonnes de trucs, inventaire d'une vie de voyages entre deux trains et trois avions. Parmi une brosse à dents, deux livres écornés, une vieille trousse maculée de taches de peinture, un agenda débordant de papiers et ventru comme la bedaine d'un sénateur, des Kleenex usagés, des barrettes qui ne ferment plus, des bonbons collés aux miettes de tabac, des stylos dont un sur deux fonctionne, elle finit par trouver son paquet de cigarettes, en allume une à la hâte et recrache une longue bouffée.

— Mmm. Ah, ça fait du bien ! Si tu savais comme c'est chiant pour fumer aux États-Unis. Évidemment, toi, tu t'en fiches, tu n'as jamais fumé.

Elle se tourne vers Élise.

— Tu sais que tu m'as fait peur, idiote ! Qu'est-ce qui s'est passé ? Qu'est-ce que c'est que cette histoire ? Romain m'a appelée la semaine dernière, mais je n'ai pas tout compris. En tout cas, quel beau ventre tu as, c'est génial.

Elle remarque la poussette.

— C'est quoi, ça ?

Elle se penche, avance la main vers le drap recouvrant Thibaud jusqu'au menton et, avant qu'Élise n'ait le temps de réagir, le découvre complètement.

— Un bébé ?

Son regard court alternativement de la poussette au ventre d'Élise. Elle s'approche, regarde plus attentivement, pose la main sur la joue de Thibaud, la caresse, de moins en moins délicatement, et s'exclame soudain :

— Mais c'est un *reborn* !

Élise acquiesce en silence, honteuse. Son amie va la croire folle. Mais Vanessa éclate de rire.

— Ça alors, t'es encore plus américaine que les Américaines, toi !

Elle attrape le poignet du bébé, le caresse.

— Doux comme un vrai, avec des veines et tout, il est sacrément réussi, dis donc. Tu l'as appelé comment ?

Elle relâche la main qui retombe mollement sur le drap.

Ainsi donc elle n'est pas la seule. Aux États-Unis, des femmes ont un faux bébé à qui elles donnent un prénom, sans se cacher. Élise se sent allégée d'un poids. Elle attend un enfant, elle joue à la poupée et ça fait rire Vanessa. C'est simple, et c'est tout sauf grave. Elle a bien fait d'annuler le rendez-vous de demain matin avec la psychologue. « Tout est rentré dans l'ordre », lui a dit Élise au téléphone en expliquant son ventre apparu.

— Tu permets ?

Sans attendre la réponse, Vanessa pointe son portable sur la poussette et prend une photo.

— Trop mignon. Je te l'enverrai quand j'y penserai.

« C'est une grande avancée », en a convenu la psy, tout en essayant de la persuader de venir faire un petit point, si elle le souhaitait, bien sûr.

— Vas-y, maintenant, la presse Vanessa. Raconte-moi tout.

Elles cheminent lentement vers le lac et Élise reprend l'histoire depuis le début.

— Tu sais qu'un instant, Lili, j'ai cru que ton Thibaud était vrai. À New York, j'ai croisé une fille qui en avait adopté un, parce que un *reborn*, ça s'adopte avec certificat et tout le toutim... Eh bien, elle le trimballait partout, même au restaurant, et les gens s'y trompaient. Je crois bien que, pour elle, il était vivant.

Élise regarde d'un air protecteur le doux visage poupin. Oui, elle peut comprendre, il a parfois l'air si vivant.

— En tout cas, toi, tu ressembles à une vraie mère de famille, fait remarquer Vanessa en avançant ses mains vers la poussette. Tu me le prêtes ?

— Si tu veux, mais ne marche pas trop vite.

Élise se penche au-dessus de la poussette pour réajuster d'un geste automatique le drap qui a glissé.

— Quand je pense que, bientôt, il y en aura un vrai là-dedans, soupire Vanessa en la regardant faire. Je vous envie, Véro et toi. Tu sais que je vais être tante dans peu de temps ? Ma sœur doit accoucher d'un garçon, elle aussi…

Élise entend la tristesse dans sa voix. Son amie n'a pas trouvé le géniteur de ses rêves, son Amérique à elle, et l'enfant qu'elle veut à tout prix se transforme petit à petit en une chimère. La vie est mal faite, Élise ne voulait pas d'enfant tandis que Vanessa, obsédée par le décompte de son horloge biologique, cherche un reproducteur, et chaque jour qui passe l'en éloigne cruellement un peu plus. Élise pourrait lui donner son enfant à la naissance, elle y a pensé, mais c'est irréaliste, évidemment, Romain n'accepterait jamais.

— Romain doit être si heureux de devenir père, murmure Vanessa en reprenant leur marche.

Lui père, elle mère. « Si je mourais, Vanessa pourrait prendre ma place », se dit soudain Élise.

— À ton tour de me raconter. C'était bien, ta résidence ?

On dirait sa mère, habile à changer de sujet à l'abord des rives délicates. Mais, en même temps, ça la réjouit de voir s'illuminer le regard de Vanessa qui saute avec facilité d'une histoire à une autre.

— Formidable ! La responsable culturelle était super compétente. Elle m'a organisé une expo finale dans une galerie, petite mais très fréquentée. J'ai vendu cinq toiles, t'imagines ? Ça va me faire mon année.

— Bonjour, gentes dames.

S'inclinant avec une courtoisie exagérée, un homme aux tempes grisonnantes se place d'autorité à leur hauteur.

— Ah, les enfants, comme c'est beau ! dit-il en jetant un œil à la poussette.

Son regard glisse du ventre d'Élise au visage de Vanessa sur lequel il se fixe, enjôleur, dans une entreprise très visible de séduction. Yeux plissés de vieux charmeur, sourire à pleines dents, trop droites et trop blanches pour être d'origine.

— Mais leurs mamans aussi sont très belles.

Avec grâce, Vanessa lui retourne son plus large sourire, « Merci », dit-elle d'une voix doucereuse, puis, sans crier gare, elle lance brusquement la poussette dans sa direction en lui annonçant d'un ton sec :

— Tenez, je vous le donne !

Dans un réflexe, Élise avance les mains pour rattraper la poussette, en vain. Heurté par l'engin, l'homme recule précipitamment et, l'air épouvanté, s'enfuit sans demander son reste.

Vanessa éclate de rire.

— Quel gros trouillard ! Non mais tu l'as vu, celui-là ? S'ils savaient comme ils sont ridicules, tous ces vieux chats, à se prendre pour des lions.

Élise serre ses mains sur le guidon de la poussette en examinant Thibaud avec anxiété. Mais il n'a pas bougé d'un cil, il n'a même pas glissé.

— Qu'est-ce qu'ils m'énervent, à bomber le torse et à croire leur sexe irrésistible ! continue Vanessa, agacée. Heureusement que le ridicule ne tue pas, il y aurait de la perte côté mâle, crois-moi. En tout cas, celui-là, il ne manque pas d'air. T'as vu ça, un peu ? L'âge d'être grand-père et il drague encore les jeunes mères !

— Toi surtout, parce que moi, on ne voit plus que mon ventre. Je n'attire plus grand monde.

— Ne dis pas ça. Tu portes la vie, il n'y a rien de plus sacré. Les hommes sont des imbéciles, tu ne perds rien.

Si, justement. Elle explique à son amie que Romain dort dans le salon, que ce ventre les éloigne plus sûrement que n'importe quoi ou n'importe qui d'autre, que cette grossesse signe peut-être la mort de leur amour, que…

— Tais-toi, Lili, ça, c'était avant. Avant ton gros ventre qui ne date que de ce matin, je te rappelle, laisse à Romain le temps d'assimiler. Comment voulais-tu qu'il se comporte face à une grossesse dont il ne voyait rien ? Déjà qu'en temps normal c'est dur pour un père qui n'éprouvera jamais dans son corps la présence d'un enfant, qui ne le découvrira qu'à sa naissance, alors dans votre cas… Tu le sens bouger ?

— De plus en plus, oui.

Tout à l'heure, assise sur le banc, Élise a encore senti de grandes manœuvres à l'intérieur d'elle, comme de très grosses bulles qui se déplaceraient lourdement. Des mouvements tout nouveaux qui, en même temps, semblent installés depuis longtemps.

— Tu as de la chance d'avoir rencontré un type comme Romain. Regarde-moi, des années que je galère pour trouver un homme qui ferait un père digne de ce nom. Soit ils sont déjà pris, soit ils sont trop vieux. Moi, j'en veux un de mon âge avec des spermatozoïdes de compète, pas des bourses flapies qui ont tout donné, merci. Si ça continue, je vais finir par faire un enfant toute seule.

Élise se rembrunit. Elle s'interdit de parler à Vanessa de ses angoisses, elle qui a la chance d'avoir tout ce dont rêve son amie : un mari qui sera un bon père, un enfant, une vie stable et heureuse. Elle s'efforce de sourire gentiment.

— Tu sais pourquoi les yeux des bébés paraissent si grands ?

Non, Élise ne s'est jamais posé la question.

— Parce que les yeux sont le seul organe humain à avoir dès la naissance leur taille définitive. Alors, forcément, c'est une affaire de proportions, dans le tout petit visage, ils semblent énormes.

La sonnerie du portable de Vanessa retentit dans le parc déserté, dont l'ambiance est très différente, en ce jour de semaine, du parc de week-end qu'Élise connaît. Aujourd'hui, les chants d'oiseaux résonnent au lieu des cris des enfants ou des crissements de baskets des joggeurs. La conversation dure peu, son amie se contentant de réponses lapidaires tenant la plupart du temps en un mot : « oui ». À travers l'écho téléphonique, Élise reconnaît la voix de sa sœur, plus jeune que Vanessa de quatre années mais qui se conduit comme si elle était l'aînée des deux.

— Merde ! Cette connerie de décalage horaire me met la tête à l'envers. J'ai promis d'accompagner Véro pour des courses et, tu la connais, elle déteste qu'on ne fasse pas comme elle a prévu. Elle organise sa *baby shower* mardi.

— Sa *baby*… quoi ?

— T'es pas si américaine que ça, finalement. C'est une fête de… Et puis non, je ne te dis rien, tu verras de tes propres yeux. Parce que tu viens avec moi mardi. Tu ne peux pas refuser, Lili, j'ai horreur de ses copines.

(Elle désigne Thibaud.) T'auras qu'à l'emmener, ça mettra un peu d'ambiance.

Élise regarde son amie filer sans attendre de réponse. Vanessa a toujours été en retard, partout, et elle n'en cache pas la raison. « C'est ma façon à moi d'être certaine que quelqu'un m'attend. » En vérité, son amie aimerait surtout attendre quelqu'un. Elle se penche sur Thibaud, dans la poussette au pied d'un grand chêne. Sous cet éclairage, ses yeux sont de nouveau ouverts et le mince sourire inscrit sur ses lèvres s'est élargi.

— C'est quelqu'un comme toi qu'il lui faudrait, murmure-t-elle en caressant du bout des doigts la joue veloutée.

Comme il est doux, Vanessa a raison. Si elle le lui prêtait, peut-être que son ventre se mettrait à grossir comme le sien ?

Vanessa a parlé de quoi au juste, mardi ? Une *baby* quelque chose… Élise est incapable de s'en souvenir.

Romain a parlé de la grossesse d'Élise, il n'a pas pu s'en empêcher. La vision de ce matin l'a complètement retourné et il n'a pensé qu'à ça toute la journée. Ce ventre devenu énorme le temps d'une nuit l'effraie et l'émerveille à la fois. C'est le ventre d'une magicienne, d'une sorcière. Le miracle espéré a eu lieu. Lorsqu'il a posé sa main dessus, ce matin, il a senti la tension sous la peau étirée, puis, derrière cette frontière de chair, la présence mystérieuse d'une existence nouvelle. Sa main sur le ventre d'Élise a provoqué en lui une petite décharge électrique, comme quelque chose qui lui faisait signe. Quelque chose qu'il désirait depuis longtemps, sans en avoir conscience. Quelque chose qui l'obsède désormais.

Toute la journée il a eu peur, peur que le ventre d'Élise ne soit qu'un mirage et qu'il dégonfle aussi vite qu'il avait enflé. Alors, à l'issue de sa réunion de direction, il a parlé de la grossesse d'Élise. Il ignore ce qui lui a pris, mais, au moment où tout le monde se levait pour quitter la table, la phrase est sortie toute seule. « Je vais être père dans un mois. » Il s'est ensuivi un brouhaha de félicitations et de reproches affectueux – « Quel homme secret vous faites, patron. » Et il a serré des mains, souri, remercié. Puis la porte s'est refermée, le laissant seul avec cette peur nouvelle. Peur d'être allé trop vite, d'avoir pris un risque en annonçant trop tôt la nouvelle. Et si quelque chose se produisait, remettant en cause cette future naissance ?

— Et tu ne nous le dis que maintenant ? s'est étonné Andreas, son adjoint, père d'une petite fille de quelques mois. En général, on attend les trois premiers mois à cause d'une fausse couche éventuelle, mais là, à quelques semaines de l'accouchement, mon cher, tu es ce qu'on appelle un homme prudent.

Romain l'a entendu dans sa voix, Andreas était surtout vexé de l'apprendre en même temps que les autres.

« Je vais être père. » La première fois qu'il avait prononcé ces mots, Élise enceinte de sept mois et demi se tenait debout devant lui, le ventre plat.

Il rassemble ses affaires, range ses documents dans la serviette de cuir offerte par Élise pour sa promotion de directeur général, jette un œil sur son portable. Il a promis de rentrer tôt et il est déjà 20 heures. Après un dernier coup d'œil dans la salle vide, il éteint la lumière et ferme la porte.

À peine dans l'appartement, Romain tombe sur sa belle-mère. Elle sort de la chambre du bébé et elle a l'air fatigué, arborant son visage dur et plissé des mauvais jours.

— Tout va bien ? lui demande-t-il. Tout s'est bien passé ? Où est votre fille ?

— Je suis dans le salon.

Élise est assise sur le canapé, vêtue d'un pantalon de jogging calé sur ses hanches et de ce vieux tee-shirt extra-large que Romain avait commandé un jour sur

Internet en se trompant de taille. Soulagé de constater qu'il épouse un ventre aussi gros que celui de ce matin, peut-être même davantage encore, Romain lève son regard sur le visage d'Élise, changé lui aussi d'une façon incroyable. En quelques heures, elle a pris des joues, ses pommettes roses sont plus rebondies, ses yeux verts brillent d'un éclat inconnu, sa figure est tachetée d'une charmante et nouvelle constellation.

— Comme tu es belle.

Il se penche pour l'embrasser, émerveillé. Désormais, tout est clair dans son esprit, Élise et lui attendent un bébé, Mina sera grand-mère, ils vont enfin former une famille comme les autres, ou presque. Car, avec la disparition de Paul, leur famille déjà réduite a été amputée d'un membre, et non des moindres. Romain a le cœur serré en repensant à cette statue qu'il croyait indéboulonnable rendue à la terre. C'est chaque fois pareil : plus les êtres sont aimés, plus leur perte est brutale, à n'importe quel âge, et plus la poussière qu'ils laissent derrière eux met de temps à se dissiper. Longtemps, elle reste en suspension sur les objets et les êtres alentour. À son insu, à l'intérieur de lui, l'absence de Paul s'est transformée en une présence invisible et douloureuse ; Romain aurait tant aimé annoncer lui-même la bonne nouvelle à son beau-père.

— Au revoir, je file. (Mina se tient sur le seuil du salon, vêtue de son imperméable.) Je vous emprunte un parapluie, signale-t-elle en brandissant l'objet en question avec un geste vif. Ils ont prévu de l'orage.

— Vous voulez que je vous reconduise chez vous ?

Romain espère qu'elle va refuser, il n'a qu'une envie, c'est de rester avec Élise.

— Merci, non, ça ira. Je te laisse avec la colère de ma fille.

S'appuyant d'une main à l'accoudoir et soutenant de l'autre son gros ventre, Élise se redresse lourdement. Il remarque alors les points blancs tacheter son visage, le transformer brusquement.

— Arrête avec ça, grince-t-elle à l'intention de sa mère. Je te raccompagne à la porte.

Romain enlève sa veste, ôte ses chaussures, déboucle la ceinture de son pantalon. De loin, il entend résonner les voix de Mina et d'Élise, l'une grave et vibrante, l'autre aiguë et agacée. Elles se disputent. En s'affalant sur le canapé, Romain manque d'écraser le *reborn*, calé entre deux coussins. « Le fameux qui se réchauffe », dit-il en l'attrapant par un bras. Il chantonne l'inscription sur le pyjama, « Love Mum, Love Mum », le balance de gauche à droite devant ses yeux, se félicitant de son idée qui a tout remis en ordre d'un claquement de doigts, qui a rendu la parole à Élise et fait exister son ventre.

— Sacrément efficace, dis donc, murmure-t-il.

Dans son dos, il entend claquer la porte d'entrée. Il a hâte maintenant que leur petit garçon naisse, il se demande à qui il va ressembler. À Denis, il n'espère pas. À Paul, ce serait très bien. À lui, surtout, Romain, son père. Il faut lui trouver un prénom. En voyant entrer Élise, il lâche le *reborn*.

— Ça ne va pas, mon cœur ? demande-t-il en lui ouvrant les bras.

Pleine de son enfant, avec cette nouvelle démarche lente et lourde qu'il aime déjà, elle avance, les mains tendues vers le *reborn*, tombé en travers des deux coussins. Elle le rallonge précautionneusement, lisse son pyjama d'une main nerveuse. Elle n'a pas un regard pour lui, et Romain tapote le canapé avec insistance : « Viens à côté de moi. » Sa mère et elle se sont sérieusement disputées, il le sent à ses gestes saccadés. Enfin, Élise se décide à s'asseoir, et Romain peut refermer ses bras sur elle. Il a attendu ce moment toute la journée, ils sont enfin tous les deux.

— Tu t'es disputée avec ta mère, je vous ai entendues. Qu'est-ce qui se passe ?

— Je ne veux plus qu'elle vienne, souffle Élise.

Romain s'écarte, heurtant le *reborn* du coude. Avec vivacité, Élise réarrange les coussins.

— Pourquoi ?

— C'est bon, réplique-t-elle avec brusquerie. On a fait le tour de la question, et Mina me parle comme si j'étais une enfant. Je n'ai plus l'âge de recevoir des ordres de ma mère.

— Tu es injuste. Depuis le début, ta mère fait tout pour t'aider.

— Peut-être, mais j'ai besoin de calme et elle n'est pas calme du tout.

« Toi non plus », pense Romain en gardant pour lui sa réflexion.

— Et elle a le chic pour me faire sortir de mes gonds. Elle m'a encore balancé cette phrase comme quoi je serais née en colère. J'ai pris sur moi, mais maintenant, il faut qu'elle parte. Elle m'étouffe et j'ai besoin d'air.

« En colère, comment peut-on naître en colère ? », s'interroge Romain.

— C'est toi qui vois, conclut-il. Si tu me dis que tu n'as plus besoin d'elle…

— J'ai aussi annulé le rendez-vous avec la psychologue, ajoute Élise d'un ton décidé.

— Ah ?… D'accord. (Passé le premier moment de surprise, il a l'air soulagé.) C'est vrai que maintenant que le bébé est là… (Il jette un nouveau regard admiratif sur son ventre.) Maintenant que tu… Oh, Élise ! Il a bougé !

Au niveau du nombril boursouflé, il vient de voir onduler et disparaître une petite bosse toute ronde.

— C'est lui, n'est-ce pas ?

Il pose aussitôt sa main sur son ventre.

Pourtant, il n'y a déjà plus rien, Romain a beau déplacer sa main, il arrive trop tard. Plusieurs secondes s'écoulent, il regarde le ventre avec impatience, guettant sous ses doigts le mouvement à venir, ce mouvement qu'il espère de toutes ses forces et qui se fait attendre, puis, au moment où il va abandonner, déçu, il le sent soudain dans le creux de sa paume. C'est une vague lourde et tranquille, suivie par des petits coups, comme une manifestation à son intention, des mots de morse qui l'atteignent en plein cœur et font phrase : « Coucou, papa. » Voilà ce que Romain entend : depuis son abri, son fils s'adresse à lui. Il se laisse glisser du canapé, s'agenouille aux pieds d'Élise, entoure son ventre de ses mains, y colle son visage. Heureux, si heureux ! À l'intérieur, l'enfant n'arrête plus de bouger et chaque mouvement sous ses paumes, chaque coup porté, même léger, arrache à Romain un nouveau sourire béat. Il suit avec fascination les variations, de plus en plus nettes, de ce ventre qu'on dirait malaxé par des membres invisibles. Derrière cette bosse, cette protubérance, cet étirement subit de la peau, il se fait fort désormais de reconnaître un talon, un pied, un coude. Jusqu'à cette déformation bouleversante, et si impressionnante, qu'il affirme y deviner le corps tout entier. Approchant ses lèvres du nombril gonflé, il murmure à l'intention du petit être à l'autre bout du cordon :

— Mon bonhomme, nous t'attendons, ta maman est prête, maintenant.

Tandis qu'Élise, dans un geste automatique, lui caresse la tête, emmêle ses doigts dans sa chevelure brune, il ajoute en pensée : « Et pas de colère en arrivant, d'accord ? »

Peu à peu, les mouvements s'espacent. Un coup plus faible, un dernier plus lointain, et puis plus rien. Romain se redresse. Il attrape par le poignet le *reborn* couché sur le canapé et le soulève.

— En tout cas, lui, c'était une bonne idée, n'est-ce pas, mon cœur ?

Élise fronce les sourcils.

— Ne le tiens pas comme ça, tu vas lui arracher le bras.

Il éclate de rire.

— Pas de danger, il est solide.

— S'il te plaît, Romain, repose-le.

Il rallonge soigneusement le *reborn*, puis, lançant un regard moqueur à Élise, il époussette avec de grands gestes exagérés son pyjama immaculé.

— Voiiilààà, il est tout beau tout propre. Maintenant, on va pouvoir le ranger.

— Comment ça ? s'insurge Élise.

Tout à l'heure Mina, et à présent Romain. C'est une manie, décidément.

— Enfin, Élise, tu n'en as plus besoin. Ce n'est pas toi qui nous reprochais de te faire jouer à la poupée ? Ce *reborn* a fait son œuvre, il peut quitter les lieux désormais.

Dans un rire forcé, elle lâche l'unique argument lui venant à l'esprit :

— Mina vient de partir, tout le monde ne va pas ficher le camp en même temps, tout de même !

— Je te rappelle que c'est toi qui la chasses.

— Je vais me sentir seule toute la journée.

Elle tressaille quand Romain pose la main sur son ventre. Il s'étonne :

— Seule ? Avec notre enfant à l'intérieur de ton ventre ?

Oui. Seule. Elle s'énerve :

— Tu ne peux pas te rendre compte, tu ne ressens pas ce que nous ressentons, nous les mères, de l'intérieur, justement. Ce n'est pas pareil.

Romain retire sa main, soudain gêné.

— D'accord, d'accord. Excuse-moi. Si tu veux, on va le laisser en vue. Pour le souvenir. Ça te va ?

— Merci.

Ce soir, plus question de canapé. Vêtu d'un tee-shirt et d'un slip, Romain se glisse dans le lit. Collé au dos d'Élise couchée en chien de fusil, il lui souffle « Je t'aime » à l'oreille, avant d'envelopper son ventre rond de son bras et de se reprendre : « Je *vous* aime. » Prise en étau entre ces deux hommes, l'un dehors l'autre dedans, qui occupent trop de place, Élise se sent à l'étroit. Ils lui tiennent trop chaud. La nuit commence à peine et déjà, malgré sa nudité, elle est prise de sueurs. Devenue en un jour la baleine du dernier trimestre évoquée à mots couverts par le gynécologue, elle ne sait plus quelle position adopter. Depuis une demi-heure, une lourdeur s'est de nouveau installée dans le bas de son ventre, l'enfant s'est peut-être déjà retourné. Elle a envie de se dégager du bras de Romain pesant sur elle, de s'éloigner de la vibration familière de ses ronflements à son oreille.

Sur l'écran du radio-réveil, les heures se succèdent. 3 heures du matin. Incapable de trouver le sommeil,

Élise ne quitte pas des yeux Thibaud assis au troisième étage de la bibliothèque de leur chambre, entre une horloge Lip vintage et la photographie noir et blanc d'un couple d'amoureux sous un pont de Paris. « On va le mettre là », a décrété Romain tout à l'heure en le posant sur l'étagère. Objet parmi les autres objets, à ses yeux à lui. Pas à ceux d'Élise. Les rayons de lune s'infiltrant entre les lames des volets illuminent le petit visage, se posent sur lui à la façon des doigts protecteurs d'une fée sur un nouveau-né. Une main sur son ventre, Élise contemple la réplique bénie de ce bébé en elle qui, bientôt, jaillira de l'obscurité. Non. Non. Elle chasse de son esprit l'idée affolante de l'accouchement tout proche pour concentrer ses pensées sur Thibaud, si apaisant parmi les ombres douces. Sa présence, son regard direct et calme la rassurent. On dirait un ange.

4 h 35. Elle bouge pour s'éloigner du corps de Romain. Il grogne, se tourne dans l'autre sens en soupirant, puis, quelques secondes plus tard, ses ronflements reprennent. Elle l'envie, elle le déteste, pour son sommeil sonore et sans vergogne alors qu'elle ne parvient pas à trouver le repos. La faute à ce ventre trop vivant, terrain de jeux noctambule, ou trop mort quand il est lourd, comme ce soir, du sombre silence de son occupant endormi.

Les battements de son cœur résonnent dans sa poitrine, elle n'en peut plus d'être allongée. Avec lenteur et précaution, Élise rassemble ses jambes et s'assied au bord du lit. Depuis la bibliothèque, Thibaud la suit de son regard attentif tandis qu'elle se lève et s'approche. Elle se tient nue devant celui qui, en une nuit, a soufflé sur son ventre et l'a rempli, les liant l'un à l'autre désormais. Elle avance les mains, le prend dans ses bras. Il a la taille et le poids qu'aura celui à naître, et la même chaleur si elle le maintient suffisamment longtemps contre elle, maintenant qu'elle a retiré son pyjama et collé son ventre dénudé au sien. Sa peau contre la sienne et, déjà, le petit torse tiède éveille son corps frémissant et le remplit de réconfort, écartant de son esprit l'angoisse de l'accouchement, lui laissant imaginer que l'enfant est né. Lui contre elle, elle va peut-être pouvoir arracher, grâce à ce subterfuge, un peu de sommeil à sa première nuit de femme insomniaque.

Au matin, Élise ouvre les yeux sur Thibaud recroquevillé sur l'étagère. Elle l'avait pourtant soigneusement assis, mais il s'est affaissé au cours de la nuit, et son visage, incliné sur son épaule, est tourné vers elle. Elle le regarde. Il a changé. Le bleu de ses yeux s'est assombri, ses paupières se sont alourdies, à moitié closes, réduisant son regard à une fente, une fulgurance aiguë qui la transperce et qui lui parle : « Je ne suis qu'un amas de tissu et de chair, un aggloméरat soumis à la gravité, à la chaleur et au froid, dit ce regard. Je ne suis *que* ça, mais je suis aussi *tout* ça. » Elle sursaute en entendant le tintement aigrelet de la petite horloge, sa voisine, qui sonne la demie de 8 heures. « Ne me laisse pas », lit-elle encore à la fente bleutée.

Debout devant la bibliothèque, Élise soulève Thibaud et le tient devant elle, clouée à son regard couleur ciel qui retrouve toute sa pureté. Il a repris son allure de la veille.

— Bonjour, lui murmure-t-elle en le calant dans ses bras.

Romain est au travail depuis longtemps, elle se souvient de son baiser furtif à la commissure de ses lèvres aux alentours de 6 heures. Sa mère partie, elle n'a plus d'attitude à avoir, plus d'ordres à recevoir, plus de remarques à subir. De personne. Elle a enfin repris possession d'elle-même, elle va pouvoir vivre à sa façon.

Avec Thibaud.

Fini, les exhortations d'une Mina qui se nourrit à moitié et double les rations de sa fille sous prétexte qu'elle doit manger pour deux. À l'heure du déjeuner, Élise se prépare une salade, simple et rapide, et tant pis si les aliments crus ne sont pas conseillés. Elle s'installe sur le canapé du salon en surélevant ses jambes, douloureuses depuis ce matin. Sur l'écran du babyphone posé devant elle, le dormeur repose sur le matelas encore emballé de plastique, paisiblement couché les fesses en l'air dans la position d'une grenouille. Babyphone qu'elle sait totalement inutile. Il ne se passera rien dans ce lit, il ne peut rien s'y passer, et pourtant, entre deux bouchées, Élise ne peut s'empêcher d'y jeter un œil. Entre le boîtier de plastique et l'enfant de silicone, comme un fil tendu, invisible, vibrant d'une attente presque sonore. Comme si une parole pouvait naître dans le grand silence, comme si un mouvement pouvait rompre la longue immobilité, un frémissement, une ombre, un souffle, presque rien mais *quelque chose*. Après tout, puisque Thibaud se réchauffe, pourquoi les corps silencieux n'auraient-ils pas une âme ?

Un malaise s'empare d'Élise ; elle attrape le babyphone, approche l'écran de son visage, soudain saisie par ce qu'elle y découvre. Comment a-t-elle pu ? Soutenant d'une main son ventre pesant, elle s'extrait du canapé dans une grimace. Elle se hâte, mais qu'il est devenu difficile de déplacer ce corps ! Parvenue dans la chambre, se dirigeant vers le lit, elle entend résonner les paroles de Mina comme si sa mère hantait encore les lieux : « Jamais sur le ventre, tu m'entends ? Jamais. » Élise agrippe Thibaud et le retourne, soulagée de constater que ses bras s'ouvrent aussitôt en croix, naturellement, comme un animal couché sur le dos écarte les pattes, pacifique et confiant.

Précis et fiable, Romain l'appelle toujours avant de quitter le bureau. C'est le moment où Thibaud regagne son étagère. Élise le remet à sa place en le calant cette fois entre deux piles de livres, bien droit pour qu'il ne glisse pas dans la nuit. Est-ce un effet de la lumière ? Son regard plonge en elle, profond, attentif. Elle embrasse doucement sa joue veloutée.

— À demain, lui chuchote-t-elle à l'oreille.

Et le fin sourire aux petites lèvres est comme un acquiescement.

— C'est maman.
— Je sais.
— Ça va, ma chérie ?
— Ça va, merci.
— Tu as besoin de quelque chose ? Si tu as besoin de quelque chose, je suis là, hein, tu le sais.
— Oui, je le sais, mais ça va, merci.
— Même si tu as besoin d'une simple présence, je suis là. Je peux me taire, je ne te dérangerai pas, je serai juste là. S'il te plaît, laisse-moi venir.

Elle n'a surtout pas besoin de sa mère, et pourtant la petite fille en elle crie, réclame que Mina la prenne dans ses bras et la berce pour faire cesser la peur. Comme autrefois.

Mais Élise n'est plus une enfant. Elle repense à son père, à ses yeux embués de larmes le jour où, jeune fille pleine d'élan de vingt-deux ans, elle quittait l'appartement familial. Paul, si assuré d'ordinaire, lui avait donné l'impression de vaciller. « On est toujours seul dans la vie, lui avait-il glissé à l'oreille, mais tu vois, on y arrive. »

— … Merci. À dimanche.

— Pourquoi tu n'as pas pris le *reborn* ?

Vanessa et elle sont en chemin vers chez Véronique où se déroule la fameuse « douche de bébé » dont Élise ne sait toujours rien, elle a oublié de regarder sur Internet.

— Pas pensé.

— Dommage, je suis sûre qu'il aurait fait sensation.

Justement, elle n'en a pas envie. Thibaud n'est pas une bête de foire, c'est une affaire privée. C'est son histoire à elle.

— Tu l'as laissé à ta mère ?

— Je t'ai dit qu'elle était rentrée chez elle. On reprend notre rythme habituel, elle viendra déjeuner dimanche, comme avant.

— Excellente décision, commente Vanessa en tirant sur sa cigarette. À Romain, alors ?

Elle n'a rien laissé du tout, à personne. Chaque matin, lorsque Romain ouvre les yeux, le bébé a regagné sa place dans la bibliothèque. Elle ne lui en parle plus.

— C'est encore loin ?

Élise s'est forcée à venir, pour faire plaisir à Vanessa. Désormais, dès qu'elle marche un peu longtemps, elle a mal partout. Surtout dans le bas du ventre, à croire que la tête de l'enfant a commencé à s'engager entre ses jambes !

— Véro dit la même chose sur son Instagram. Tu devrais suivre son @fantasticmum, Lili, c'est bourré de conseils. Faut te mettre à la page, la tendance est au Mommy Internet.

— Tu ne lui as pas parlé des débuts de ma grossesse ?

Elle espère vraiment que non : Véronique et elle ne se sont jamais entendues. Élise avait longtemps pensé que Véro l'autoritaire, Véro l'exclusive, jalousait sa relation avec sa sœur. Puis, en grandissant, tout ça n'avait plus eu beaucoup d'importance, elles ne se voyaient presque jamais, mais Élise n'oubliait pas que Véro pouvait être mauvaise langue et fabulait souvent pour se mettre en avant.

— Tu ne lui as rien dit ? insiste Élise.

— Pour qui tu me prends, Lili ? Je ne suis pas folle, je connais ma sœur. Tiens, ça y est, on est arrivées, c'est la porte jaune, là-bas.

Écrasant sa cigarette et fourrant le mégot dans sa poche, Vanessa l'avertit dans un rictus moqueur.

— Bienvenue à la *baby shower* de Véro, la fête de fin de grossesse entre filles. Pluie de bonbons, inondation de cadeaux, déluge de jeux concoctés par une tripotée de copines retombées en enfance... De quoi sortir « douchée », ironise-t-elle.

À peine entrée, Élise regrette d'être venue. Dans le couloir, elles avancent en faisant voler à leurs pieds une flopée de ballons de baudruche bleus estampillés « *Happy baby shower*, Véro » et, au moment où elles pénètrent dans le salon, « Frère Jacques » cède la place à « Fais dodo, Colas mon p'tit frère ». Mais qu'est-ce qu'elle fait là ?

— ... Et, bien sûr, playlist de petites filles de circonstance, complète discrètement Vanessa à son oreille.

Resplendissante dans une tunique-pantalon indigo mettant en valeur ses jambes restées fines, Véronique avance avec la démarche d'un mannequin du magazine *Enceinte*.

— Ah, voici ma sœur ! Ponctuelle, comme d'habitude ! s'exclame-t-elle, déclenchant autour d'elle des petits rires entendus.

Elle scanne Élise d'un regard affûté avant d'afficher un sourire satisfait :

— Et une consœur de grossesse !

Dix filles habillées en bleu ciel de la tête aux pieds papillonnent dans la pièce.

— Merde ! Le dress code ! s'exclame Vanessa en se tapant le front. J'ai complètement oublié, pardon.

— Pour celles qui ne la connaissent pas encore, je vous présente ma sœur, pas à la bonne heure, pas de la bonne couleur. (Véronique claque deux bises sonores sur les joues de Vanessa avant de reculer, l'air dégoûté.) Tu sens encore la cigarette !

« Mais quelle vipère », pense Élise.

— Et voici sa vieille copine, ajoute Véro en la présentant d'une main vague. D'ailleurs, Élise si tu as besoin d'une *baby planner* fabuleuse, je te présente Nina. C'est une perle.

Une grande gigue perchée sur des talons se tourne à moitié vers elle et lui jette un sourire commercial, vide et stéréotypé, à peine esquissé. Élise se tasse, mal à l'aise. Elle ignore ce qu'est une *baby planner*, et ces anglicismes à tout bout de champ la dépassent. Elle est sauvée par les premières paroles de « Ah, vous dirai-je maman » qui envahissent le salon et sonnent le rassemblement frénétique des filles autour de la pile de présents posés sur la table.

— Les ca-deaux ! Les ca-deaux ! scandent-elles en chœur.

Ça aussi, Vanessa a oublié de lui en parler. Elles sont arrivées les mains vides, mais Élise s'en réjouit, finalement. Elle fait quelques pas de côté, se détache du groupe.

Au pied d'un gâteau à plusieurs étages surplombé d'une cigogne en plastique portant dans son bec un bébé dans un linge, une vingtaine de paquets, emballés dans du papier bleu. Véronique en saisit un, commence à l'ouvrir, s'interrompt pour lire le mot qui l'accompagne. Elle fait durer le plaisir et, sous les « Ohhh » enthousiastes accompagnant chaque déballage, elle brandit tour à tour un nounours en peluche, un pyjama bleu, une girafe Sophie en caoutchouc, un hochet multicolore en bois, une veilleuse en forme de cœur, un deuxième pyjama bleu, un faux biberon rempli de tétines, un doudou lapin à grandes oreilles, un troisième pyjama, ah, blanc, cette fois... Elle n'en finit plus d'ouvrir des cadeaux, tous de marques et hors de prix. « Pour le temps qu'ils vont durer... », songe Élise. Quand, au milieu des papiers froissés, son regard est attiré par une carte postale abandonnée. Elle s'en approche, la saisit. Soudain, l'excitation ambiante ne l'atteint plus. C'est une très belle scène éclairée à la bougie, aux couleurs chaudes et douces, représentant deux femmes dont l'une tient dans ses bras un nouveau-né emmailloté sur lequel se pose toute la lumière. La femme qui porte l'enfant endormi est vêtue d'une tunique rouge vermillon, taillée dans un tissu roide et rêche. Femme sans marque extérieure de féminité, sans bijou, aux cheveux cachés sous une coiffe plongée dans l'ombre, femme intériorisée, penchée sur elle-même. Femme faite mère par ce bébé, et tous deux, mère et enfant, bénis par une autre femme, plus âgée, dont la main levée à quelques centimètres du petit visage de cire dépose sur lui comme une prière l'éclairant doucement d'une lueur divine. Élise retourne la carte. C'est la reproduction d'un tableau de Georges de La Tour, *Le Nouveau-né*.

— Le dernier ! Le dernier !

Les hurlements l'arrachent à sa contemplation. Véronique ouvre son dernier cadeau. Avec des gestes précautionneux, elle sort d'une boîte plate une ravissante nuisette rouge en dentelle.

— Sympa, les filles, soupire-t-elle avec une grimace.

Une fois dépliée, la nuisette couvre à peine la moitié de son ventre.

— C'est ta taille, croit bon de préciser Nina d'un ton perfide.

— D'avant, ajoute Véro d'un ton amer.

Un instant, Élise pense qu'elle va se mettre à pleurer, mais non. Véronique la mannequin, Véronique la maman fantastique, fait bonne figure. Elle sourit, tandis que ses copines anorexiques se précipitent, faussement ennuyées, pour la rassurer, posant leurs mains sur son corps et s'extasiant : « Tes gros seins sont sexy », « Ton ventre est si beau ainsi rebondi », « Tu es splendide, ma chérie », conclut Nina, tout en vérifiant sa silhouette filiforme dans la glace du salon.

Véronique se flatte :

— C'est vrai, j'ai fait attention pour ne pas prendre trop de kilos. Maximum un par mois, c'est l'idéal.

« Comment supporte-t-elle toutes ces mains manucurées sur elle ? », se demande Élise en glissant machinalement la carte avec le tableau dans sa poche. À ses côtés, Vanessa attrape des bonbons par poignées et les ingurgite mécaniquement. Perdue dans la contemplation du ventre de sa sœur, elle murmure d'une voix triste, s'adressant à elle-même : « Si j'étais enceinte, je voudrais être grosse tout de suite. Que ça se voie ».

— Et toi ? demande Véronique en se tournant vers Élise. Tu as pris combien ?

« Cher », aimerait-elle répondre. (Elle porte d'instinct ses mains sur son corps.) Un ventre difforme et des seins striés par des dizaines de vergetures.

— Je ne sais pas, dit-elle.

Elle n'a pas envie d'en parler, surtout pas devant ces filles impudiques.

— Tu accouches quand ? s'enquiert une blond platine aux sourcils châtains.

— Moi, c'est le 24, s'empresse de répondre Véro. Dans une petite dizaine de jours, quoi.

— Le 22, normalement, murmure Élise.

Véro laisse échapper un rictus : cette réponse lui déplaît. Élise pourrait lui dire que, si c'est une course, elle a tort de s'en faire, que les choses arriveront quand elles arriveront, mais elle a perdu toute envie d'être aimable.

— Moi, je sens qu'il arrivera avant, rétorque Véronique d'un ton pincé.

— Si tu le sens…, marmonne Élise.

Cette concurrence larvée l'écœure. D'ailleurs, tout l'écœure dans cet abominable remake de goûter d'anniversaire ou d'après-midi au cirque. L'odeur sirupeuse des bonbons et des meringues, l'insipide litanie des berceuses sucrées, la tristesse des bâtons de guimauve s'affaissant lentement au rebord des verres, le bleu délavé des ballons roulant sur le parquet. Une envie irrépressible de ficher le camp la prend.

— De la pomme ? De la poire ? (Les yeux bandés, une fille aligne d'une voix hystérique la possible saveur du petit pot pour bébé qu'on lui fait goûter.) De la prune ?

Histoire d'augmenter la pression, les autres commencent le décompte.

— Plus que six secondes.

— Arrêtez, je l'ai sur le bout de la langue.

— Cinq, quatre…

— C'est du coing ! hurle la joueuse en ôtant son bandeau dans un geste victorieux.

Applaudissements.

— Et maintenant ? s'enquiert Nina.

Véronique a un petit sourire.

— Concours de changement de couches, annonce-t-elle en attrapant Élise par le bras.

Elle la place d'autorité devant un baigneur en plastique posé sur le canapé.

— À toi l'honneur. Voyons laquelle de nous deux sera la plus rapide.

Élise s'en veut de sa mollesse, n'en peut plus de ces comportements à ses yeux complètement puérils ; elle aurait dû partir au moment des cadeaux, quand tout le monde était occupé. Elle croise le regard insistant de Vanessa : « C'est ma sœur après tout, fais-lui plaisir », et se décide. Mais ce sera le seul jeu auquel elle se pliera, elle s'en ira aussitôt après.

Nina déclenche le minuteur sur son portable.

— Top chrono.

Un jeu d'enfant pour Élise, d'autant plus que, contrairement à la souplesse de Thibaud, ce corps rigide lui facilite les choses. Torché à toute allure, le changement de couche s'achève pile sur la dernière note de « Dansons la capucine ».

— Cinq secondes, annonce Nina d'une voix blanche, et les deux mots résonnent au milieu du silence assourdissant.

Élise se redresse, découvre les yeux écarquillés posés sur elle, les regards éberlués et réprobateurs qui lui révèlent sa faute, impardonnable. Vanessa elle-même fronce le nez, l'air navré. Il ne fallait pas jouer de cette façon. En allant aussi vite, Élise a gâché le jeu, son record est imbattable. Et maintenant que c'est au tour de sa sœur, même si ses copines s'époumonent en hurlant « VÉ-RO ! VÉ-RO ! VÉ-RO ! », personne n'y croit. Véronique, dont le menton tremble de rage, ne l'emportera pas, le chronomètre affiche déjà dix secondes pour une couche trop rapidement fermée, dont l'attache adhésive lâche brusquement dans un bruit de plastique froissé.

— Les derniers seront les premiers ! lance alors quelqu'une d'une voix tonitruante. Véro, je parie que tu accoucheras la première. Allez, les filles, donnez des dates et des heures. Faites vos jeux !

Au milieu des chiffres qui fusent, Élise en profite pour partir. Un dernier regard à Vanessa qui lui signifie qu'elle la rejoindra dès que possible, un salut de la main à Véro qui ne prend pas la peine d'y répondre, et la voilà enfin dehors. Loin de cette fête inquiétante en l'honneur d'une maternité sous contrôle, désespérément heureuse.

Comme si tout irait toujours bien.

De retour chez elle, Élise gagne sa chambre et s'assied, épuisée, sur son lit. En plongeant la main dans sa poche, elle sent quelque chose. C'est la reproduction du Georges de La Tour, elle ne se souvenait plus de l'avoir prise. Il n'y a rien d'écrit, aucun mot, aucune signature, alors cette carte, elle va la garder. Elle allume sa lampe de chevet, éclairant le clair-obscur voulu par le peintre. Elle voit les détails maintenant et en apprécie d'autant mieux la scène. La lumière sur le nouveau-né provient d'une chandelle que la femme plus âgée tient dans sa main gauche, dont elle contient la lueur avec sa main droite levée sur l'enfant ensommeillé. Toute la lumière du tableau semble émaner comme par miracle de cette main protectrice au-dessus du petit visage, mais elle n'est pas, comme l'avait cru Élise au premier regard, l'effet divin d'une bénédiction ou d'un baptême. Qui est cette femme plus âgée ? Une nourrice ? Une dame de compagnie ? Est-ce une sœur ? Une tante ? La mère de celle qui, les yeux dans le vague, porte l'enfant enroulé dans ses langes ?

Quelque chose interroge Élise, elle ne sait quoi. Elle approche la carte davantage du halo lumineux de l'ampoule, semblable à un projecteur sur une scène, et elle trouve soudain. Ce sont les mains de la femme à la robe rouge et roide sur le nouveau-né, leur position est étrange. Placée sous les petites épaules, la main droite tient l'enfant du bout des doigts, tandis que la main gauche semble retenir le corps emmailloté. Comme si elles portaient un paquet, ces mains ne s'ouvrent pas complètement pour accueillir l'enfant, elles le tiennent à distance, incrédules, hésitantes. Ces mains ne font pas refuge, elles viennent de recevoir l'enfant et, ne sachant qu'en faire, se demandent où le poser.

Plus Élise regarde le tableau, moins elle le comprend.

Elle ne sait plus si la scène est religieuse ou profane, joyeuse ou grave, sombre ou éclatante. Que cachent la chaleur des couleurs et la lumière douce des visages ? Est-ce d'être mère qui renverse ainsi le regard de cette femme à l'intérieur d'elle-même ? Et qui est cet enfant pâle, si profondément plongé dans le sommeil ? S'agit-il de la Vierge Marie et de l'Enfant Jésus ?

Plus Élise regarde le tableau, moins ce qu'elle voit lui semble clair.

À 16 h 30, la sonnerie de l'entrée retentit. Derrière la porte, Vanessa, essoufflée.

— Je les ai larguées dès que j'ai pu. Je peux entrer ?

Dos calés à des oreillers, Vanessa et Élise sont maintenant allongées côte à côte sur le lit. Comme autrefois quand elles passaient l'après-midi, adolescentes collées l'une à l'autre, à ricaner, à parler de tout et de rien.

— C'est quoi, cette histoire de *baby planner* ? demande Élise.

— C'est quelqu'un qui t'aide à planifier l'arrivée du bébé, sa chambre, son lit, etc., et qui répond aux questions que tu peux te poser sur l'allaitement, le cododo, le mode de garde à la reprise du boulot…

— Arrête, c'est affreux, il n'est même pas né.

Vanessa rit.

— Justement, c'est l'intérêt. Ça te décharge des aspects matériels d'une naissance.

Exactement ce qu'a fait sa mère pour Élise, restant en cela fidèle à ses habitudes. Dans son couple, c'était toujours Mina qui prenait les choses en main : la comptabilité de l'entreprise de Paul comme l'aménagement de leur vie de famille, courses, repas, lessives, choix du lieu de vacances. Elle s'investissait aussi dans la scolarité de sa fille, ne manquant aucune réunion de parents d'élèves à l'école primaire, au collège puis au lycée. Élise avait même dû lui demander d'arrêter. Alors qu'elle commençait la fac, sa mère avait encore en tête de se mêler de sa vie d'étudiante.

Élise avait toujours trouvé que Véro ressemblait à Mina. Elle lance, sarcastique :

— Je pensais ta sœur trop organisée pour avoir besoin de quelqu'un.

— Tellement organisée qu'il faut que tout soit parfait et, surtout, qu'elle occupe toujours le devant de la scène. Première aux examens, première à passer le permis, première à se marier, première à attendre un enfant… et première à mettre au monde, regarde cette histoire de date d'accouchement. J'ai parié sur toi tout à l'heure, mais j'étais la seule. D'ailleurs, Véro n'a pas apprécié.

— Tu sais, je ne suis pas pressée. Pas pressée du tout.

Si elle ne craignait de remuer sa douleur de femme célibataire au ventre vide, Élise parlerait volontiers à Vanessa de son appréhension des derniers jours. Mais elle a « la chance d'être enceinte, elle », alors comment lui parler de sa crainte d'accoucher ? Elle qui a la chance de mettre bientôt au monde n'a qu'à se taire.

Le regard de Vanessa se pose sur la bibliothèque.

— Oh, mais il est là, lui. Je peux le prendre ?

Sans attendre la réponse, elle se lève et s'empare de Thibaud avec brusquerie, comme s'il s'agissait d'une vulgaire poupée. Le cœur d'Élise se serre, il lui semble que c'est un peu elle que Vanessa saisit ainsi, sans ménagement. Les yeux bleus de Thibaud croisent les siens un bref instant avant de se fixer dans le vide. Vanessa l'allonge entre elles deux et se tourne vers lui.

Songeuse, elle caresse le petit visage, suit d'un doigt le contour de la bouche, insiste sur le sillon au-dessus de la lèvre supérieure.

— J'adore ce creux, là, l'empreinte de l'ange.

— Moi aussi.

— Imagine que ce soit vrai. Imagine qu'au moment où nous venons au monde, nous sachions tout de notre vie passée dans le ventre maternel, tout du mystère de l'univers et de la Création, et que Dieu envoie vraiment un ange poser un doigt sur les lèvres de chaque nouveau-né. (Vanessa appuie son index dans le creux des lèvres de Thibaud.) « Chut », dit l'ange et, dans la seconde, l'enfant oublie tout ce qu'il savait en naissant.

— Tant mieux, fait Élise en pensant à son ventre à l'intérieur duquel se tient peut-être un être qui sait tout.

Comme ça, il ne se souviendra pas du début de grossesse raté.

Vanessa s'empare de Thibaud, le lève à bout de bras, devant elle.

— C'est beau et c'est fou d'imaginer qu'un enfant comme ça sortira de ton ventre dans quelques jours.

En voyant ses jambes et ses bras pendre des mains de Vanessa, Élise tressaille, il est trop grand, trop gros. Comment est-il possible que quelque chose d'aussi énorme jaillisse d'elle ? Pourtant, depuis la nuit des temps, c'est ce qui arrive à toutes les femmes qui accouchent, non ?

— Tu crois qu'il va passer ? interroge Vanessa comme si elle avait entendu les pensées de son amie.

Et, sans lui en demander la permission, elle dépose Thibaud sur Élise, le visage et les petites mains à plat entourant son ventre rond.

Élise se raidit devant l'indécence du geste, mais immédiatement les cuisses du bébé, en glissant doucement dans son entrejambe, déclenchent en elle une vibration troublante et délicieuse. Par réflexe, ses mains se sont posées sur le dos de l'enfant et le caressent. L'apaisement ressenti lui fait venir les larmes aux yeux. Chaque fois, la présence rassurante chasse la peur présente, comme le ferait une main aimante sur elle.

Brusquement, Vanessa se redresse et tourne vers Élise un regard de conspiratrice, roulant des yeux, signe qu'elle tient une idée excitante.

— On fait une blague à Véro ?

Elle tire son smartphone de sa poche de pantalon, le brandit devant Élise.

— Tu prends Thibaud dans tes bras, je fais une photo et je lui envoie en disant que tu as accouché.

Élise referme ses jambes sur celles de Thibaud, il ne bougera pas de là. Vanessa perd la tête ! Qu'est-ce que c'est que cette idée ?

— T'es folle ou quoi ? Tu veux te brouiller définitivement avec ta sœur ?

Son amie se laisse retomber sur le lit en levant les yeux au ciel.

— Pfff… t'es vraiment pas marrante !

— Tu veux la faire mourir en couches ?

D'où lui vient cette formulation ancienne ?

— Oh, elle en serait capable, juste pour être la première à mourir, soupire Vanessa.

Élise se redresse à son tour, elle-même surprise par son ton agressif, par ces mots qui lui sortent de la bouche par flots et dont elle ne se rappelle plus où ni quand elle en a eu connaissance.

— « Femme grosse a un pied dans la fosse », « Chez la femme en couches, le ciel reste ouvert neuf jours », « Qui va à la vie va à la mort ».

Vanessa se dresse sur le lit, les yeux écarquillés, effarée.

— « Elles accouchent à cheval sur une tombe »… Ou encore : « Naître et n'être pas… ainsi va la vie », mais, celle-ci, il faut la voir écrite. Tu en veux d'autres ?

— Lili ! Qu'est-ce qu'il se passe ?

Vanessa se penche et attrape Thibaud, il est dégoulinant. Elle montre du doigt les cuisses d'Élise.

— On dirait que tu t'es pissé dessus.

Le flot a quitté son lit, a débordé les berges, il va tout emporter, même ce qu'elle ne veut pas. Assise sur les draps, Élise appuie sur son entrejambe de toutes ses forces, ses mains trempées essaient de fermer l'entrée de son sexe, caché sous ce ventre prêt à éclater qu'elle regarde, horrifiée. Le bébé s'est mis en route, il va descendre, glisser, il faut l'aider, elle ne saura pas le rattraper. Elle hurle.

Il est 17 h 17. Elle vient de perdre les eaux.

# III

## *ANIMUS / ANIMA*

*Boum-boum. Boum-boum. Boum-boum.*

— Ça va aller, mon cœur, ça va aller.

Dix minutes après l'appel de Vanessa, Romain arrivait et emmenait Élise à l'hôpital où elle a été immédiatement prise en charge. Allongée dans une salle de travail, elle désespère maintenant que le col se dilate, que l'enfant s'engage pour de bon.

*Boum-boum. Boum-boum.*

— Calme-toi, murmure Romain en lui caressant le front.

*Boum-boum.* Voilà quatre heures qu'ils sont là et, si elle pouvait, Élise arracherait les capteurs collés à son ventre et ferait taire ces battements sourds retentissant dans la pièce.

— Arrête ça, supplie-t-elle en désignant le monitoring.

Romain coupe le son. Mais le silence, atroce, angoissant, est pire encore que d'entendre le cœur du bébé. À sa demande, Romain remet le volume du monitoring et les pulsations reprennent. *Boum-boum. Boum-boum. Boum-boum.* Elles remplissent toute la salle, rebondissent du sol au plafond, Élise se sent submergée, elle manque d'air, elle va étouffer.

— Calme-toi, mon cœur, calme-toi, répète Romain.

« Naître et n'être pas… ainsi va la vie. » Élise est obsédée par cette dernière phrase prononcée qui conforte son pressentiment : elle va mourir en donnant le jour à son enfant. Ou bien ce sera lui. N'est-ce pas la grande crainte de toute mise au monde ? Pour se calmer, elle ferme les yeux, s'imagine courant autour du lac, se focalise sur ses pieds, se concentre pour caler chacun de ses pas sur chaque battement qui résonne. *Boum* : ses appuis martèlent le sol, *boum* : ses baskets accrochent la terre, *boum* : sa foulée accélère au troisième virage, *boum-boum-boum* : une-deux-trois mauvaises pensées, sitôt piétinées… jusqu'au moment où une nouvelle et violente contraction la ramène d'autorité sur la table, dans la pièce au monitoring. Cette fois, elle ne peut plus repartir au bord du lac.

C'est le moment de l'accouchement. La péridurale lui a ôté toute douleur, elle ne ressent plus grand-chose si ce n'est le désir que ça cesse.

— Poussez, madame, poussez.

Elle pousse de toutes ses forces.

— C'est bien, mon cœur, l'encourage Romain, le visage cramoisi, couvert de sueur.

— Soufflez, madame, soufflez maintenant.

Elle reprend son souffle, avant de recommencer à pousser.

— Plus fort, allez ! Ne vous arrêtez pas.

— Continue, mon cœur.

Ben oui, elle va continuer, qu'est-ce qu'il croit ?

— Allez ! Allez ! Allez ! Allez ! scande la sage-femme en cadence. Ça y est, on voit sa tête. Arrêtez de pousser c'est bientôt fini.

Élise voudrait sentir ce qui se passe, mais son corps anesthésié est muet, elle ne sait pas si l'enfant glisse à l'intérieur d'elle, s'il la traverse. La fin de leur vie à deux n'est pas le déchirement qu'elle attendait.

Pourtant, c'est vrai, il arrive, elle le voit dans le regard de Romain détourné d'elle.

Soudain, il est là. Soulevé d'entre ses jambes, encore relié au cordon, le petit corps gluant lui est présenté, comme pétri dans une pâte encore molle. Elle a accouché. Elle n'en revient pas elle-même.

— C'est un garçon.

Elle a réussi. Il est là, paupières fermées, sourcils froncés, tracassé comme s'il hésitait à s'ouvrir au monde. De la même taille que Thibaud, silencieux et vivant. Et puis ce cri déchirant le silence, imposant à tous sa présence nouvelle, exigeante. L'enfant crie et Élise pleure, brusquement submergée par la bouffée, inattendue, d'un amour immense la menaçant de dispersion ; il lui semble qu'elle ne sera bientôt plus que des morceaux d'un corps désuni, en voie de disparition. Peut-être que, comme elle le redoutait, cette naissance mettra un terme à sa propre vie ? Peut-être qu'il faut toujours payer d'une mort l'arrivée d'un vivant ? Romain pleure, lui aussi, sans retenue, et ses mains tremblent au moment de couper le cordon. Il pleure à chaudes larmes en séparant la mère et l'enfant.

— Il s'appelle Tom, répond-il à la sage-femme d'une voix étranglée par l'émotion.

Posé nu sur le ventre d'Élise, l'enfant cherche à ramper, à monter plus haut, vers un sein. Elle pleure toujours, il s'est tu. Au prix d'un incommensurable effort, il redresse la tête, ouvre les yeux. Et son premier regard au monde se pose sur sa mère.

Inoubliable regard.

Venant de si loin, racontant tant de choses. Elle en est bouleversée.

Dans le regard voilé du nouveau-né, elle lit un étonnement, une perplexité devant cet univers aveuglant, inconnu. C'est qu'il surgit d'ailleurs, d'un passé tout proche, il vient à peine de quitter les eaux sombres de ce monde enseveli, oublié, où chacun prend forme et visage. Dans la brume profonde de ses yeux, elle voit les histoires anciennes, toutes les vies et les morts d'avant. Soudain le nouveau-né est aussi son ancêtre, un vieil homme au regard habité, pur et plein, où tout peut se déposer de nouveau. Elle détourne les yeux. Ce récit des origines, démesuré, inquiétant, la dépasse, elle n'est pas sûre de pouvoir l'accueillir. Elle n'arrive pas à poser ses mains tremblantes sur le petit dos rouge et visqueux.

Lorsque Romain, le sourire noyé de larmes, se penche pour l'embrasser, elle ferme les paupières. Comment va-t-elle pouvoir faire face à ça ?

Mina fait les cent pas, dévorée par l'anxiété. Pourquoi Paul n'est-il pas à ses côtés, alors que leur petit-fils vient au monde ? C'est affreux comme il lui manque ! Dans cette allée où elle erre seule, elle donnerait tout pour sentir un instant, un instant seulement, son bras lui entourer l'épaule avec chaleur. Elle aurait tant besoin de sa présence dans cet hôpital blanc à l'odeur de désinfectant, où, de nouveau, l'abîme se découvre et lui tend les bras. Mina sait que le néant ouvert en elle ne se refermera jamais complètement. Il suffit parfois d'un événement anodin – le caprice d'un enfant dans un supermarché, la semaine dernière – et la douleur ressurgit, presque aussi violente, presque aussi vivante. Dans un sens puis dans l'autre, Mina parcourt ce couloir d'une maternité subitement semblable à un tunnel dans lequel elle cheminerait depuis toujours, interminablement. Elle s'arrête, se reprend, se tance : tout passe, ici-bas, chacun vit avec son lot de souffrances. Paul est mort, Paul ne reviendra pas. Les morts sont morts.

Lorsqu'elle aperçoit Romain au bout du couloir, elle se précipite vers lui, abandonnant d'un coup la route du passé, faisant exploser les murs du tunnel.

— Alors ? demande-t-elle, essoufflée par ces quelques mètres. Alors ?

Qu'il est lent à répondre ! Mina enrage. Pourtant, tout va bien, elle le lit dans le sourire de son gendre, à cet émerveillement flottant dans ses yeux, à son regard resté figé sur une délicieuse et divine image. L'enfant est né, à n'en pas douter, mais elle veut l'entendre de sa bouche.

— Romain ! Dis quelque chose !

Mina, inquiète malgré tout, se ressaisit à temps, elle a failli l'attraper par les épaules et le secouer afin qu'en tombent des mots. Elle n'en demande pas beaucoup, juste trois : « Il est né. » Ou : « Il va bien. »

Sans se départir de son sourire réjoui, Romain parle de sa femme en premier.

— Élise est fatiguée, mais elle va bien. Elle a été formidable, vous savez.

— Tant mieux. Et le bébé ?

Le sourire de Romain s'élargit, ses yeux pétillent.

— Il est beau, tellement beau ! Il est magnifique ! Attendez… (Il plonge la main dans sa poche, en sort son smartphone.) J'ai pris une photo juste après son arrivée, sur le ventre d'Élise, vous allez voir.

Mina refuse cette image figée, elle veut du vrai.

— Parle-moi de lui… C'est un garçon, n'est-ce pas ?

— Absolument, s'exclame fièrement Romain, un beau garçon. Trois kilos, quarante-sept centimètres et déjà premier de la classe : 10 sur 10 au test d'Apgar. Il a des cheveux noirs comme… (Il s'arrête une seconde sur la chevelure teinte de sa belle-mère.) Non, ils sont différents des vôtres, Mina.

Elle ne lui fait pas remarquer que tous les enfants bien portants obtiennent 10 sur 10 au test en question.

— Et comment s'appelle-t-il ?

Elle aurait bien aimé qu'on lui demande son avis, mais elle n'avait entendu parler de rien, à l'exception des prénoms saugrenus lancés par Romain du temps où le ventre d'Élise était plat. Elle s'étonne.

— Tom, tout simplement ?

— Oui, Tom tout seul. Tom, et Paul en deuxième prénom. (Remarquant le regard attristé de sa belle-mère, Romain exerce une pression réconfortante de la main sur l'épaule de Mina.) On aimerait lui donner un troisième prénom, mais on ne sait pas encore.

— Marie ?

De son temps, il était d'usage de placer un enfant sous la protection de la Vierge, garçon ou fille. Bien que non croyants, Paul et elle n'avaient pas dérogé à la règle, et Élise avait hérité de Marie comme deuxième prénom à l'état civil.

— Oh non, pas Marie ! réplique Romain. Mais j'y pense, c'était quoi, l'autre prénom, avant qu'Élise naisse ?

— Comment ça, quel autre nom ?

— Paul et vous aviez dû parler de prénoms de garçon et de fille, je suppose.

— De garçon ? s'étonne Mina.

— Ben oui. Si Élise avait été un garçon, vous l'auriez appelé comment ?

Comment ? Mais quel intérêt puisque Élise est une fille ? Elle ne voit pas quoi répondre, s'entend prononcer un nom qui lui échappe, le seul qui lui vient à l'esprit : « Augustin », mais ça n'a aucun sens. Élise ne se serait jamais appelée Augustin puisque Élise est une fille.

Romain est enchanté.

— Tom, Paul, Augustin. C'est parfait, s'écrie-t-il en s'éloignant d'un pas alerte. Merci ! Je vais de ce pas le déclarer.

« Augustin »… Mais pourquoi ce prénom lui est-il venu ? Quelle drôle d'idée, ce Tom, d'ailleurs, on dirait un surnom, un diminutif. Autrefois, on donnait des vrais prénoms. Tom. Tom. Mina le répète, pour s'y habituer. Bébé Tom. Finalement, c'est joli, court mais joli. Tom, ce nouveau prénom dans la famille.

Romain, Tom, et Élise devenue mère.

Mina a un petit sourire. Aujourd'hui, grâce à sa fille, Mina devient grand-mère. Et s'il était encore là, Paul serait grand-père. Grand-père d'un petit Tom. « Comme il serait heureux », pense Mina. Exagérément, comme toujours avec les émotions qui le traversaient. Aujourd'hui, il rirait de bonheur d'une façon aussi démente qu'elle l'avait entendu sangloter de malheur, il remercierait le ciel avec autant d'ardeur qu'il avait pu l'injurier de ses poings rageurs. Alors, il a beau être mort, Mina éprouve le besoin impérieux de le lui dire dans le secret de son cœur, de lui annoncer la nouvelle, la bonne nouvelle : « Il est né, Paul, ton petit-fils est né. »

Au travers de la paroi transparente du berceau, Élise regarde depuis son lit le petit être sorti d'elle, les joues rouges et sèches, le nez retroussé, les lèvres fines, les poings fermés par le sommeil. C'est son bébé, cette petite personne ? Vaincu par la fatigue, Romain repose dans le fauteuil à côté, jambes écartées, ses longs bras tombant comme des ailes de chaque côté des accoudoirs. Régulièrement, son corps se soulève sous l'effet d'une respiration trop nerveuse. « Les hommes aussi sont inquiets, tu sais », lui avait dit un jour Mina.

À tour de rôle, la puéricultrice, le médecin, la sage-femme et la pédiatre, une grande rousse au sourire rassurant, ont parlé à Élise et lui ont dit : tout s'est très bien passé, l'enfant va bien. Il a été lavé. Son corps luisant de glaires et de sang, ainsi que ses cheveux noirs détrempés ont été nettoyés, séchés, brossés. Il a été habillé, enveloppé dans le pyjama « Love Mum » apporté à la maternité. Il a été replacé d'autorité dans ses bras à elle, et depuis elle a accompli les gestes appris en y mettant tout son cœur, mais elle ne se sent pas à son aise. Quelque chose dans ses yeux, quelque chose d'indéfinissable. Il pose sur elle son regard brumeux, la fixant sans la voir, comme il regarderait un paysage dans son ensemble. Il la dévisage avec son regard d'aveugle, et elle s'imagine soudain que ses yeux sont crevés et qu'elle est responsable de cette cécité. Que c'est elle qui a planté l'aiguille dans les tendres prunelles et leur a retiré le monde. Pourquoi aurait-elle fait ça ? Mais, quand la psychologue vient la voir dans sa chambre, Élise ne lui en parle pas. Elle fait bonne figure, se dit qu'il lui faut juste un peu de temps, pour elle toute seule. Dans le silence.

— Je peux le prendre ?

Élise est toujours pressée de le reposer dans son berceau, elle est plus tranquille quand il dort.

— Je peux le prendre ? répète Mina avec une pointe d'agacement dans la voix.

Elle n'a pas envie que sa mère le touche, pas encore, mais elle ne dit rien. Romain vient de partir au travail, elle est seule dans la chambre avec le bébé endormi. Qu'au moins elle ne le réveille pas, c'est tout ce qu'Élise lui demande. Mina le berce, mais le petit corps s'anime avant de s'agiter de plus en plus, jusqu'à commencer à chouiner.

— Chuuut, mon bébé, chuuuut, mon bébé, murmure Mina en le balançant.

« Ce n'est pas *ton* bébé ! », hurle Élise en son for intérieur. Au même moment, une puéricultrice entre et, d'une voix ferme, annonce :

— Je vous l'enlève pour la pesée.

Elle prend le bébé des mains de Mina avec un grand sourire. Ses sabots claquent sur le sol en lino. Tout se calme brutalement. Désemparée, sa mère s'assied au bout du lit. Elle regarde Élise, semblant remarquer seulement maintenant son existence.

— Tu vas bien, ma chérie ? demande-t-elle, sans montrer le moindre intérêt pour une éventuelle réponse qui ne vient pas.

Son regard alterne entre le lit et le berceau.

— Si tu vas bien, c'est bien, conclut-elle d'un ton machinal.

C'est le bébé qui la préoccupe, Élise n'est pas dupe.

Ce même jour, Vanessa lui rend également visite, heureusement à une heure où Mina est sortie, chargée d'un petit cadeau doré et d'un gigantesque bouquet de roses, aussi rouges que son rouge à lèvres pétant.

— Quarante-sept ! précise-t-elle en déposant le bouquet massif dans les bras d'Élise. Une rose par centimètre. Parce qu'une par kilo, ça faisait minable. (Elle s'approche du berceau sur la pointe des pieds.) Oh, quel amour ! Il est adorable, ton petit Tom. Tu ne le diras pas à Véro, mais il est plus réussi que le sien, qui s'appelle Adrien en plus, je déteste, c'est le nom d'un de mes ex, un con… Parce que tu ne connais pas la meilleure… (Sans cesser de parler à voix basse, Vanessa se retourne vers elle.) Véro a accouché une demi-heure avant toi. T'y crois, à ça ? Le pouvoir de l'esprit, ma Lili, le superpouvoir d'un esprit compétitif comme celui de ma sœur, t'as pas idée. Finalement, tu l'allaites ou pas ?

Élise n'a pas eu besoin d'y réfléchir. À la question de l'infirmière, elle a spontanément répondu : « Non. » Et, en voyant la façon dont le petit être goulu se précipite sur la tétine, elle se félicite de sa décision. Va pour les biberons, qu'on ne stérilise plus, d'ailleurs, contrairement à ce que lui soutenait Mina.

— Tu n'auras qu'à demander à Romain de donner le sein.

Élise écarquille les yeux. Qu'est-ce qu'elle raconte ? Vanessa sort son portable de sa poche et, en deux mouvements de doigt, elle dévoile la photo d'un homme noir, un bébé nu dans les bras.

— C'est un Aka, une tribu de Pygmées où les hommes, élus meilleurs papas du monde, donnent leur sein à téter pour apaiser les bébés. Pourquoi tu crois que les mecs ont des tétons ? Regarde ton petit Tom.

Élise a vu le cordon ombilical suintant du nombril, les bourses gonflées, le petit sexe durci, mais pas les seins, elle n'a pas regardé les seins.

— Au début, on est tous hermaphrodites. Eh oui, comme j'te dis. Pendant les deux premiers mois de la grossesse, les embryons mâles et femelles possèdent les mêmes organes génitaux. En fait, les hommes possèdent un dispositif nourricier, comme nous. S'ils voulaient, ils pourraient même produire un peu de lait en stimulant leurs seins et leur hormone de prolactine. C'est fou, non ?

Oui. Peut-être.

— Parles-en à Romain, suggère Vanessa. J'aimerais bien être une petite souris pour voir sa réaction, ricane-t-elle.

Élise peut la lui décrire. Il la fixera avec des yeux éberlués et, dans son regard, elle lira avec terreur qu'il la pensera redevenue folle.

— Tu n'ouvres pas mon cadeau ?

— Si, si, bien sûr.

Élise extrait de la pochette dorée une grande écharpe en tissu à motif africain, un fond noir avec des sortes de labyrinthes blanc cassé, peints à la main.

— C'est un bandeau en raphia congolais, s'il te plaît. C'est pour Romain et toi, pour faire du « peau à peau » avec Tom.

— Merci, Vanessa, c'est très beau.

Elle se force à sourire. Dans le « peau à peau », cette intimité si rapide, il y a une lettre en trop. Le « peau à peau » ne peut se faire que « peu à peu ». Ce bandeau, elle le donnera à Romain, à son tour maintenant de porter l'enfant.

Romain qui vient la voir trois fois par jour, le matin à 7 h 30, au moment du déjeuner et le soir à 20 heures, chaque fois émerveillé de voir son bébé si petit et si parfait, chaque doigt de main ou de pied est regardé avec admiration, terriblement déçu de ne pas pouvoir rester toute la journée à cause de ce congrès, impossible à annuler, qu'il préside, frustré de ne pas avoir le temps de le câliner tout son soûl. Au troisième jour, il claironne : « J'ai pris ma journée ! » Élise va pouvoir rentrer à la maison. Son bulletin de sortie l'atteste, elle ne reviendra que dans une quinzaine de jours pour une visite avec la pédiatre et, au regard de son « déni partiel de grossesse », pour ce rendez-vous avec la psychologue que le médecin l'a convaincue d'accepter. Il est arrivé ce matin avec un air si sérieux qu'elle a d'abord pensé qu'il venait lui annoncer quelque chose de grave. Mais non, au final, c'était juste : « Madame, vous pouvez regagner votre domicile. »

Et, bien sûr, il faut emmener l'enfant.

Elle regarde Romain s'organiser avec soin. Il dépose l'énorme bouquet de Vanessa sur le siège passager, puis il revient les chercher en courant. Avec des gestes précautionneux, il ouvre la portière de la voiture, pose délicatement le Maxi-Cosi sur la banquette arrière, l'attache. Élise s'installe à côté, « pour surveiller Tom », comme il le lui a suggéré. Assise du bout des fesses, elle entoure de ses bras l'appuie-tête du siège avant, les yeux rivés au pare-brise. La voiture démarre lentement, s'engage dans l'impasse de la maternité et débouche sur la grande avenue. Quelle merveille ! Le monde lui réapparaît soudain, dans des fragrances de roses. Avec ivresse, Élise boit des yeux les rues, les façades des immeubles, le ciel bleu qui bégaie entre deux nuages. Avec avidité, elle se repaît de la ville encombrée, vivante, pleine de coups de klaxons et de rumeurs. Son regard s'attache aux semelles qui vont et viennent sur les trottoirs, les bottines d'une femme, les souliers d'un homme, les baskets d'un adolescent.

— Ça me fait bizarre, dit Romain en la regardant dans le rétroviseur. J'ai encore du mal à assimiler que nous serons tout à l'heure chez nous, tous les trois…

Élise ne peut se détourner de ce qui se déroule sous ses yeux, là, dehors. Elle veut vivre toutes ces vies autour d'elle. Elle veut être celle-ci en retard à son rendez-vous qui court maladroitement sur ses hauts talons, et celui-là qui piétine en attendant le bus, elle veut être cette vieille dame avec sa canne pour troisième jambe, et ces amoureux bras dessus, bras dessous qui vont l'amble, serrant entre eux leur bonheur. Elle veut être tous et chacun à la fois.

— Ça va ? s'enquiert Romain en jetant un nouveau coup d'œil dans le rétroviseur.

Et pourtant ces silhouettes à peine entrevues déjà disparues lui semblent si étrangères.

— Élise ?

Ce qu'il faut, c'est qu'elle les rejoigne. Elle est trop loin, il y a trop de distance entre elle et eux. C'est pour ça qu'elle ne sent pas tout à fait les choses comme elles sont. Voilà, c'est ça qu'elle doit faire. Poser la main sur la portière, l'ouvrir, sortir et les rejoindre.

— Élise ! Tu m'écoutes ?

Être dehors, être dans la rue.

Avec les bonnes baskets aux pieds, les beiges à bandes rouges sur le côté dont la publicité vante « l'aérodynamisme garantissant un déplacement aérien sur semelles d'air ». Malgré ce ventre vide mais encore lourd, elle va courir avec ses semelles aériennes et ne s'arrêtera que lorsque ses jambes crieront fatigue, lorsqu'elle n'en pourra plus. Elle va sortir comme ce jour où elle avait ouvert la portière pour se jeter sur le trottoir, elle était alors une enfant, ce jour où le crissement de la voiture derrière et les hurlements de Mina avaient remplacé les vociférations de Paul. Elle avait failli mourir, il s'en était fallu de peu qu'elle ne soit écrasée, mais elle n'avait rien eu. Rien, si ce n'est du sang dégoulinant de ses genoux dont la peau avait été mise en lambeaux par le frottement du bitume. Ce jour-là, elle n'avait pas pu aller plus loin, Mina l'avait relevée et prise dans ses bras en sanglotant. Alors oui, aujourd'hui elle va sortir et courir, et elle ne s'arrêtera pas.

— On y est.

Elle le regarde sans le voir. Romain, le corps penché à la portière, un cosy au bout d'un bras et une main tendue vers elle, qui lui dit :

— On est arrivés, ma chérie.

Chaque matin, Mina ouvre les yeux à 5 h 30. Qu'importent ses nuits, désormais ses aubes sont toutes semblables. Qu'elle ait sombré dans un sommeil somnifère ou qu'elle s'endorme aux premières lueurs, à 5 h 30 précises elle se réveille en sursaut. Rien ne peut modifier cet horaire devenu indépassable depuis la mort de Paul, un matin d'octobre dans un hôpital sinistre. Pourquoi est-il parti ? Pourquoi l'a-t-il abandonnée ?

Chaque nuit la même douleur, chaque matin le même chagrin immense et profond : désormais, elle est seule dans le grand lit, elle ne pourra plus jamais se rendormir contre le large torse en jouant des doigts dans sa toison. Les premières semaines suivant la disparition de Paul, le vide était si insupportable que, du côté où il dormait, Mina couchait une bouillotte contre laquelle elle se lovait et qui, tout au long de la nuit, dégageait un semblant de chaleur humaine. Un pied de nez à l'absence, et le matin venu elle faisait semblant d'y croire quelques instants encore, en refusant de s'arracher au sommeil, en laissant les derniers lambeaux de rêve s'attarder sous ses paupières. Une petite tromperie de rien du tout, mais qui finissait toujours par ouvrir une réalité plus cruelle encore.

Puis, un jour, le stratagème n'avait plus fonctionné, et elle avait abandonné la bouillotte dans un tiroir. Désormais, elle ne dort plus que d'un côté, toujours le même, celui où reposait autrefois son aimé.

Depuis trois jours, Mina se réveille en pensant au bébé. Tom est là, enfin. Elle l'a vu à la maternité. Elle l'a touché, elle l'a pris dans ses bras, elle a bercé le petit être dont la présence semble si évidente, elle en éprouve un vertige. Il boit, il pleure, il mange, il remplit ses couches de méconium, sa peau est rose et encore fripée de sa naissance. Mina est restée auprès d'Élise toute la journée et elle a longuement observé Tom. C'est un bébé calme, un bébé dont les lèvres tètent en rêvant. Il repose dans un berceau de Plexiglas transparent identique à celui dans lequel, trente-cinq ans plus tôt, elle a regardé Élise vivre ses premières heures à l'extérieur de son ventre. L'échographie, les visites, le suivi de grossesse : tout a changé, sauf ce petit berceau étroit sur roulettes où repose le nouveau-né que Mina n'osait pas abandonner une seconde, qu'elle emmenait et plaçait devant la porte ouverte des toilettes de sa chambre d'hôpital, ce berceau que Romain pousse lentement devant lui en l'accompagnant chaque soir jusqu'à la sortie. Elle n'est pas dupe, il ne le fait pas par égard pour elle, mais par désir d'exhiber sa progéniture dans les couloirs. Couvant d'un regard fier sa petite tête ornée d'un fin bonnet de coton.

Quand Mina a pris Tom dans ses bras, elle a senti la réticence de sa fille, la raideur soudaine de son corps. Elle lui en a voulu, puis elle s'est souvenue d'elle autrefois, refusant que quiconque, en dehors du médecin ou de l'infirmière, touche sa petite fille ou, pire, la lui retire des mains. Dieu merci, Mina n'avait eu à se battre avec personne. Pas même avec Paul qui ne prenait pas Élise, au tout début.

Ce matin est différent des autres car, aujourd'hui, le petit Tom intègre son foyer. Elle aurait voulu être présente, mais Romain s'est montré formel, ils restent « entre eux », il veut profiter seul de sa petite famille, de son trio nouvellement constitué. Mina s'est inclinée, elle n'est pas une belle-mère intrusive, mais elle est blessée et s'en plaint à Paul, face à sa tombe.

— Romain ne se rend pas compte, explique-t-elle en disposant le bouquet d'anémones dans le vase gris assorti au marbre, ce bébé ne boit pas assez vite. Je l'ai remarqué à la maternité, et c'est le premier enfant d'Élise, tout est nouveau pour elle. Il n'est en rien comparable à… Thibaud. (Elle prononce le prénom pour la première fois.) Un nouveau-né, c'est plus compliqué. La théorie et la pratique n'ont rien à voir.

Paul n'a peut-être pas plus envie que Romain d'en entendre parler, mais elle lui décrit tout ce à quoi Élise n'est pas prête, c'est-à-dire un enfant en vie, un enfant remuant. Tom bougera, il va tomber ; Tom pleurera longtemps, il va s'épuiser ; Tom aura des coliques, il faudra lui masser le ventre et nettoyer le cordon ombilical nécrosé sur son nombril ; il régurgitera et ses vêtements seront sales plusieurs fois par jour ; il ne dormira pas la nuit et beaucoup trop le jour ; il s'assoupira sur son quart de biberon et hurlera de faim une heure plus tard ; il mettra un temps infini à faire ses rots.

— Comment Élise… Comment notre petite fille va faire face à tout ça ?

Et puis, il n'y a qu'à Paul que Mina puisse le dire : elle en veut à Romain. Elle lui en veut pour son ingratitude à son égard alors qu'elle a accepté, à contrecœur, de jouer un drôle de jeu avec Élise. Elle lui en veut d'avoir laissé sa propre fille la mettre dehors les derniers jours de sa grossesse. Elle lui en veut de l'avoir rappelée pour préparer le retour d'Élise de la maternité ; là, il a bien su la trouver. C'est elle qui a arrangé la chambre de Tom, qui a fait le petit lit, qui a repassé les draps doux. Tout ça pour la laisser seule le jour de l'arrivée de l'enfant ! Elle a l'impression d'avoir été manipulée. Combien de temps vont-ils rester « entre eux » ? Quand reverra-t-elle le bébé ? Une angoisse la saisit, terrible. Avec nervosité, elle retire les anémones du vase, les y replace, repositionne une tige, puis une autre. La suite, elle ne la raconte pas à Paul, mais Mina a eu très peur. Après leur départ en urgence pour la maternité, à la demande de Romain, elle est venue chercher des affaires pour Élise. Elle a voulu changer les draps trempés par les eaux de sa fille et, alors qu'elle soulevait la couette, elle est tombée sur le *reborn*. Il reposait sur le dos, les bras ouverts de chaque côté de son corps dans la pose alanguie du dormeur, son fin regard bleuté dirigé sur elle entre ses deux lourdes paupières. Mina s'était sentie crucifiée par ce regard. Cette présence morte, dont Romain avait omis de s'occuper, qui semblait attendre quelque chose d'elle, mais quoi… ? Elle manquait d'air. Au bord de l'évanouissement, elle avait voulu tourner les talons et le laisser en plan, mais elle s'était raisonnée, avait respiré. Et, passant outre son dégoût pour un contact qu'elle présumait répugnant, elle avait saisi le corps. Plus mou et plus souple qu'elle ne l'imaginait, moins désagréable qu'elle ne le craignait. Elle l'avait couché dans son berceau d'origine, ce carton qu'il n'aurait jamais dû quitter, et l'avait solidement fermé à grands tours de scotch de déménageur avant de le glisser sous le lit, dans la chambre d'amis, où il poursuivrait sa vie invisible. Un vrai bébé avait, enfin, pris la place de cette créature inerte qui allait reposer là en attendant que quelqu'un s'en débarrasse. Alors, avec tout ce qu'elle a fait pour lui, Mina en veut terriblement à Romain de lui interdire l'accès de leur maison le jour du retour de l'enfant.

« Ne fais pas ta belle-mère intrusive. » Elle entend Paul, la moquant comme quand elle se tracassait pour sa fille et son couple. Mais elle n'est pas intrusive, ce n'est pas vrai, elle demande juste à ne pas être laissée de côté. Si Paul était encore de ce monde, Romain ne l'aurait jamais écarté de la sorte.

— Vous étiez comme les deux doigts de la main, rétorque-t-elle en quittant le cimetière.

Élise et elle sont liées depuis toujours. Romain n'a pas à les séparer ainsi.

Tom repose, minuscule, au milieu du lit à barreaux. Il dort, il se tait. Élise le détaille avec curiosité ; il vient à peine d'arriver dans cette maison et, déjà, il n'a plus la même allure qu'à l'hôpital. Comme si le fait d'occuper une pièce aménagée à son intention lui donnait soudain un air plus réel. Et il l'est, dans cette chambre blanche, son visage ensommeillé encadré par ses petits poings serrés. Il est là. Son enfant présent dans ce lit, dans cette pièce, dans cet appartement, dans sa vie. Cet enfant devenu le centre de toutes les attentions.

Pour combien de temps ? Ça va durer longtemps ?

« Longtemps ? Mais toute la vie, madame, vous en avez pris pour toute la vie, avait répondu la puéricultrice en riant, avant d'ajouter : Vous verrez, vous aimerez. »

Ce matin, en préparant son départ de la maternité, Élise a brusquement pris conscience que l'enfant dans le berceau en Plexiglas n'était pas un enfant de passage, pas un moment éphémère dans sa vie. Ce n'est pas un enfant qu'on lui aurait prêté et qu'elle pourrait rendre maintenant qu'elle l'a vu, qu'elle l'a « essayé » sans être convaincue. C'est logique, c'est biologique :

cet enfant est son enfant. C'est juridique, elle est censée s'en occuper. C'est la panique.

— Le café est prêt.

Le souffle de Romain à son oreille manque de lui faire pousser un cri, elle ne l'a pas entendu arriver.

— Le café est prêt, mon cœur.

Si seulement Tom pouvait dormir longtemps, le plus longtemps possible. Jusqu'à atteindre l'âge de boire du café, lui aussi…

Élise emboîte le pas à Romain, en direction de la cuisine. Est-ce que toutes les mères sont traversées par des idées comme les siennes ? Est-ce que Mina, elle aussi, a eu des pensées étranges, inconvenantes, indicibles ? Depuis le couloir, déjà, arrivent par à-coups des petits geignements annonciateurs du réveil, prémices de la réclamation à suivre, plus bruyante, plus soutenue, du prochain repas. Penser à la suite lui donne la nausée.

— J'aimerais que ma mère revienne, s'entend-elle demander à sa propre surprise.

Romain lui renvoie un regard noir, secoue la tête.

— S'il te plaît, Élise, j'aimerais que nous restions ensemble, que nous commencions tous les trois. Notre famille, c'est Tom, toi et moi. Je ne veux pas de Mina tout de suite entre nous. Tu comprends ?

Ce qu'elle comprend finalement, c'est que, à cause de ce congrès dont il lui rebat les oreilles, Romain n'a pris qu'une journée. Elle a quitté la maternité un vendredi, juste avant le week-end, et c'est comme s'il avait pris ses trois jours de congé naissance. Trois petits jours de présence paternelle généreusement octroyés par la société, soixante-douze minuscules heures pour l'arrivée au monde d'un enfant qu'on va garder sa vie entière.

— Donc, tu vas rester avec moi ?

Elle le voit se raidir.

— Tu resteras avec moi lundi ? Et les jours suivants, et les semaines suivantes ?

Il la fixe d'un regard incrédule devant l'incongruité, l'infantilisme de sa demande.

Elle détourne les yeux, les pose sur la cafetière, allume puis éteint l'interrupteur d'un geste machinal. *Clic.* Du fond du couloir, les cris se font plus vifs, plus rapprochés. *Clac.*

— Vingt-huit jours, lâche-t-elle.

— Quoi, vingt-huit jours ?

*Clic. Clac.*

— Tu as droit à vingt-huit jours de congé paternité.

Il inspire bruyamment.

— Je sais. Je les prendrai plus tard, tu sais très bien que je ne peux pas en ce moment. (*Clic-clac. Clic-clac.*) Élise, on vient d'arriver, on ne peut pas profiter un peu de nous trois, d'abord ? (*Clic-clac. Clic-clac.*) S'il te plaît, tu peux arrêter avec ce bruit ?

Elle saisit sa tasse de café, la porte à ses lèvres, se brûle, repose la tasse sur la table. Rapproche sa main de l'interrupteur de la cafetière, se ravise.

Soudain, elle ne sait plus quoi faire ni quoi dire, et elle quitte brusquement la pièce.

À la fin du week-end, Romain est épuisé.

Le vendredi, après avoir changé Tom et réussi à le rendormir, il a trouvé Élise devant les roses posées en vrac sur la table basse du salon, une ampoule à la main. Son regard oscillait entre la douille nue de la lampe et l'ampoule au creux de sa paume. Elle semblait dépassée, comme si elle se trouvait devant un mystère insondable, insoluble. Romain s'est approché, il lui a pris l'ampoule des mains, l'a vissée à la douille puis il a allumé la lampe. Le visage d'Élise s'est illuminé un court instant avant de s'assombrir de nouveau. « Je vais me coucher, a-t-elle murmuré sans le regarder. Je suis fatiguée. »

Élise est partie se coucher. Élise ne s'est pas relevée du week-end.

Et l'arrivée du bébé à la maison que Romain imaginait douce et tranquille s'est transformée en une course en solitaire, de vitesse : présence, écoute, disponibilité permanente. Jour et nuit. Nuit et jour. En quarante-huit heures, il a donné quinze biberons, fait faire une palanquée de rots, utilisé un paquet entier de couches, remonté des dizaines de fois le mécanisme de la boîte à musique et des dizaines de fois soulevé et reposé de son lit Tom que n'endort pas la berceuse de Mozart. Il a rempli la corbeille à linge sale de pyjamas, bodys, bavoirs, mais aussi de ses trois chemises et ses deux pantalons maculés de lait caillé. Il n'a pas eu un moment pour profiter de son enfant, pour lui prodiguer ces gestes tendres qu'à la maternité il rêvait d'accomplir longuement : le caresser, l'embrasser, le bercer. Est-ce la fatigue de l'accouchement ? Élise la Belle au bois dormant lui a tout laissé faire, et il pense qu'elle l'a fait volontairement. Est-ce ça, une mère ? Non. Ce qu'il sait, ce qu'il a entendu, c'est qu'une mère « normale », même malade comme l'a été la sienne durant des années, s'occupe instinctivement de son enfant. Cette histoire d'instinct maternel, on a beau dire, il continue d'y croire, lui.

Dimanche soir, Romain est exténué, mais peine à trouver le sommeil. Allongé dans son lit, il écoute s'espacer les petits cris provenant de la chambre du bébé. Il ne bouge pas. Cette nuit, il va reposer sur ses deux oreilles sans être poussé hors du lit par

Élise, toujours réveillée la première par les pleurs. Il veut dormir. Il faut qu'il dorme. Demain s'ouvre le moment le plus important du congrès, il doit y arriver l'esprit clair. « Dormir, dormir », se répète-t-il en écoutant dans le couloir les pas feutrés se diriger vers la chambre de Tom.

Élise a gagné : Romain a appelé sa belle-mère qui est arrivée aussitôt. Ce soir, Mina s'est installée à demeure. Elle a commencé par mettre les roses de Vanessa dans un vase, pestant contre leur nombre « invraisemblable » et leurs épines « épouvantables », puis elle a pris possession de la chambre d'amis à côté de la leur. C'est elle désormais qui se lève la nuit pour le bébé, tandis qu'eux deux reposent dans leur lit dos à dos sans se toucher, comme deux étrangers. Dans la pénombre de la chambre de Tom que seule éclaire une petite veilleuse, elle doit bercer l'enfant qui se rendort doucement. Libéré de toute responsabilité, Romain se relâche et laisse enfin le sommeil s'emparer de lui.

Dans la chambre aux volets baissés, Élise enlève sa robe, sa culotte, son soutien-gorge. Voilà plusieurs jours qu'elle a accouché et elle se regarde dans sa psyché sans se reconnaître. Ce corps n'est plus le sien. Que va-t-elle faire de ces mamelles encore pleines aux aréoles noircies et striées de grosses veines bleutées ? Sur conseil médical, elle enferme ses seins chaque jour dans un soutien-gorge très serré afin d'interrompre le processus de production de prolactine et les montées de lait, que ne provoque chez elle aucune tétée puisqu'elle n'allaite pas. Mais la nature n'a pas encore fait son œuvre, et ses seins, lourds et douloureux, restent tendus comme des ballons prêts à éclater. Et ce ventre… ce ventre mou, semblable à une outre vide, ce ventre retrouvera-t-il un jour la fermeté qui a été la sienne ? Aura-t-il de nouveau la tendreté et l'élasticité de sa jeunesse ? Maintenant qu'il a été habité, son corps ne sera plus jamais comme avant. Sous forme de vergetures, de cellulite, de mini-gonflements de graisse et d'eau, l'enfant a laissé son empreinte. Son nombril, grosse balise attendrissante durant la grossesse, n'est plus qu'un amas de chair fripée, entouré par un réseau de griffures blanches s'étalant en étoile et en plis. Ses jambes sont lourdes, leur peau d'une pâleur maladive.

Elle se regarde et se demande comment tout ça va reprendre sa place, elle ne sait même pas si c'est possible, les autres femmes ont peut-être menti. Peut-être qu'aucune d'elles n'ose avouer la réalité, que rien ne reprend la forme d'avant et qu'il faut faire avec, que, de grossesse en accouchement, le corps des femmes se transforme et qu'il ne faut rien en dire. Qu'ensuite chacune œuvre longuement, péniblement, douloureusement, pour cacher les atteintes portées à ce corps malaxé et lui rendre une forme la plus proche possible de l'ancienne. Élise pense à ces régimes qu'elle n'a pas faits (jamais eu besoin), à ces exercices de sport avec lesquels certaines se torturent quotidiennement, et elle y voit une dissimulation coupable. Une tentative pour faire comme si le corps ne subissait rien. Ni les règles, ni les avortements, ni les grossesses, ni les fausses couches, ni les accouchements, ni les montées et les descentes d'hormones, ni la ménopause, ni rien de tout ce que traverse le féminin dans une vie. Et demeure en lui. Ça commence dès l'acte sexuel quand les spermatozoïdes éjaculés survivent plusieurs jours dans le ventre féminin alors qu'ils meurent aussitôt à l'air libre. Le corps des femmes, à tout jamais réceptacle. Un corps qui permet la vie mais au creux duquel la vie déforme tout.

Alors, elle récupérera ce qu'elle pourra, et après, plus jamais. Face à la glace, broyant avec une rage silencieuse son ventre entre ses mains, elle se promet de ne jamais avoir d'autre enfant. Romain devra se contenter d'un fils unique.

Dans la chambre d'à côté, Mina s'éveille comme chaque matin d'un sommeil agité. Depuis qu'elle s'est installée chez Élise et Romain, une nuit sur deux, elle rêve de bébés.

Cette fois encore, un songe étrange s'est invité, d'un réalisme tel qu'à son réveil, empreint d'une tristesse infinie, les images flottent toujours, fortes, odorantes. Elle se les raconte à mi-voix, aussitôt, pour garder leur présence le plus longtemps possible. Elle est allongée, nue, les jambes écartées, les pieds posés à plat sur une large table en bois, dans une maison de famille, inconnue et cependant familière. Les rais d'une lumière, de crépuscule ou d'aube elle ne sait pas, tombent depuis la fenêtre sur ses cuisses blanches. Elle se trouve seule dans cette pièce, installée en position d'accouchement, et un doux parfum fleuri flotte dans l'air. Le moment est aussi paisible qu'un soir ou un matin d'été. Elle ne ressent aucune douleur, son ventre immobile n'est broyé par aucune contraction, et pourtant, à l'intérieur d'elle, un enfant se fraie un chemin. Elle le sent s'avancer, l'écarter, glisser, pousser, la dilater, s'extraire, lui échapper. Il sera bientôt là, mais la table est trop haute, le sol carrelé, c'est dangereux, il va tomber. Elle se penche pour l'attraper à la sortie quand une femme aux jambes et aux bras démesurés, affreusement maigre, une femme liane surgie de nulle part, se faufile entre ses jambes et se redresse aussitôt, ombre élastique, un linge blanc dans les mains avant de s'enfuir, victorieuse. « Voleuse ! » La créature a dérobé son bébé ! « Mais non. Tais-toi donc, crie l'enfant d'une voix d'homme, la voix de Paul, en projetant violemment ses pieds hors de son ventre. La femme corde n'a rien pris, l'accouchement n'est pas fini, je ne suis pas encore sorti. » Alors Mina se rallonge, épuisée comme si elle avait poussé et souffert des heures entières alors qu'elle ne ressent aucune douleur, résignée comme si cette naissance était une histoire sans début qui n'aurait par conséquent jamais de fin, comme si elle ne pouvait plus rien pour ce qui était en train de se jouer en elle, interminablement. À ce moment du rêve, son ventre se transforme. En quelques secondes la montagne s'aplanit, devient colline, puis plateau, puis plaine, puis lit de rivière, et soudain l'enfant jaillit au monde. Mais ce n'est pas un bébé qui s'expulse ainsi de son ventre dans un déferlement liquide et le dégonfle brusquement, c'est un être possédant le poids, la taille et l'allure d'un adulte. Cet être, elle le reconnaît aussitôt : Mina vient d'accoucher d'elle-même, dans ses mains il ne lui reste rien. Il n'est rien sorti de son corps stérile si ce n'est cette tristesse immense et noire qui lui colle à la peau bien après son réveil, cette solitude affreuse qui l'étreint depuis si longtemps maintenant.

Debout à l'entrée de la chambre, Élise regarde sa mère. Assise sur le lit près de Tom, vêtu d'une simple couche, Mina fait glisser son index dans la paume de la petite main qui se referme par réflexe sur son doigt.

— Viens, ma chérie, dit-elle en tapotant le matelas.

Élise approche et s'installe de l'autre côté du bébé qui tourne aussitôt son visage dans sa direction en s'agitant. Il pousse de petits cris qui ne ressemblent à rien, tendant ses jambes par à-coups brusques puis les repliant, et recommençant sans se lasser. Mina lui retire sa couche, elle est pleine et a maculé les fesses rougies. Chaque fois, Élise est frappée par l'odeur nauséabonde, tellement forte qu'on l'attribuerait davantage à un adulte qu'à un si petit être. Mina lui tend une lingette.

— Tiens, ma chérie, nettoie Tom. Après ça, on l'habillera.

Sa mère s'adresse à elle de la même façon qu'avant avec Thibaud. Elle utilise les mêmes mots, emploie le même ton, accomplit les mêmes gestes, attend qu'Élise fasse ce qu'il faut. Elle a juste ajouté un prénom, Tom, qu'elle fait rouler dans sa bouche comme un bonbon.

D'une main Élise regroupe les pieds minuscules, soulève les cuisses, dégage le fessier plat et fripé. Elle est étonnée par l'absence de mouvement chez Tom qui se laisse faire, soudain apaisé. Elle nettoie le postérieur d'un geste assuré, puis elle repose les jambes, lâche les pieds.

— Et devant, n'est-ce pas, tu te souviens ?

Les bourses sont collées l'une à l'autre, le sexe est dur et dressé. Élise s'applique, émue et effrayée de sentir sous ses doigts un être plus vivant qu'elle l'aurait imaginé.

— Voilà, nous avons maintenant un petit garçon tout propre, n'est-ce pas, mon Tom ? dit Mina en souriant à l'enfant qui a repris ses mouvements désordonnés.

Tom pleure, Tom a faim, Tom va se coucher, Tom ci, Tom ça. Tom dans toutes les phrases de Mina qui, en ce moment même, immobilise le pied gauche dans sa main, en admire les orteils recroquevillés et y dépose un baiser. Gênée, Élise s'agite sur le lit.

— Il est parfait, ce petit Tom, s'enthousiasme sa mère. Vous l'avez vraiment réussi.

— Ah ! Vous trouvez, vous aussi.

Sourire aux lèvres, Romain entre dans la chambre, costumé et cravaté pour les jours de réunion importante. Quand il est habillé comme ça, Élise pense invariablement à ces manchots sur la banquise, engoncés dans un vêtement trop petit pour eux, se dandinant d'une patte sur l'autre. Romain leur ressemble davantage maintenant qu'il a pris du poids ; il a grossi en même temps qu'elle, pas dans les mêmes proportions, mais tout de même, en quelques semaines, il s'est bien enrobé. Romain à la démarche balancée, nageant avec aisance dans les eaux de l'entreprise en tenue de manchot.

— Élise ! Allez, un petit sourire !

Il brandit son smartphone pour une photo de famille.

— Les trois générations, dit-il fièrement.

Elle esquisse un vague sourire, figé. Il regarde le résultat, satisfait.

— Vous êtes magnifiques.

Romain se penche avec douceur sur Tom, caresse sa joue, y dépose un baiser tendre.

— Bonne journée, mon petit amour.

Se tourne vers Élise, embrasse ses lèvres sèches.

— Bonne journée, mon grand amour.

Lève une main à l'intention de Mina en guise d'au revoir.

Voilà. Il est parti, son bonheur dans la poche. Elle reste avec sa mère et le bébé si réussi.

Elle aussi a envie de partir. Elle a envie de sortir, de courir (elle est déjà en tenue de sport), de quitter ce corps agité à ses côtés. Tom n'a de cesse de jeter ses poings devant lui à la façon d'un boxeur à l'assaut d'un adversaire invisible, les gestes hachés comme si quelque chose de nerveux l'habitait et le poussait à déformer son visage, à émettre d'inexplicables bruits de bouche, à tordre son petit corps. Il bouge, et alors ? Il vit, il vit pleinement, tout en lui respire la vie, et alors ? Que pourrait-il faire d'autre ? se raisonne Élise en le voyant tourner la tête et poser tour à tour, sur Mina et sur elle, ses yeux bordés de poches, écrasés par de lourdes paupières.

— Il aura peut-être mes yeux bleus, espère Mina.

Élise sait-elle que, chez un nouveau-né, il faut attendre trois mois, parfois même six, pour connaître la couleur définitive de ses yeux ? Un bleu, même franc, peut virer au marron, au noir ou encore au vert,

« comme toi, ma chérie, quand tu as eu quatre mois, tes yeux sont devenus verts ».

Élise se lève brusquement.

— Tu vas où ?

« Où je veux », brûle-t-elle de répondre à sa mère.

— Courir. J'ai besoin de me dépenser.

— Mais tu n'habilles pas Tom ? Et ça va être l'heure de son repas.

— Après. Je reviens.

— Tu recommences déjà à courir ?

— S'il te plaît...

Elle quitte la chambre, accélère le pas. Le couloir, le salon, son placard à baskets, la porte d'entrée, les trois étages à pied et la voilà dehors, délivrée. Elle aimerait se mettre à courir dès le seuil de l'immeuble franchi, mais elle doit renoncer. Elle ne peut pas encore, elle a déjà du mal à respirer, elle est comme en apnée. D'abord retrouver son souffle. « Inspire lentement. Bloque cinq secondes. Expire longuement. » Quand elle avait eu dans les douze, treize ans, Paul lui avait appris à contrôler sa respiration et à retrouver son souffle de cette façon. « Respire, fillette. » Élise entend de nouveau la voix de son père, cette voix capable de l'apaiser. Contrairement à celle de Mina (« Calme-toi donc, tu bouges tout le temps. Arrête de remuer comme ça »), dont les reproches récurrents décuplent sa nervosité.

Une fois la porte refermée derrière sa fille, Mina pose la main sur le torse nu de Tom, émue de voir la peau se marbrer sous sa pression.

— Tu as une drôle de maman, tu sais, mais ne t'inquiète pas, elle a juste besoin d'un peu de temps.

Il faut parler aux enfants désormais, tous les psychologues le disent. On peut leur expliquer, il paraît qu'ils comprennent.

— Je suis là, moi, mon tout-petit.

Mina contemple, songeuse, ce corps encore minuscule de nourrisson. Ce menton pointant au-dessus du torse comme s'il n'avait pas de cou, ces lèvres si nettement dessinées, ces petites narines d'une rondeur parfaite, ces oreilles ourlées, ciselées. Elle a beau le détailler, elle ne saurait dire si ce petit garçon ressemble à la petite fille née de son ventre trente-cinq ans plus tôt. Elle ignore si les deux bébés ont quelque chose en commun, chaque être nouvellement arrivé sur cette Terre est ce qu'il est, à part entière. Un garçon et une fille, est-ce que ça peut vraiment se ressembler ? Ou bien y a-t-il dès la naissance une différence notable, due à la différence de sexe ? Comment savoir ? Avec effort, Mina s'extrait de ses pensées. Si Tom ressemble à Élise, elle ne sait pas, et puis elle n'a pas envie d'y réfléchir, elle évacue cette question dans un soupir. Ce dont elle est certaine en revanche, c'est à quel point, dès sa naissance, Élise avait pris de la place. La force nerveuse dans ses doigts écartés et tremblants. Ses grands cris pour exiger le sein, cette étonnante réclamation d'un nouveau-né semblant capable de nommer l'objet de son désir : « Lait ! Lait ! » Cette colère qui émanait d'elle, de ses sourcils froncés, de son regard noir planté dans celui de Mina. Elle se rappelle son silence et celui de Paul, au milieu des appels hurlés dans la salle blanche aux murs carrelés. En exigeant aussitôt sa part, Élise bébé l'avait tirée de sa stupeur de jeune accouchée.

Puis, tandis que le regard de Paul se perdait dans des tristesses anciennes brusquement ressuscitées, Mina n'avait eu d'yeux que pour sa fille, s'était mise à ne penser qu'à elle et, très vite, ne s'en était plus laissé distraire. Qu'elle fût éveillée ou qu'elle reposât lourde et confiante dans ses bras, Élise bébé était devenue le Tout. Tout ce sur quoi Mina s'appuyait pour devenir ce qu'elle voulait être de toutes ses forces, comme une réalisation d'elle-même, et quoi qu'il arrive : une mère dans toute sa complétude. Elle qui n'en avait pas eu. Elle savait que Paul lui en voulait de toute cette attention portée sur Élise, uniquement sur elle ! Paul, incapable pourtant de s'occuper d'Élise à sa naissance, de la prendre même dans ses bras les premiers jours.

Aujourd'hui, Mina sait que la vie lui a donné raison. À son tour, Élise a mis au monde un enfant. Elle donne un petit-fils à Paul ; il y a désormais une autre trace de sa chair devenue cendre. Alors, Mina en est convaincue : tout comme Élise bébé l'a aidée, Tom aidera Élise à devenir une mère. Et Romain un père, comme l'était devenu Paul au fil des semaines et des mois, en aidant Élise à se tenir debout, en accompagnant ses premiers pas, en lui apprenant à faire du vélo, à nager, à courir… « À vivre à pleins poumons », comme Paul disait avec ironie en tirant sur sa cigarette.

Des pleurs l'arrachent à ses réflexions. Le corps tremblant, Tom tourne la tête de gauche à droite, bouche grande ouverte. « Il a faim », se dit Mina en s'empressant de l'habiller et en se dirigeant à la hâte vers la cuisine, Tom serré contre elle, ses pleurs étouffés contre son torse. Elle se bénit de sa prévoyance, n'ayant plus qu'à mettre le biberon, déjà préparé, dans le chauffe-biberon. Pour le faire patienter, elle lui fredonne la berceuse qu'elle chantait à Élise, « Reste auprès de moi, mon enfant, mon tout-petit », mais Tom, inconsolable, continue de vociférer, alors elle s'empare du biberon et, tant pis s'il est froid, lui enfourne la tétine dans la bouche.

— Là, voilà, chuchote-t-elle, soulagée d'entendre retentir les petits bruits de succion.

Son ventre de jeune accouchée l'empêchant de courir, Élise se contente de marcher autour du lac. Elle n'est pas morte, elle a survécu, et même si elle a passé les deux premiers jours à dormir (cette fatigue abyssale qui lui est tombée dessus !), plus d'une semaine s'est écoulée maintenant, et elle va aller mieux. Tout devrait rentrer dans l'ordre, avec l'aide de sa mère. Cette fois, elle a vraiment besoin d'elle.

Mais… est-ce d'avoir enfanté ? D'avoir ajouté une existence à toutes celles déjà présentes dans ce parc, dans cette ville, dans ce pays ? Le monde extérieur lui apparaît différent, comme un théâtre dans lequel s'agiteraient des marionnettes se croyant vivantes. Marionnettes, la psychologue et l'infirmière de la maternité. Marionnette, le gynécologue accoucheur. Marionnettes, ces gens qu'elle croise, plongés dans leurs occupations. Marionnettes, Romain dans son habit de manchot et sa mère au sourire satisfait de parfaite organisatrice. Marionnette, le petit Tom lui aussi. Tous de pauvres marionnettes, de vulgaires poupées.

Et elle ?

Elle assiste, impuissante, à la représentation. Remue les lèvres sans qu'on l'entende. Tend une main sans rien pouvoir prendre. Se retrouve, seule et désarmée, quelque chose en elle de subitement débranché. Se croit vivante, ne l'est pas plus que les autres.

Elle ? Marionnette également.

Élise ignore comment reprendre le fil de sa vie.

La photo prise au moment de la naissance est celle dont Romain est le plus fier et sur laquelle il s'arrête le plus longuement.

— C'est fou, dit-il à celles et ceux qui ont la bienveillance et/ou la prudence professionnelle de s'intéresser au rejeton du grand patron, c'est fou d'imaginer un petit humain sortir d'un ventre chaud pour arriver comme ça dans la lumière crue d'une salle d'accouchement.

Ça continue de le fasciner, cette irruption d'un nouvel être dans un monde qui, jusque-là, faisait sans lui. Cette entrée fracassante que lui aussi a vécue quarante ans plus tôt.

Ses collaborateurs regardent complaisamment la photographie de Tom recroquevillé sur le ventre d'Élise. Et la photo circule jusqu'à cette remarque, perfide, d'Andreas :

— Ce n'est jamais très beau à la sortie, mais ça s'arrange avec le temps, tu verras, mon vieux !

Romain éteint l'écran de son smartphone, un peu vexé. Son adjoint serait-il jaloux ? Il se souvient de la déception d'Andreas en apprenant que sa femme portait une fille, dont il ne se rappelle d'ailleurs plus le prénom. Et cette façon déplacée qu'il avait de l'appeler

« mon vieux », comme s'ils entretenaient une relation amicale. Désormais, Romain gardera pour lui seul la précieuse photo. Car, chaque fois qu'il la regarde, elle réanime cet instant inouï où Tom est arrivé, ravivant la magie de sa venue au monde et déclenchant de nouveau en lui cette émotion si violente, cet amour si profond, qui l'avaient alors saisi. Il ne résiste pas au plaisir de la convoquer et de la convoquer encore, s'émerveillant de la puissance qu'ont certaines images à ressusciter éternellement un moment de vie perdu.

Une vingtaine d'autres ont été prises à la maternité ; celles-là, Romain ne les montre pas, il doit d'abord opérer une sélection parmi toutes ces images répétitives. De l'une à l'autre, il cherche la légère différence d'éclairage, de regard ou de posture, justifiant le choix de celle-ci plutôt que de celle-là. Mais le glissement est si minime, il ne parvient pas à se décider. C'est le problème de ces fichues photos jetables à loisir, il en a déjà plus de trois mille cinq cents sur son nouveau smartphone. De guerre lasse, il décide de remettre son choix à un autre jour et les garde toutes.

La photo qui suit fait partie de son jardin privé. C'est la plus importante à ses yeux, elle n'appartient qu'à son fils et à lui. Celle-là, il ne l'a jamais montrée. Sortie de la maternité, le vendredi, ils viennent d'arriver à la maison. Élise est partie se reposer, Romain ignore encore qu'elle va dormir tout le week-end. Après avoir donné le biberon, il recouche avec précaution Tom qui s'était assoupi dans ses bras. Il le regarde dormir, abandonné au milieu de son lit dans une position relâchée, les petits poings collés à ses oreilles, et il ressent alors intensément, pour la première fois, ce lien particulier qui n'appartient qu'à eux : leur masculinité commune. Pour son fils, Romain veut être un modèle d'homme. Et un vrai père, pas un Denis qui l'avait tenu à distance comme s'il était un étranger dans sa vie et l'avait mis en pension à la mort de Claire, mais un père comme Paul. Oui, Romain sera un père à qui son fils pourra se confier, qui saura l'écouter et l'épauler ainsi que Paul l'a fait pour sa fille, mais aussi pour lui. Paul qui, avec sa pudeur pleine d'humour, lui avait dit : « Tu es le fils que j'aurais aimé avoir… en plus vieux. » Paul, pas dupe, lui glissant aussi, ce jour où Élise avait annoncé qu'ils n'auraient pas d'enfant : « Tu aurais fait un bon père. »

Paul a raison, Romain fera un bon père. Il n'a plus peur désormais, la présence de son fils à ses côtés suffit à l'en convaincre.

Il s'apprêtait à prendre la photo lorsque la petite bouche s'était tordue, les lèvres s'étaient entrouvertes dans une moue contrariée, les paupières s'étaient mises à trembler, le torse s'était soulevé de plus en plus rapidement. Romain s'était immobilisé, guettant le front plissé, la respiration accélérée, les vagues mouvements des bras. Allait-il se réveiller ? Il avait murmuré un « Chut » le plus doux possible, et Tom, comme s'il avait compris, s'était calmé instantanément. La soudaine détente sur son visage, ses poings se desserrant lentement, sa respiration s'apaisant, le sommeil de nouveau. Et Romain avait pris le cliché, celui de ce petit garçon de quelques jours qui s'était rendormi en confiance sous son regard, son tout petit garçon pour qui il donnerait sa vie.

En revanche, la dernière image prise ce matin des trois générations lui laisse une impression curieuse. Il ne saurait expliquer pourquoi, quelque chose lui échappe. Il regarde plus attentivement. Mina et son sourire charmeur, photogénique en toutes circonstances, Élise le regard fixe, les lèvres entrouvertes dans ce qui n'est ni un sourire ni un rictus, mais un simple mouvement de bouche témoignant de son application à répondre à la demande du photographe et, au milieu du lit, Tom allongé entre les deux femmes, la tête tournée vers sa mère. D'un écart de doigts, Romain agrandit l'image, se balade dans les détails. Sur le visage d'Élise, il remarque les derniers stigmates de son masque de grossesse et caresse de l'index ses joues dont il aime tant la rondeur, accentuée par sa prise de poids. Dans ses yeux, il ne retrouve plus la pétulance d'autrefois. Est-ce cela qui le trouble ? Ou est-ce la position de Tom, orienté vers sa mère, pas uniquement la tête mais le corps tout entier bien que ce ne soit pas possible en réalité, car, allongé sur le dos, il est encore trop petit pour se retourner seul ? Et, pourtant, tout l'être de Tom est tendu en direction de sa mère, Élise, qui fixe le smartphone de Romain. Tandis que Mina tient fièrement dans sa main le talon de son petit-fils. C'est une belle photo, alors pourquoi cette impression d'étrangeté qui ne le quitte pas ? Romain ne saisit pas. Il s'agace. Il abandonne et pose son téléphone. Il verra ça plus tard.

Affalée sur le canapé, percluse de fatigue, Élise laisse divaguer ses pensées. C'est leur premier moment de pause depuis ce matin, mis à part le déjeuner pris sur le pouce. 14 heures à peine, et il lui semble qu'elle a déjà vécu une journée entière, que tous les jours écoulés depuis la naissance de Tom ont compté double. Si seulement elle pouvait dormir un peu, juste un peu… Sur la table basse du salon, le babyphone trône, couvé par le regard aigu de Mina. Dès que Tom est couché, sa mère se met en veille, transportant partout l'écran du mouchard qu'elle quitte à peine des yeux. Et qui ne fait qu'amplifier son anxiété. Au moindre son (« Tu entends ? Que se passe-t-il ? »), au moindre mouvement (« Il a l'air gêné, un rot qui ne passe pas »), elle se dresse, pareille à une vigie. Au premier pleur, elle s'affole. « La faim, une couche pleine, des coliques. Il faut aller voir ce qui ne va pas, le prendre dans les bras, le bercer, le rendormir s'il le faut jusqu'au prochain biberon. »

Deux heures maintenant que le babyphone est muet, et Mina se raidit progressivement. À l'affût, le corps tendu, elle guette l'écran jusqu'au moment où elle n'y tient plus.

— Ça fait longtemps qu'il dort, tu ne trouves pas ? C'est bizarre, il est bien silencieux. Tu devrais vérifier que tout va bien.

Qu'il pleure ou non, c'est toujours pareil, la nervosité de sa mère fait tache, déborde, et Élise n'arrive jamais à se reposer. Voilà presque quinze jours maintenant que Tom est né et, déjà, elle ne supporte plus cette angoisse qui l'assaille par vagues régulières au rythme des pleurs, des regards, des gestes, des silences, des biberons, des couches sales, cette vie sur le qui-vive, aux nuits hachées-tronquées et aux jours ankylosés de fatigue, vécus dans un état second. Elle espérait que sa mère la tranquilliserait, c'est tout le contraire. La faute à cet enfant que tout le monde admire et qu'Élise, elle, considère comme un tyran doublé d'un manipulateur. On devrait pouvoir renoncer à son droit de mère comme on renonce à un droit de visite dans les divorces, mais la loi ne le prévoit pas, et aucune mère « digne de ce nom » n'oserait en faire la demande. Ce nom de « mère » qui, dans l'esprit collectif, sous-tend l'amour, la bienveillance, la sécurité, l'attention, la douceur, la patience, la présence… Toutes ces qualités requises qui font endosser à des femmes comme elle un costume trop grand, trop large, dans lequel elles se perdent du jour au lendemain, soudain démunies devant l'ampleur de leur nouveau rôle, se sentant indignes, presque, de le tenir.

— Va vérifier que tout va bien, ce n'est pas normal qu'il dorme encore.

Mina persiste, sur un ton presque menaçant. De guerre lasse, Élise s'apprête à se lever quand la sonnerie de la porte d'entrée retentit.

Assise sur le canapé, Vanessa caresse sa chevelure de ses mains, dans un geste semblable à celui de sa sœur. Véro qu'Élise a vue, sur son compte Instagram, lisser lentement ses cheveux entre ses deux paumes, dans un mouvement étrangement répétitif. Véro dont les longs cheveux tombent en rideau sur les photos, camouflant son enfant.

— Élise, insiste sa mère, de plus en plus nerveuse. Tu devrais aller voir.

Avec vivacité, Vanessa se tourne vers Mina.

— Quelque chose ne va pas ?

— Non, non, ça va, c'est juste que ça fait longtemps que Tom dort, et je ne trouve pas ça normal, ça me paraît long.

— Je peux aller voir, si ça vous rassure, propose aussitôt Vanessa. (Se penchant vers Élise, elle lui souffle à l'oreille :) Elle ne s'en va jamais, ta mère ?

Mina toussote.

— C'est plutôt à Élise d'y aller, non ?

Vanessa désigne l'écran du babyphone.

— De toute façon, vous voyez bien qu'il roupille comme un ange. Et puis, si vous êtes si inquiète que ça, vous n'avez qu'à acheter un babyphone dernier cri. Ma sœur en est fan, elle ne jure plus que par lui.

— C'est quoi ? s'enquiert Élise.

Si ça peut calmer sa mère, elle est preneuse. Son amie tire son portable de sa poche.

— Un appareil connecté, relié au bébé. Regardez.

Mina et Élise se penchent sur l'écran du smartphone. Sur fond de berceuse, Mozart pour ne pas changer, une courte vidéo présente un bébé bienheureux, endormi dans son lit, les bras en croix. Puis un zoom est fait sur sa cheville, entourée par une sorte de bracelet souple en plastique. En réalité, un capteur qui permet à la mère, confortablement allongée sur son canapé, un grand sourire aux lèvres, non seulement de surveiller à distance bébé *via* son téléphone, mais aussi de vérifier son état de santé à tout moment grâce aux données collectées. « De jour comme de nuit, grâce à la vision nocturne, vous suivrez en temps réel la fréquence cardiaque, les cycles de sommeil et le niveau d'oxygénation de votre bébé », affirme la voix suave de la publicité.

— Fantastique ! s'écrie Mina, fascinée. Tu sais combien ta sœur l'a payé ?

— Tu trouves ça fantastique, toi ? s'étonne Élise que l'idée de scanner ainsi son enfant terrifie.

— Dans les 350, je crois.

— Quoi ? s'indigne Élise. 350 euros une caméra de surveillance pour nourrisson !

Mina lui renvoie un regard dur.

— Quand tu t'apprêtais à dépenser une somme équivalente dans des baskets autolaçantes, ça ne te choquait pas. Par contre, quand il s'agit de la santé de ton bébé…

— Mais…

Comment pouvait-on comparer une paire de chaussures et cet objet… ?

— Mais rien du tout. C'est moi qui l'offre. Je suis la grand-mère de Tom, j'ai le droit de lui faire ce cadeau.

À peine né, déjà surveillé. Un cadeau, cette mise en laisse, tel un animal domestique ? Alors ça ne suffit pas d'y penser tout le temps et de l'avoir sous les yeux en permanence, maintenant il faudrait aussi contrôler ce qui se passe en lui, à l'intérieur ? Savoir en permanence comment il respire, comment il dort, comment son cœur bat ? Élise ne veut pas de ça, c'est un cauchemar. Rien que d'y penser, elle étouffe, asphyxiée pour lui, ça pèse très lourd, un regard sans cesse posé sur soi. Elle s'apprête à refuser avec fermeté cette machine inquisitrice quand une phrase de la vidéo de présentation se détache, semblant s'adresser à elle en particulier : « Grâce au retour audio, en toute tranquillité, vous pourrez rassurer votre bébé sans avoir à vous déplacer », conclut le film en faisant un gros plan sur la femme parlant tendrement à son smartphone. Sans se déplacer. Sans s'imposer la présence de l'enfant, sans lui imposer la sienne. De loin. Soudain, ce cadeau, c'est aussi la mise à distance à laquelle Élise aspire. Alors elle ne dit rien.

— Et quand on parle du loup (Vanessa indique le babyphone d'un bref mouvement de menton), on en voit un p'tit bout. Mère-Grand, votre petit Tom est réveillé.

— Tu buvais si bien, quand tu étais bébé !

En vain, Mina tente d'introduire la tétine dans la bouche de Tom. Il la rejette, balançant sa tête de droite à gauche. Elle finit par abandonner, repose le biberon aux trois quarts plein sur la table. Élise devrait proposer de prendre Tom, mais les mots ne sortent pas de sa bouche et ses mains restent immobiles sur ses genoux.

— Vous voulez que j'essaie ?

Vanessa, qui en meurt d'envie, se redresse avec espoir, sans obtenir de réponse.

Désappointée, elle se renfrogne dans le canapé et jette un regard plein de reproche à Élise, lui signifiant : « Tu pourrais quand même obliger ta mère à me confier ton fils un instant. » En attendant le géniteur de ses rêves, Vanessa aimerait commencer à pouponner.

— Il mange moins bien, dcpuis quelques jours, affirme Mina en regardant Élise avec gravité, il faudrait le peser. C'est quand, la visite chez le pédiatre ?

Élise ne se rappelle pas, il faut qu'elle consulte son agenda. Elle se souvient de son prochain rendez-vous à elle, le 2 août, jour de son anniversaire, la visite post-accouchement, pour vérifier que tout se remet bien en place. « En place ». Quelle ironie, alors que cette maternité a tout déplacé en elle et autour d'elle.

— On devrait louer un pèse-bébé pour surveiller son poids, insiste Mina en couvant Tom d'un regard inquiet.

Agacée, Vanessa intervient :

— Les bébés perdent souvent du poids à la naissance, c'est un processus naturel pour éliminer l'eau que contient un fœtus.

— C'est normal les premiers jours, oui, mais après, non, l'interrompt Mina d'un ton sec.

Vanessa balaie la pièce du regard, semblant chercher quelque chose.

— Il est où, Thibaud ?

— Thibaud ? répète Mina, faisant mine de n'avoir jamais entendu ce prénom.

— Ben oui, le *reborn* ! s'écrie Vanessa. Il est censé avoir le poids d'un bébé à la naissance. On n'a qu'à le prendre et les comparer, on verra la différence. Si Tom pèse autant, c'est qu'il n'a pas assez grossi. S'il pèse moins, c'est qu'il a vraiment maigri.

— Dans les deux cas de figure, ce n'est pas bon…, fait remarquer Mina.

« Où est-il ? », se demande soudain Élise. Pour la première fois, consciemment, elle revoit le vide entre l'horloge et la photographie dans sa bibliothèque, cet espace muet privé de sa présence. « Où est passé Thibaud ? »

— Oui, mais si Tom pèse plus lourd, ça va, corrige Vanessa.

— Vanessa a raison, intervient Élise, Thibaud pourrait nous servir d'unité de mesure.

— Vous dites vraiment n'importe quoi ! s'énerve brusquement Mina, déclenchant les pleurs de Tom. On aura tout entendu, dans cette maison de fous.

Elle se lève précipitamment, commence à marcher de long en large dans le salon en balançant Tom dans ses bras, « Mon petit, mon petit », de plus en plus rapidement, dans une vaine manœuvre pour le calmer. Élise n'esquisse pas un mouvement. Elle regarde sa mère s'agiter, puis Vanessa attraper son sac et se lever, excédée.

— J'y vais, déclare-t-elle.

Au moment de quitter la pièce, son amie lui adresse un signe de main, pouce sur l'oreille et auriculaire devant la bouche, « Je t'appelle », Élise acquiesce d'un hochement de tête et la porte d'entrée claque derrière Vanessa.

Étourdie par les va-et-vient saccadés de sa mère et les pleurs stridents, Élise demeure interdite, regardant la scène comme si elle y était extérieure ; sa mère a peut-être raison, ces deux femmes dans ce salon sont peut-être devenues folles. Que se passe-t-il, à la fin, dans leurs têtes ? Mais peut-être que toutes les mères sont passablement folles, que c'est leur condition qui veut ça ? Les cris de Tom lui vrillent les tympans, il y a trop de bruit, elle a du mal à réfléchir. Elle revoit le visage calme de Thibaud, le silencieux, qui a disparu. Qu'est-il devenu ? Pourquoi l'a-t-il abandonnée ?

— Ta Vanessa qui n'a pas d'enfant, qu'est-ce qu'elle peut y connaître ? On se demande de quoi elle se mêle, dit Mina d'une voix perçante. Moi, je te dis qu'il a maigri, tu verras. Alors, cette visite des quinze jours chez le pédiatre, c'est quand ?

Élise ouvre l'agenda de son smartphone.

— Ce lundi. À midi.

— À l'heure du déjeuner, formidable ! Ils ne pensent vraiment à rien, ces médecins ! s'agace Mina en emportant Tom, toujours en pleurs.

Élise suit des yeux sa mère qui quitte la pièce avec l'enfant bruyant, exigeant, réclamant tellement d'attention. Il lui faut une mère costaude, une mère qui a déjà parcouru la route, pas quelqu'un comme Élise, inapte à répondre aux sollicitations permanentes. Un bébé a besoin d'une mère présente, comme Mina l'avait été pour elle. Élise se souvient des nuits de son enfance, peuplées de silhouettes menaçantes et de pensées obscures, déchirées par ses propres cris. Elle se rappelle la veilleuse posée sur sa table de chevet, une tête de poussin sortant d'une moitié de coquille d'œuf, incapable d'éloigner les cauchemars, et qui, parfois même, sous certains éclairages, lui faisait peur en ressemblant à un poussin étêté, ricanant dans la pénombre. Elle se rappelle Mina veillant sur ses nuits agitées. Comme elle criait dès que sa mère quittait la chambre. Criait pour la voir revenir au plus vite, pour l'entendre murmurer « Chut, mon Élise, chut, mon bébé », pour la sentir se glisser dans son lit, se coller contre elle, la serrer dans ses bras rassurants. Mina restait jusqu'à ce qu'Élise se rendorme. Certains matins, il arrivait même qu'elle soit encore là, à ses côtés, ronflant doucement la bouche entrouverte et qu'Élise, approchant sa main des lèvres maternelles, laisse le souffle léger lui chatouiller la paume. Elle ne la touchait pas, pour prolonger leur moment ensemble, pour ne pas réveiller sa mère-veilleuse qui, seule, parvenait à chasser les cauchemars.

Sa merveilleuse mère-veilleuse.

Rentré ruisselant de son jogging, Romain s'est précipité sous une douche brûlante, sourire aux lèvres. Même si Élise n'a pas daigné l'en féliciter, il est satisfait de sa nouvelle performance, en commençant le week-end avec dix tours de lac en dix-sept minutes. Lorsqu'il sort de la douche, libérant un nuage de vapeur, Élise termine d'accrocher les petits pyjamas au fil tendu au-dessus de la baignoire.

— C'était une promo ou quoi ? demande-t-il en séchant son corps à grandes frictions. Si tu trouves un « Love Dad », je suis preneur.

Laissant tomber à terre le drap de bain, il s'approche d'Élise. Il caresse sa nuque, colle son ventre contre son dos, lui entoure les épaules de ses bras. Elle l'arrête.

— Ne me serre pas si fort.

Avec des gestes plus doux, il l'oblige à se tourner vers lui. Frappé, soudain, par le regard sans émotion qu'elle pose sur son sexe en érection.

— Tu me manques, ça fait si longtemps, dit-il en approchant ses lèvres des siennes.

Elle s'écarte.

Il recule, blessé, le rouge aux joues, ramasse le drap de bain, l'enroule nerveusement autour de ses hanches pour couvrir son sexe recroquevillé, désormais à peine visible dans son abondante toison pubienne.

Romain suit Élise dans la chambre et la regarde s'immobiliser devant la bibliothèque. Depuis l'accouchement, elle ne prend plus soin de son apparence. Elle ensevelit son corps sous des habits informes, tous plus laids les uns que les autres : joggings, débardeurs, sweats à capuche, pulls distendus. S'il lui parle de sa tenue, elle rétorque qu'elle ne rentre plus dans rien, qu'elle est devenue grosse et moche. Lui se fiche de ses kilos en trop et de son ventre déformé. C'est elle qu'il aime, tout entière, pas seulement son corps. Voilà ce qu'il lui répond, mais elle ne l'écoute pas, ne veut rien entendre.

— Qu'est-ce que tu en as fait ?

Il sursaute, arraché à ses pensées.

— De quoi tu parles ?

Élise désigne une des étagères de leur bibliothèque.

— Thi... Mon... Le *reborn*. Qu'est-ce que tu en as fait ?

— Mais... rien.

Il n'en a rien fait, ou alors il ne s'en souvient pas. Les yeux d'Élise se remplissent de larmes et, d'un seul coup, sans crier gare, elle quitte la chambre à grands pas. Elle est comme ça depuis quelques jours. Pour la moindre réflexion, même anodine, elle se met à pleurer et s'enfuit de la pièce, quand ce n'est pas de l'appartement. D'après Mina, qui se préoccupe surtout de Tom, c'est normal. Romain doit patienter, ça va passer. Mais quand ? Il se sent dépassé, il voudrait retrouver la femme d'avant, son Élise à lui. Mais comment ? Ils ne sont plus jamais seuls, sauf au moment de se coucher, quand ils s'écroulent côte à côte, épuisés par leurs journées respectives. S'il essaie de la prendre dans ses bras, elle le repousse. Sous ses avances les plus timides, il sent son corps se rétracter. Ils ne sont pas sortis depuis la naissance de Tom, certes cela fait seulement quinze jours, mais ils ont une nounou à domicile, pourquoi ne pas en profiter ? Ça le décide brutalement, qu'au moins la présence de sa belle-mère serve à quelque chose d'agréable ! Il rattrape Élise dans le couloir.

— Ce soir, je t'emmène au restaurant.

Il espère que ça lui fera plaisir de renouer avec leurs soirées d'avant, en tête à tête, que ça lui donnera envie de sortir de chez eux. Hier soir, dans l'ascenseur du bureau, Andreas lui a demandé si son couple avait « retrouvé le chemin de l'amour ». Comme si c'était l'unique route ! Romain avait détesté l'euphémisme réducteur et, plus encore, le clin d'œil salace dont son adjoint avait accompagné sa question. Heureusement, au même instant, l'ascenseur s'arrêtait au troisième étage pour laisser monter des collègues, et il n'avait pas eu à répondre. Ça n'avait pas empêché Andreas, qui manquait décidément de la moindre pudeur, de lui glisser dans le parking, alors qu'ils regagnaient leurs voitures garées sur les places réservées à la direction : « Parce que Natasha et moi, dans la semaine qui a suivi son retour de la maternité… Pas besoin de te faire un dessin. » Surtout pas, merci ! Romain lui avait quasiment claqué la portière au nez avant de démarrer au quart de tour.

— Je réserve au Manoir des arômes.

— Si tu veux.

S'il veut… Le Manoir des arômes ! Le meilleur étoilé de toute la ville, tenue par une cheffe talentueuse, et qu'ils ne s'offraient que pour les grandes occasions. C'est Paul, en sa qualité de futur beau-père, qui lui avait fait découvrir le restaurant en les invitant, à l'annonce de leur mariage. Romain prend sur lui et répond d'une voix décidée :

— Oui, je veux.

Il se souvient de ce dîner qui avait scellé dans son cœur son profond attachement à Paul le tonitruant, le fort en gueule et amateur, comme lui, de vins de Bourgogne.

— Je réserve la belle table à côté du jardin, annonce-t-il tout en composant le numéro.

Élise commande un deuxième verre. De la même manière que pour le premier, elle commence par humer le vin, une habitude qu'elle tient de son père. Paul humait toujours tout, les vins, bien sûr, mais aussi la nourriture. Mina avait beau le reprendre chaque fois, « Ça ne se fait pas », c'était un réflexe normal selon lui et il emmerdait les codes sociaux. « Un animal renifle pour s'assurer que le mets est comestible, comme un chien tourne en rond avant de se coucher pour faire fuir un éventuel prédateur. C'est l'instinct de survie qui veut ça », affirmait-il. Dès qu'elle avait eu l'âge, son père l'avait initiée aux vins, et Élise avait fait siens ces arguments imparables.

Donc, à la façon de Paul, elle approche d'abord le breuvage de son nez. Une odeur âpre et délicieuse de myrtille s'infiltre dans ses narines, provoquant aussitôt la salivation et l'envie de goûter. Elle porte le verre à ses lèvres, boit une gorgée qui s'enroule, chaude et douce, dans sa bouche, qui s'écoule, se répand dans sa gorge et s'y ouvre tout entière, comme une fleur éclorait en accéléré. Il y a du fruit, de la terre et du soleil dans cette seule gorgée qui éloigne les pensées tristes et allège le corps de sa lourdeur. Quel soulagement, soudain, de retrouver la sensation du plaisir et de la légèreté. Ce mercurey, qu'ils ont choisi en mémoire de Paul, est toujours aussi bon. Elle reprend une gorgée, puis une autre, lui dédiant chacune d'elles.

— À Paul, le meilleur des pères, confirme Romain en levant son verre. Et à nous ! ajoute-t-il sans préciser qui, exactement, est compris dans ce « nous ».

Élise se sent étourdie. Les divins accords de la dive bouteille commencent à lui faire tourner la tête. Si elle continue à boire comme ça, elle va être malade ou aura demain matin un mal de crâne à décorner un bœuf. Romain la regarde avec un sourire attendri.

— Tu es une très jolie maman, dit-il d'une voix cajoleuse en lui attrapant la main par-dessus la table.

— Une jolie maman ? répète-t-elle d'un ton dubitatif.

Elle n'est pas une « jolie maman », pas du tout, et ce qualificatif de « jolie » accolée à la fonction de « maman » la révulse. Un brusque énervement la parcourt, telle une décharge électrique. Elle hausse le ton :

— Une jolie maman et un papa très fort, c'est ça ? Belle Barbie et costaud Ken, comme à l'ancienne ?

— Je n'ai jamais dit ça, répond Romain en jetant des coups d'œil anxieux vers la salle.

Heureusement pour lui, il n'y a pas grand monde ce soir, et les autres convives sont plongés dans des conversations animées. Avec calme et douceur, il caresse la main d'Élise. Façon de lui faire comprendre qu'il n'a pas l'intention d'entamer une discussion, qu'il veut profiter du moment, il chuchote :

— Je t'aime, tu sais.

Élise le regarde sans répondre. Au-delà de ces mots, elle voudrait savoir ce qui se passe dans la tête de Romain et qu'il lui en parle. Qu'ils se parlent d'eux et de ce qu'ils sont en train de devenir. Mais elle ne sait pas quels mots employer, de la même façon qu'elle ne sait plus comment renouer, chaque soir, avec ce corps d'homme dont elle sent la chaleur à quelques centimètres du sien dans le lit. Elle ne sait plus comment atteindre ce cœur qu'elle aime et qui bat pour elle, elle le sait, et elle n'a plus l'énergie ni la conviction nécessaires pour repartir à l'assaut d'un corps. Tom les a séparés. Il lui a suffi de naître pour pousser Romain d'un côté et elle de l'autre. Les soirs fastes ils échangent un « Bonne nuit » d'une neutralité teintée d'épuisement, les soirs néfastes elle soupçonne Romain de rêver à une autre qu'elle. Imagine-t-il parfois qu'elle aussi pourrait s'en aller avec un autre ? Comment savoir, ils ne se parlent plus, ou si peu. Pourtant, cette main qui entoure la sienne sur la nappe parsemée de miettes est ferme comme le désir, chaude comme une promesse.

— Je t'aime, répète Romain en lui embrassant tendrement la main.

— Moi aussi, répond-elle.

6 h 13. Romain se réveille en sursaut, fier de constater aussitôt qu'Élise dort toujours, que les chouinements de Tom ne l'ont pas réveillée. Malgré la fatigue de sa semaine et la soirée de la veille, il a réagi rapidement. Il s'achemine discrètement vers la chambre de son bébé quand une violente lumière l'éblouit.

— Mais qu'est-ce qui se passe ?

Sa main placée en visière, il distingue la silhouette de Mina, en chemise de nuit dans le couloir, une lampe de poche à la main.

— Baissez ce truc, à la fin, ça fait mal aux yeux !

— Pardon, Romain, je pensais que tu ne l'avais pas entendu.

Bien sûr qu'il a entendu son fils, qu'est-ce qu'elle croit ? Il a pourtant été clair hier soir à leur retour du restaurant. C'est lui qui se lève, ce dimanche matin. Au lieu de rugir, ce qu'il rêverait de faire : « Foutez-moi le camp ! », il grommelle : « Allez vous recoucher ! » Si Élise n'était pas aussi fatiguée, Romain ficherait dehors cette belle-mère envahissante. Ah, si Paul était encore là, tout serait plus simple. Dès que Mina exagérait, il la prenait par le bras et l'entraînait de force. « Les amoureux, il faut les laisser seuls. » Romain se rappelle le clin d'œil complice que son beau-père lui lançait alors par-dessus son épaule, il lui semble le revoir chaque fois que sa belle-mère se montre abusive, ce qui arrive plus souvent qu'à l'ordinaire, ces derniers temps.

Ce dimanche matin, Romain entend le vivre comme il l'a décidé. Il donnera lui-même son biberon à Tom, il le regardera téter dans ses bras ou, pour être plus juste, il *se repaîtra* de lui. Cette aube-là, il va la vivre pleinement.

Tom a bu une petite moitié de biberon et Romain s'amuse de le sentir repousser la tétine en faisant rempart avec sa langue. « Si petit et déjà si malin, si éveillé », pense-t-il en regardant avec tendresse les petits yeux se fermer progressivement sous le sommeil naissant. Il ne s'inquiète pas démesurément, comme Mina. D'après lui, les bébés prennent ce dont ils ont besoin. Un filet de lait coulant sur son bavoir, Tom s'avachit lentement dans ses bras.

— Mon petit Tom, mon petit homme, chuchote-t-il en s'émerveillant de l'homonymie subitement révélée.

Son petit qui sent bon le chaud et le lait, qui sent le bébé et a l'odeur du bonheur, si jamais le bonheur a une odeur.

— C'est moi, ton papa.

Et il croit voir tressauter les paupières légères. Enfant, Romain n'avait jamais dit « papa » et « maman » à Denis et Claire, ses deux géniteurs voulant se faire appeler par leur prénom. Lui, il a hâte de l'entendre prononcer, ce mot de « papa ». Puis il est pris d'une idée subite.

— Viens, murmure-t-il à son petit homme dont les yeux se rouvrent à moitié, mais attention, il ne faut pas faire de bruit.

À pas de loup, Romain emprunte le couloir dans l'autre sens et il se retient de rire, heureux de cette première connivence entre père et fils.

Élise dort en chien de fusil, la bouche entrouverte sur l'oreiller, un sourire flottant sur ses lèvres. Comme elle est jolie ! Qu'elle ait envie de se l'entendre dire ou non, Romain la trouvera toujours jolie, même vieille et ridée, c'est une histoire d'âme à âme.

Il allonge Tom à quelques centimètres d'Élise.

— On se recouche près de maman.

Réveillé, Tom tourne lentement son visage vers sa mère et, chaque fois que le souffle d'Élise effleure ses paupières, la surprise lui fait cligner des yeux. Romain se demande ce que voit un bébé âgé d'un peu plus de deux semaincs, il sait que sa vision est floue, mais jusqu'à quel point ? Tom louche vers sa mère en émettant de curieux sons, comme s'il faisait un effort pour exprimer quelque chose et se faire entendre. Romain se dit que, d'heure en heure, il apprend à vivre dehors, auprès d'eux. Est-ce une joie ? Ou bien une lutte ? Personne ne se souvient des premiers temps qu'efface chaque jour qui passe. De ces temps originels, primordiaux, qui s'évanouissent dans les brumes de l'enfance à mesure que le petit être apprend à attraper, à ramper, à se redresser, à marcher, à parler, à devenir celui ou celle qui prendra place parmi ses congénères. Romain sait qu'un bébé voit mal mais que l'odeur le guide. Comme aimanté, Tom converge de tout son corps vers sa mère. S'il en avait la force physique, il basculerait d'un bloc pour se coller contre elle. Si seulement Romain pouvait se rappeler ses moments avec Claire quand elle était encore en vie, quand le cancer n'avait pas commencé son œuvre ! Il aime à penser qu'elle était jeune et gaie, heureuse de tenir dans ses bras ce bébé qui la regardait longuement, de ses grands yeux ouverts sur le monde, deux inconscients se découvrant, ignorants de ce qui allait advenir. Alors il va donner un coup de pouce à son fils. Il le rapproche d'Élise, lui met sa mère à portée de main. Et il regarde, ému, Tom fermer les paupières et froncer les sourcils chaque fois que le souffle d'Élise, plus proche, atteint son visage et l'enveloppe. À la recherche du corps maternel, ses bras battent l'air jusqu'au moment où les petits doigts touchent le menton d'Élise et s'y agrippent.

Comme c'est agréable ! Cette vague, cette ondulation, ce quelque chose de doux qu'elle ne saurait nommer, qui la frôle. C'est si bon, Élise sourit de plaisir. La chose se retire, avant de revenir puis de repartir, de revenir encore et de s'en aller de nouveau, elle pourrait la toucher, il lui suffirait pour ça de tendre la main. Mais où est sa main, elle l'ignore. Autour d'elle, tout lui ressemble, elle est elle-même le paysage qui l'entoure, cette vague lointaine et proche balayée par l'ombre furtive des grands nuages. Tout et rien à la fois. Une confection maladroite, complète et inachevée. Bercé par la rumeur des profondeurs et ses battements sourds, son corps de plénitude heurté par une masse minérale et silencieuse, bloc lourd et obscur qui, brusquement, l'attrape à la gorge et l'étouffe.

Son propre cri, mêlé à d'autres en écho, la réveille brutalement.

— Ça va pas, non ?

Romain, les joues violacées, s'empare de Tom en pleurs.

— Tu es folle ! (Sa voix courroucée, son regard noir.) Pourquoi tu hurles comme ça ?

Où était-elle ?

La nuit, la mer, sa main… Élise referme les yeux, cherchant désespérément à retenir la chair de son rêve dont la présence la fuit déjà, dont le souvenir part en lambeaux, qui dans quelques instants ne sera plus.

— Réveille-toi !

C'est fini, ces deux mains la secouant chassent tout d'un seul coup, elle ne peut plus rien retrouver. Elle ouvre les yeux. Au-dessus d'elle, en tee-shirt et en caleçon, Romain la foudroie du regard. Derrière lui, Mina fuit, l'enfant hurlant dans ses bras.

— Réveille-toi !

Il arpente la chambre à grandes enjambées.

— Je ne comprends pas, je ne te comprends pas.

Il s'arrête un instant, dos au lampadaire, et le contre-jour découpe sa silhouette noire. « C'est fou ce qu'il est grand », se dit Élise comme si elle le voyait pour la première fois. Assise dans son lit, elle reprend pied dans la réalité. On est dimanche, elle était censée dormir et Romain s'occuper du bébé.

— Tu peux m'expliquer ce qui se passe ? interroge-t-il d'un ton grinçant.

C'est exactement la question qu'elle aimerait lui poser. Il s'immobilise devant elle, le regard accusateur.

— Tu es consciente que c'est Mina qui tient ton rôle de mère, en ce moment ?

Le mot la fait sortir de ses gonds.

— *Mon* rôle ?

Oublieuse de son corps flasque, elle s'éjecte hors du lit et fait face à Romain, nue, les poings vissés sur ses hanches.

— Parce que c'est encore un jeu ?

Romain recule, un instant déconcerté par la violence de sa réaction.

— Et je ne joue pas le rôle qui m'est imparti, c'est ça ? Alors, parce que je l'ai porté, cet enfant, c'est à moi d'être là pour lui, tout le temps ? C'est *mon* rôle de mère, c'est ça ? Mais toi ? Qu'est-ce que tu fais, toi ?

— Moi, je joue mon rôle de père. Tu ne peux pas comprendre, tu as eu un père, mais moi, je n'ai pas eu cette chance. Je veux accompagner mon fils, je veux le voir marcher, devenir un petit garçon, puis un adolescent et un homme.

— Tu oublies une chose, Romain. Des pères et des mères, il y en a plein et aucun ne se ressemble. Il y a aussi des Médée et des Athéna, des tueuses d'enfants et des vierges qui mettent au monde sans fécondation.

Que penses-tu de ces mères qui suppriment ? Et que dis-tu de ces pères meurtriers, ces Héraclès, ces Créon poussant leurs fils au suicide, ces pères qui les dévorent ? Que penses-tu de Cronos, Romain ?

— Je n'en pense rien, je m'en fous, je te parle de la vie, de *notre* vie.

— Dans la vie, il n'y a aucun rôle écrit d'avance.

— Je veux voir mon fils grandir, mûrir, se reproduire à son tour et vieillir aussi, si j'ai de la chance. Tom est mon fils, je suis son père.

Père et fils : deux corps séparés, côte à côte ou face à face, extérieurs l'un à l'autre depuis toujours et pour toujours. Mère et fils : deux corps unis de l'intérieur. Même une fois sorti d'elle, Tom continue de faire vibrer sa chair, de l'occuper tout entière. Omniprésent sur la scène familiale. Réclamant à cor et à cri un acte, un geste, une parole, n'importe quoi mais quelque chose, cet être d'une dépendance totale, d'une attente démesurée, cet être-là la paralyse et la dévore. Cronos, c'est lui. C'est son enfant.

— Élise. Être père, c'est être là. Et être mère aussi… Tu devrais le savoir, toi qui as toujours eu les deux.

Paul n'était pas beaucoup là, seulement Mina, toujours Mina, justement. Mais que peut y comprendre Romain, qui n'a pas porté l'enfant ? Lui qui ne partagera jamais son corps avec un autre ? Pères et mères peuvent-ils seulement se comprendre ? Ce qu'elle entend, en revanche, c'est que Romain a peur. Il a peur de perdre pied, peur qu'elle le lâche, qu'elle l'abandonne comme ses parents l'ont abandonné. Elle se pensait seule à être aussi effrayée, et cette découverte ne la réconforte pas. Au contraire. C'est effrayant de savoir qu'ils ont tous les deux peur à ce point.

La main posée sur le montant du berceau, Mina regarde Tom s'endormir. Ce matin, lorsque Élise et Romain se disputaient, elle les a entendus parler de Cronos le dévorateur d'enfants. Ça lui a rappelé Paul et ses formules toutes faites. « Manger, être mangé, c'est la loi de la nature », affirmait-il, fataliste. Mais qui des deux sera mangé le premier, ça, nul ne le sait. Vie et mort subitement déréglées lorsque les plus jeunes partent avant, même si, on le sait, mettre au monde un être censé vous survivre implique aussi qu'on puisse lui survivre. Dès la grossesse, tout le monde y pense, personne n'en parle. Aucun père, aucune mère. Et si rien d'inhabituel ne se produit, si aucun accident ne perturbe l'ordre naturel des choses, un jour c'est l'enfant qui le formule ouvertement. « Et si je meurs avant maman et toi ? », avait demandé la petite Élise à son père. Mina s'en souvient, elle remplissait la machine à laver le linge dans la salle de bains. Paul avait éclaté d'un grand rire triste. « Elsie ! Elsie ! », avait-il crié en attrapant la fillette par les aisselles et en la faisant tourner autour de lui de plus en plus vite. Paul n'avait pas répondu à la question, Mina non plus. Pourtant, comme tout le monde, ils savaient que, si personne n'ose se représenter la mort de l'enfant, elle survient parfois. Joueuse impitoyable et capricieuse, la nature n'a de cesse de transgresser ses propres lois, dans tous les sens. Un jour, elle avance démesurément en créant de l'anormal, de l'excroissance, de la boursouflure, le lendemain elle se retire en creusant la terre de trous, d'absences, de disparitions. Du trop-plein ou du trop peu, à sa guise.

Dans les deux cas, Mina sait depuis longtemps comment s'y prendre. Dès que la nature se montre trop cruelle, elle enfouit. Ce n'est pas compliqué, elle a de l'entraînement. Elle est née dans ça, a été élevée comme ça, s'en est sortie grâce à ça : il faut chasser la douleur dans les tréfonds de sa mémoire. Il faut la repousser le plus loin possible, là où les souvenirs s'enténèbrent, là où les mots n'ont plus prise. Loin, si loin qu'au bout d'un certain temps, une fois les années passées, on n'est même plus sûr de ce que l'on a vécu. Était-ce vraiment comme ça ? Est-ce bien à moi que c'est arrivé ? Ne serait-ce pas plutôt le souvenir de quelqu'un d'autre de si proche qu'il m'a semblé qu'il s'agissait de moi ? À ce moment-là, tout est plus simple. Une fois les souvenirs rangés dans leur malle sombre, la mémoire devient cette tombe impénétrable, scellée par une lourde pierre ou camouflée sous un buisson de ronces. Alors seulement, exilé volontaire, on peut continuer d'avancer un peu plus tranquille, un peu allégé.

Mais, en vieillissant, les choses se compliquent. Il arrive que Mina mélange ses souvenirs et ne sache plus très bien où elle en est. Surtout ces derniers temps, avec le départ de Paul et l'arrivée de Tom, cette mort et cette naissance à quelques mois d'intervalle seulement. Paul, toujours présent dans un coin de sa tête et de son cœur, qui lui a soufflé ce matin la bonne attitude. Pour une fois, Mina a pris sur elle, attendant que les paroles retombent et que la dispute s'achève avant de proposer de déplacer le lit de Tom dans sa chambre pour la nuit, afin que Romain et Élise dorment tranquilles. Maintenant, allongée, elle contemple l'habitant du berceau placé à ses côtés. Il dort, les poings serrés, les paupières plissées sous la traversée de songes pénibles, et elle va le protéger. Cronos dévore ses fils, alors elle va le surveiller de très près, ce petit garçon. Toute la nuit, elle fera rempart à ces mauvais rêves qu'elle entend bruire autour d'elle et souffler sourdement sur la chambre. Elle sera là s'il se réveille, lui qui pour l'instant dort en paix, ses lèvres prises de soubresauts tétant dans le vide. D'après son père, il n'aura pas faim tout de suite, « il a bu son biberon du soir », a affirmé Romain d'une voix teintée d'agressivité. Mais sans préciser en quelle quantité, alors son gendre peut bien dire ce qu'il veut, Mina a préparé un biberon d'appoint, prêt à l'emploi. On ne sait jamais. Un enfant, ce n'est pas une science exacte, elle ne connaît même rien de plus imprévisible.

— Mina, vous êtes sûre que tout va bien ?

— Tout va bien, Romain, ne t'en fais pas.

— Je m'inquiète pour Élise. Elle semble parfois absente, comme si elle était ailleurs.

— C'est normal. Après un accouchement, toutes les femmes sont bizarres.

Le sourire triste de Romain ressemble à un rictus.

— Alors vous avez remarqué, vous aussi.

— Ne t'inquiète pas.

— Vous aussi, Mina, vous étiez bizarre à la naissance d'Élise ?

— Oui, et maintenant cesse de te tourmenter. Dors tranquille, je suis là.

# IV

# *DUOS*

Vanessa a enroulé son bras autour de l'épaule d'Élise et lui parle avec douceur.

— Ce n'est rien, ma Lili, c'est normal.

À cette heure de l'après-midi, la chaleur engouffrée dans l'appartement est moite et Élise à fleur de peau. Elle n'en peut plus, des cris du bébé, de la présence de sa mère, de ces jours qui se succèdent, tous identiques. Ce lundi qui n'en finit pas ressemble au mardi qui ressemblera à s'y méprendre au mercredi qui… Elle n'a plus qu'une envie : pleurer toute la journée. Mina est partie promener Tom, et, prétextant la fatigue pour ne pas bouger, Élise a appelé Vanessa au secours.

— Ça fait ça à toutes les femmes qui accouchent, Lili, c'est biologique, c'est la chute des hormones. Tu te prends un gros retour, tu ne sais plus où t'habites, et faire tomber une cuillère te ferait chialer pendant des heures. Cherche pas, c'est le *baby blues*.

— Je suis tellement épuisée, c'est comme si le bébé était toujours en moi, qu'il continuait de me pomper de l'intérieur. Je n'en peux plus de mon corps flasque et gros, de mes seins douloureux. Je suis constipée, je porte encore des serviettes hygiéniques gorgées de sang et plus grosses que les couches de Tom, j'ai des vergetures partout, je dois remuscler mon périnée chez le kiné sous des doigts inquisiteurs fourrés dans mon vagin, je n'ai plus jamais envie de faire l'amour, je déteste mon corps. Je ne le reconnais plus.

Ce corps devenu un champ de bataille, une terre de désolation où elle erre, solitaire et désemparée. Elle se met à pleurer sans bruit.

— Ma Lili, allez… Regarde ton Tom, il va bien, non ? Qu'est-ce qu'elle a dit, la pédiatre ?

— Il n'a pas… beaucoup grossi, hoquette Élise, mais ça va.

— Tant mieux, Mina va se calmer. Allez, ne t'en fais pas, c'est normal ce qu'il t'arrive. Tu sais combien de temps il faut pour se remettre d'une grossesse et d'un accouchement ?

— Six mois ?

D'un geste de la main, Vanessa lui fait signe d'augmenter le chiffre.

— Neuf ?

Nouveau mouvement ascendant de la paume.

— Douze mois, une année entière.

Peut-être, mais Élise avait espéré un miracle. Elle avait espéré que son corps de future marathonienne ne serait pas comme celui des autres, que son corps de non-fumeuse, de petite buveuse, entretenu par des joggings réguliers et une alimentation saine, lui ferait la grâce de revenir aisément à son état d'origine. D'autant plus rapidement qu'elle n'avait grossi qu'en dernière extrémité. Mais justement, peut-être que ça avait contribué à le dérégler davantage, ce corps pris par surprise. Peut-être qu'il se punissait lui-même aujourd'hui, en s'étalant, en prenant de la place. Les mains d'Élise sont pleines de la graisse amassée à ses hanches, ces magmas hypocritement baptisés poignées d'amour débordant de sa culotte XXXL et qu'elle rêve d'empoigner avec hargne, de tordre de tirer, d'étirer, de couper d'un coup de ciseaux bien placé. Elle voudrait récupérer sa ligne d'un coup de baguette magique.

Quand Vanessa la prend dans ses bras, Élise se laisse entièrement aller.

— Et si je faisais une dépression post-partum ? sanglote-t-elle bruyamment. C'est fréquent, tu sais.

— Mais non, arrête, Lili, je te dis que c'est le *baby blues*. Et puis il y a aussi la présence de ta mère, ajoute avec prudence son amie d'une voix adoucie. Tu es sûre que c'est une bonne idée, qu'elle soit tout le temps chez vous ?

Oui, non, Élise ne sait pas, mais heureusement que Mina s'est installée à demeure, comment ferait-elle sans elle ? Vanessa hausse les épaules, pas convaincue.

Cette envie permanente de pleurer la ramène aux cauchemars de son enfance. À ces nuits où, arrachée à son sommeil, tirée d'un endroit inconnu et effrayant, elle se dressait sur son lit, pantelante, les joues maculées de larmes, une boule de chagrin coincée dans la gorge. De quoi rêvait-elle ? Les images s'enfuyaient à l'arrivée de Mina qui lui caressait doucement les cheveux tandis qu'Élise serrait de toutes ses forces sa poupée contre elle. Elle devrait peut-être en parler à la psychologue qu'elle voit bientôt, tout en se refusant à creuser davantage. Elle n'a pas l'envie ni l'énergie d'entamer un travail sur elle en ce moment.

— Il faut que tu en discutes avec Romain. Tu as besoin de soutien, et c'est son fils à lui aussi. Même de bonne volonté, beaucoup d'hommes restent loin derrière pour la prise en charge du quotidien.

Romain est là, c'est vrai, elle n'est pas seule. Élise se calme peu à peu.

— Moi, le père de mon enfant, quand je l'aurai trouvé, je te prie de croire que je le mettrai au courant de tout.

Cet homme hors pair, ce père hors normes qui relèverait aux yeux de Vanessa la gent masculine.

— Et ta sœur, elle s'en sort ? s'enquiert Élise en reniflant.

— Oh, avec Véro, c'est dur de savoir, mais oui, elle a l'air d'aller plutôt bien.

Entourant son visage de ses mains, Vanessa imite sa sœur d'une voix haut perchée :

— C'est si merveilleux d'être mère ! C'est le plus beau cadeau du monde ! Et j'adore quand il tète ! Tiens, regarde.

Le compte Instagram de @fantasticmum exhibe une Véronique radieuse. Pudiquement, on distingue à peine un bout de chair, elle donne le sein à un bébé aux cheveux fins et peignés, habillé d'une salopette bleu ciel parfaitement repassée, d'un gilet blanc soigneusement boutonné et de chaussons à rayures tricotés main.

— Je te présente Adrien.

Élise ne distingue pas le petit visage collé au sein maternel, mais elle remarque à quel point l'enfant est impeccable. Rien ne dépasse, comme chez sa mère. Maquillée, ses longs cheveux blonds encadrant savamment son visage, Véro porte en bandoulière son bonheur de nourricière ; d'ailleurs, elle l'affirme sous la photo, elle est une #happymum #babylove #epanouie.

Élise ressent un pincement au cœur. Le *baby blues* ne passe pas par Véro. Pourquoi ? Pourquoi, autour d'elle, tout a l'air d'aller bien dans le meilleur des mondes ? Pourquoi, autour d'elle, les femmes devenues mères semblent toutes « happy », toutes « épanouies » ? Véro a l'air comblée par son enfant, rassasiée par lui. En la regardant, Élise croit voir apparaître soudain sur son visage le sourire d'une carnassière, d'une prédatrice dévorant celui qui la mange, mais c'est juste une illusion. Elle retrouve aussitôt la Véronique connue, apprêtée, toujours jolie. Femme parfaite et maintenant *fantastic mum*.

— Elle l'allaite, bien sûr, c'est une bonne mère, soupire Élise, des sanglots dans la gorge.

— En vrai, tu sais pourquoi ma sœur donne le sein ?

Parce que le lait maternel est le meilleur des laits, qu'il immunise l'enfant, que c'est un acte naturel et que rien n'égale la nature. Parce que, contrairement à Élise, Véro sait ce qu'il convient de faire.

— Véro allaite parce que ça aide l'utérus à reprendre sa taille normale, et elle s'est mis en tête que ça lui permettra de retrouver plus facilement sa ligne. Voilà la vérité.

Tout à coup, une porte claque, des cris jaillissent du fond du couloir.

— Élise ! ÉLISE !

— Tiens, tiens, Mère-Grand, ironise Vanessa.

Élise se passe rapidement les mains sur les yeux pour effacer ses larmes.

— TU PEUX VENIR M'AIDER ?

— ON ARRIVE !

La réponse hurlée par Vanessa la fait sursauter. En retour, il provoque un brusque silence dans le couloir de l'entrée. Mina ne s'attendait visiblement pas à ce qu'Élise reçoive de la visite. Elle fait bonne figure en les voyant toutes les deux.

— Ah, Vanessa ! Alors, comment va ta sœur ? Et son bébé ?

Les questions de pure politesse de sa mère, l'absence de réponse de son amie, pas dupe : les costumes sont toujours les mêmes, se dit Élise en regardant Tom couché dans sa poussette. Les yeux grands ouverts, il fixe quelque chose devant lui. Que voit-il avec ses yeux dont la taille est définitive, démesurés dans son petit visage ? On dirait qu'il observe un monde invisible, un monde flou, amené à disparaître à mesure que sa vision se précisera.

— Tu voulais de l'aide pour ? s'enquiert Élise.

— Pour rien.

Honteuse d'avoir été prise en défaut devant Vanessa, Mina se penche sur la poussette et s'empare de Tom.

— C'est bientôt l'heure du bain. Tu as commencé à le préparer ?

Le bain ? Mais quelle heure est-il ? Élise jette un coup d'œil anxieux à la pendule du salon. 18 heures. Déjà ! Elle n'a pas installé la petite baignoire dans la grande, n'a pas sorti le body ni le pyjama, n'a pas préparé le biberon du soir.

— C'est ma faute, c'est moi qui ai détourné Élise de ses obligations, s'accuse Vanessa, venant à son secours. C'est ça, les femmes célibataires sans enfants : aucune conscience des choses essentielles. Je m'en vais.

Tom se tortille dans les bras de sa grand-mère, Vanessa peine à attraper un bout de joue pour y déposer un baiser rapide. Au moment de partir, elle glisse à Élise dans le creux de l'oreille.

— Quand tu auras retrouvé ton *reborn*, fais-en cadeau à ta mère, elle te rendra Tom.

Thibaud, Thibaud. Élise se répète silencieusement le prénom, sentant s'accélérer les battements de son cœur. Où est-il ? Elle aurait dû insister auprès de Romain, il a dû le ranger dans un coin comme il voulait le faire avant la naissance. Les battements de son cœur redoublent. Elle espère qu'il ne l'a pas donné ou jeté. Pas question. Elle espère qu'il n'a pas fait ça, elle ne le lui pardonnerait jamais. Thibaud. Son Thibaud. Comment a-t-elle fait pour s'en passer toutes ces journées ?

— Mais avant, tu me le prêteras, hein, ajoute Vanessa en lui adressant un clin d'œil.

Lui prêter Thibaud ? Pourquoi pas Tom ?

La phrase prend Mina par surprise.

— Il me manque, dit Élise d'une voix calme.

C'est la phrase la plus simple du monde, sujet-complément-verbe, une phrase toute nue, si claire qu'elle semble surprendre sa fille elle-même.

— Il me manque, répète-t-elle.

Assise sur le canapé du salon, Tom dans les bras, Mina lui sourit avec douceur.

— C'est normal. Il n'est plus en toi, il est sorti de toi, et maintenant il te manque.

Mais sa fille baisse d'un ton et balbutie :

— En fait... je ne pensais pas à... Tom. (Elle lève brusquement les yeux sur sa mère.) Thibaud me manque.

Le sourire de Mina s'éteint. Ça alors, mais à quoi pense sa fille ? Voilà qu'elle réclame sa poupée comme quand elle avait cinq ans.

— Enfin, chérie, tu te moques de moi. Il ne peut pas te manquer. À ton âge, jouer à la poupée... c'est toi-même qui l'as dit.

Élise fixe sa mère dans les yeux, avec défi.

— Il est où ? Si tu le sais, dis-le-moi.

Élise lui fait une blague. Mina scrute sa fille avec intensité, se demandant si elle peut vraiment savoir ce qu'elle ne lui a jamais raconté. Elle ne lit pas de réponse dans ses yeux et se met à tousser nerveusement.

— Où est Thibaud ? insiste Élise

Elle n'était pas d'accord avec Paul, sa petite fille allait réclamer son bébé des jours entiers, des soirées et des nuits, plus cauchemardesques encore qu'avant, et ce serait Mina la fautive, Mina qu'Élise regarderait avec ses yeux agrandis et pleins d'attente, le regard douloureux, noir de reproche. Ce serait sa faute, sa très grande faute à elle, la mère qui n'a pas su en prendre soin, qui l'a perdu. « Où es-tu ? Pourquoi as-tu disparu ? », crie Mina en silence, submergée par sa hantise ancienne de perdre Élise. Dans les rayons d'un supermarché, dans les allées d'une foire, dans cette école où entre sa petite fille et qui ne la lui rendra peut-être pas… On peut perdre son enfant de vue mille fois, une seule suffit. Un seul instant, quelques secondes de suspension, et plus rien. Le vide et l'absence, à jamais.

— Tu sais très bien qu'on a perdu ta poupée dans un déménagement, il y a longtemps.

Avec nervosité, elle ajoute :

— Ça ne t'avait pas rendue triste, tu disais que tu n'en avais plus besoin, tu te souviens ?

Il n'y avait pas eu le drame redouté par Mina, ça s'était passé comme Paul l'avait annoncé. Élise n'avait pas pleuré, elle avait écouté le mensonge formulé, puis elle avait dressé ses petites épaules, les avait gardées contractées, avait avancé sa lèvre supérieure qui tremblait un peu et, prenant sur elle, elle avait juste dit : « Je suis assez grande, maintenant » en souriant faiblement à son père.

Élise part d'un petit rire, presque heureux.

— Je ne parle pas de lui, je te parle de Thibaud. Le *reborn*.

Mina la regarde en silence, les pupilles dilatées, désemparée. Le *reborn*. Sa fille parle du *reborn*, pas de sa poupée que Paul avait fait disparaître pour, disait-il, permettre à Élise de grandir. Mais que peut-il bien se passer dans la tête d'Élise, que signifie cette affirmation complètement folle ? Mina aurait préféré qu'il s'agisse de sa poupée. Comment cette créature inanimée peut-elle lui manquer, alors que son enfant, vivant, est là ?

Elle murmure, accablée :

— Élise, Élise.

— C'est trop de choses à la fois, sans lui je n'y arrive pas.

Non, non. Mina proteste en secouant l'index de gauche à droite. Il ne faut pas qu'Élise pense ça, ce n'est pas lui qui lui manque, c'est le bébé dont elle vient d'accoucher. C'est Tom.

— Ma chérie, ce que tu ressens en ce moment, ça s'appelle le *baby blues*.

— Mon *baby blues* vient de son absence à lui aussi. Thibaud me manque, au moins sa présence, je veux juste le voir, le savoir près de moi.

Dans les bras de Mina, Tom s'agite.

— Élise, tu ne sais pas ce que tu dis.

C'est fini, ce corps inerte est mort et enterré, elle ne peut pas le lui rendre.

— Je ne sais même pas où il est, persiste Élise. J'ignore ce qu'en a fait Romain.

Mina secoue les bras pour bercer Tom et elle raisonne sa fille :

— Il faut l'oublier. (Elle accélère ses balancements, désorientée soudain, elle voudrait que le cours naturel des choses reprenne.) C'est parce que tu as encore peur, que tu n'as pas assez confiance.

— Justement, Thibaud me donnait confiance, comme s'il me protégeait, tu comprends ?

— Viens, on va donner le bain à Tom.

Élise se fait suppliante :

— S'il te plaît. Si tu sais où il est, dis-le-moi.

Mina se revoit fermant solidement le carton, elle entend le murmure des rêves qui s'en échappent, ces chuchotements venus de sous son lit, qu'elle pense à l'aube inventés de toutes pièces, si réels, si vivants dans sa nuit.

— S'il te plaît.

Mais si la créature était un protecteur, comme le pense Élise ? Une sorte d'ange ?

— S'il te plaît, maman.

C'est ce mot, « maman ». Ce simple mot qu'Élise ne prononce jamais et qui touche tant Mina, « maman », qui décide de tout.

Elle lâche dans un souffle :

— Sous mon lit.

Assise par terre, Élise s'attaque au scotch de déménageur entourant le carton calé entre ses jambes. L'adhésif est tellement serré qu'elle n'arrive pas à le tirer, ses doigts la brûlent. Il y en a partout, on doit étouffer là-dedans. Plus elle tarde, plus l'affreuse vision s'impose à elle. À l'intérieur de cette boîte, claquemuré, enfermé à double tour, se trouve un bébé privé d'air ! Ses mains s'acharnent, détachent une bande qui tire-bouchonne aussitôt en une torsade collante et tranchante. Thibaud asphyxié ! Vite, un couteau, des ciseaux, pour sectionner ce qu'il reste d'attaches, elle pense à ses ciseaux à ongles dans la table de chevet. Elle tranche les entraves du carton et les arrache, en proie à une excitation fébrile semblable à celle de Noël quand, petite fille, elle déchirait le papier cadeau et espérait de toutes ses forces le jouet de ses rêves. Devenue le jouet de ses cauchemars à cet instant, Élise est terrifiée à l'idée de ce qu'elle va découvrir. Sans respirer, ça donne quoi, le silicone ? Peut-être qu'en quelques jours la matière privée d'oxygène se détériore. Elle va peut-être se retrouver face à un visage exsangue, d'une pâleur mortelle, ou bien tout bleu, ou encore tout noir. Elle écarte à la hâte les rebords du carton en retenant son souffle, prête à tout.

À tout sauf à ce soulagement qui déferle en elle, à cette joie immense qui l'envahit : Thibaud est là, comme au premier jour. Le même vague sourire étirant ses lèvres fines, le même regard clair calmement posé sur elle. Identique à la première fois qu'elle l'a vu. Élise sent les larmes perler à ses yeux, peser à la lisière de ses paupières, en suspens.

Elle le regarde. Il la regarde. Elle se voit en lui comme dans un miroir, et ce reflet l'unifie, la rend instantanément à elle-même. Subitement, elle prend conscience du manque qu'elle avait de lui, durant tous ces jours où il avait disparu. Ses larmes franchissent enfin la frontière de ses cils et coulent, consolantes. C'est si reposant, ce regard muet, sans attente.

Sur le pyjama, Élise remarque une auréole aux contours jaunis, témoin d'une tache ancienne, sèche, nimbant l'inscription « Love Mum ». Comment est-il possible de se salir dans un carton ? Puis elle se rappelle que la souillure provient d'elle, de son propre corps. Thibaud, placé par Vanessa entre ses jambes au moment de la rupture de la poche, à l'endroit de l'écoulement du liquide amniotique. Cette tache sur Thibaud, c'est la mémoire de ses eaux perdues, la dernière trace de l'intérieur de son ventre où reposait Tom. Elle glisse ses mains sous les aisselles du bébé, le soulève, plaque le pyjama contre son visage. Sauvagement, elle renifle l'empreinte laissée, à l'affût d'une odeur abandonnée par l'invisible congénère avant son grand passage.

Mais il n'y a plus rien, pas d'odeur. Seule la présence familière entre ses bras, semblable à celle de Tom en plus relâchée, plus silencieuse. Oh, ce silence ! Et cet apaisement qui la gagne, la réchauffe peu à peu.

En entrouvrant la porte de la chambre, Mina se trouve projetée trente ans en arrière.

Assise au pied du lit, sa petite fille s'est endormie, sa poupée dans les bras. De fines mèches blondes s'échappent de ses nattes qui, parce que la journée est passée par là, sont à moitié défaites. Ça lui donne un air charmant, plein de vie, qu'accentue la rougeur de ses joues rebondies. Dans sa robe blanche froissée, elle dort, son visage tombé sur son épaule, sa poupée penchée du même côté. Ce baigneur qui ne la quitte plus, apaisant ses colères, partageant ses nuits, abritant ses secrets. « Tu vois, je te l'avais dit. Maintenant qu'elle l'a, elle ne réclame plus de petit frère. » Paul en convient et il serre en silence la main de Mina dans la sienne, sans quitter du regard la fillette assoupie. Ils se taisent, laissant parler leurs pensées, chargées de ces enfants qu'ils voulaient nombreux, de leur promesse réciproque d'une descendance joyeuse et bruyante. Eux, les orphelins, les sans-famille, les gosses du foyer de l'aide sociale, soudain renvoyés à leurs débuts, à cette immense solitude intérieure connue de ceux que la naissance a privés dès le départ.

Immobile à la porte de la chambre, Mina regarde Élise en silence. Et le chagrin la déborde, de penser à Paul qui ne verra pas leur petite fille devenue mère. Assise en tailleur au pied du lit, Élise a retrouvé ce Thibaud qu'elle se refuse à oublier. Il est là, affalé sur ses genoux, les mains pendant négligemment sous l'effet du relâchement, les petits doigts effleurant la moquette. À moins que ce ne soit Tom, assoupi au creux de ses jambes. Tom ? Thibaud ? Le cerveau de Mina lui joue des tours, les deux visages se superposent et se battent en duel. Thibaud ? Tom ? Comment les différencier ? Jusqu'à ce qu'un rideau se déchire et que son esprit y voie clair. Elle le reconnaît, maintenant. Ce n'est pas Tom, bien sûr, qu'elle a laissé tout à l'heure dans sa chambre. Le bébé dans les bras d'Élise, c'est le *reborn*, le bébé de la *renaissance*. C'est Thibaud. La poupée qui, parce qu'elle apaisait si bien sa petite fille, rassurait aussi Mina.

Au moment où Élise lève sur elle son regard, Mina s'enquiert avec un naturel qu'elle n'aurait pas soupçonné :

— Et ce bain, alors ?

Trop petite pour les accueillir ensemble, la baignoire en plastique a été remisée, debout, contre le mur de la salle de bains. Mina a rempli la grande baignoire au tiers de sa capacité et, dans un même mouvement, les deux femmes s'agenouillent, face à face, chacune son bébé nu contre elle. Élise accroche son regard aux grands yeux confiants de Thibaud, lové dans les bras de Mina. C'est lui qu'elle aurait voulu prendre, mais : « Ça suffit qu'il soit là, n'est-ce pas ? », lui a répondu sa mère en répartissant les enfants. Elle a raison, il lui suffit.

À l'une des extrémités de la baignoire, Mina immerge Thibaud dont les bras s'écartent et disparaissent lentement sous les légers nuages de mousse. Au même moment, Élise descend calmement Tom dans le bain en s'efforçant de respirer. Elle a passé son bras gauche derrière sa nuque, maintenu l'aisselle avec deux doigts et, de l'autre main, elle lui caresse doucement le torse. Mais, surpris par cet endroit sans contours et trop vaste, il se met à gesticuler, affolé, le regard rivé à celui d'Élise.

— Rapproche sa tête du bord, explique Mina. (Elle lui montre l'exemple en collant celle de Thibaud à la paroi blanche.) Ça va lui rappeler l'utérus et le rassurer.

Élise essaie, mais Tom s'arc-boute, son cordon ombilical noirâtre pointant par à-coups à la surface de l'eau. Il se rétracte puis se déplie brusquement, il se tourne d'un côté puis de l'autre, ses poings frappent nerveusement les parois de la baignoire. Prise au dépourvu par ces mouvements brutaux, elle s'effraie. Comment un aussi petit corps peut-il posséder autant d'énergie ?

Mina, elle, balance délicatement Thibaud d'avant en arrière, et le clapotis formé se répond d'un bord à l'autre. Le bain, avatar du ventre maternel, rémanence d'un monde liquide.

— Tom va s'apaiser, assure-t-elle après un bref coup d'œil vers sa fille, et elle se met à chantonner à mi-voix.

Mais Élise a beau bercer Tom, ça ne change rien, il gesticule de plus en plus, elle peine à le maintenir. Que faire ? Lui parler ? Et lui dire quoi ? « Arrête de bouger ! », aurait-elle envie de crier.

Le savon dans la main, Mina lave avec douceur le ventre de Thibaud. Sa main remonte le long du petit torse, s'enroule à l'arrondi de l'épaule, suit le bras couvert de mousse jusqu'aux doigts minuscules qu'elle caresse lentement, un par un. Elle n'a plus un regard pour sa fille.

Lorsque, à son tour, Élise recouvre d'eau le ventre bombé de Tom et entreprend de le savonner, celui-ci se cambre avec brusquerie, bras écartés, mains ouvertes, doigts en éventail dans une posture de crucifié. En dépliant ses jambes, ses pieds viennent heurter les orteils de son vis-à-vis, si vigoureusement qu'ils poussent son corps tout entier. Sous l'impulsion,

Thibaud se redresse, comme piqué par un aiguillon, provoquant un cri de surprise chez Mina.

— Qu'est-ce que tu fais ? Retiens ton bébé.

Élise retient ce qu'elle peut, mais Tom se débat, elle n'y arrive pas. Elle pose sur sa mère un regard éperdu, guettant un soutien, mais celle-ci a repris le savonnage de Thibaud. Et c'est dans cette seconde d'inattention que tout bascule.

Tom tourne son visage d'une façon si brutale, si inattendue, qu'Élise sent sa nuque se dérober sous son bras et la petite tête lui échapper. Pétrifiée d'effroi, elle le voit glisser entre ses mains. « Il va disparaître », pense-t-elle, incapable du moindre mouvement. Au contact de l'eau, il ne pleure même pas.

— ÉLISE ! crie soudain Mina.

Il ne pèse plus rien entre ses mains.

— Relève-le ! Relève-le !

Mina se précipite, les paumes tendues. En une seconde, elle rattrape Tom tandis qu'à l'autre bout de la baignoire, sevré des mains protectrices, Thibaud s'enfonce dans de sinistres borborygmes. Sous le regard impuissant d'Élise, son cou, son menton, son fin sourire disparaissent dans l'eau et, en l'espace d'une ou deux secondes qui lui paraissent une éternité, c'est fini, il a coulé.

— Ça va, ça va, répète sa mère en serrant Tom contre elle.

Elle s'est relevée, a attrapé le peignoir de bain, l'enroule à l'intérieur avec des gestes fébriles.

— Ça va, il a fermé la bouche, il s'est mis en apnée.

Privé de son occupant, l'eau s'est apaisée. Immobile, elle a retrouvé le calme des eaux mortes.

Aussi mortes que les mains d'Élise.

Ses mains de meurtrière potentielle, ainsi qu'elle croit le lire dans les yeux de sa mère. Tom ne s'est pas noyé, mais ça aurait pu arriver, ça serait peut-être arrivé si sa mère n'avait pas été là.

« Vite, occupe-toi de Thibaud, lui intime Mina. Et vide le bain. »

« Il ne faut pas jeter le bébé avec l'eau du bain. »

L'expression, dictée par une voix intérieure, tourne dans la tête d'Élise.

« Il ne faut pas », injonction suprême, « jeter le bébé », d'une extrême clarté, « avec l'eau du bain ».

Elle a laissé Tom glisser, il a disparu dans le bruit des éclaboussures, et le son caverneux de son corps heurtant le fond de la baignoire résonne sans fin dans sa tête.

« Pas-jeter-le-bébé-avec-l'eau-du-bain ». Il semble à Élise qu'elle aurait pu s'en débarrasser comme ça, d'un simple geste, en tirant le clapet de vidage, en regardant le corps se perdre dans les tourbillons d'une eau souillée. Exactement comme aux siècles passés d'où venait cette drôle d'expression, en ces temps sans hygiène, quand on se lavait à peine une fois par semaine, à tour de rôle dans le même bain. Quand le bébé, immergé dans la vasque en dernier, se soustrayait à la vue de tous dans l'eau crasseuse et qu'il fallait prendre garde à ne pas le « jeteravecl'eaudubain ». À ne pas l'évacuer, l'oublier, le chasser comme une idée désagréable. Le supprimer.

Mais il ne s'est pas passé ça. Elle n'a pas fait ça.

Élise reste debout, stupide, à regarder Mina habiller Tom. Cherchant à éloigner ces mauvaises pensées qui l'assaillent. Peinant à distinguer le vrai du faux. Le bruit du corps s'immergeant dans la baignoire, ce n'était pas Tom mais Thibaud, et ce n'est pas Élise qui l'a lâché mais sa mère. C'est Thibaud qui a heurté le fond, c'est lui qu'Élise a récupéré sous l'eau savonneuse et trouble. Lui qui, enroulé par Mina dans une serviette, sèche maintenant sur le lit aux côtés de Tom.

Élise n'a pas jeté son enfant avec l'eau du bain. Elle n'a pas fait ça, non. Tom a juste glissé un peu. Elle n'a rien fait.

Soudain, l'effroyable évidence lui serre la gorge.

Justement : elle n'a rien fait.

— C'est moi, mon cœur. Où es-tu ?

— On est dans le salon.

Au moment où Romain pénètre dans la pièce, Élise lit la déception dans ses yeux. Ce « on » prometteur n'est pas celui qu'il espérait. Seules deux femmes l'attendent, posées sur un canapé.

— Tom est couché ?

Elle confirme d'une voix douce :

— Oui.

Il enlève sa veste, desserre sa cravate et se laisse tomber sur le fauteuil en face d'elle, lâchant dans un soupir ses trois mots habituels, si habituels :

— Je suis crevé.

Après le bain, Mina a donné son biberon à Tom, il n'a pas voulu boire. Élise a séché Thibaud, l'a rhabillé de son pyjama. Puis elles sont restées de longues minutes, assises en silence sur le lit. « On ne dit rien », a fini par formuler Mina. Non, Romain ne saura rien, on ne lui dira pas. « Ni pour Thibaud », a ajouté sa mère d'une voix faible.

— La journée s'est bien passée ? s'enquiert Romain en se déchaussant.

Élise regarde ses chaussures lustrées tomber dans un bruit sourd sur la moquette et apparaître ses chaussettes noires en soie.

— Tu as eu des rendez-vous importants ? demande-t-elle pour esquiver la question.

— La délégation japonaise. Toujours le même cirque, on s'incline avec respect, on s'échange des cartes de visite, on s'incline de nouveau, on se parle poliment et on pense sauvagement, chacun craint d'être dupé tout en cherchant à duper, c'est équilibré, on finit par conclure. Un autographe au bas de chaque page, contrat signé.

Élise l'écoute à peine. Lorsqu'elles ont couché Tom, Mina l'a rassurée, lui expliquant que c'était la peur, juste la peur qui l'avait paralysée, qu'un bébé qui ne bougeait pas n'avait rien à voir avec un bébé remuant, qu'un Tom n'aurait jamais rien à voir avec un Thibaud. Qu'elle s'y habituerait, avec le temps. Thibaud que Romain a oublié, Élise en est maintenant certaine.

— Je vais embrasser mon petit homme, annonce Romain en ajoutant, en réponse au plissement de front d'Élise : Sans le réveiller, c'est promis.

Elle le regarde quitter la pièce en chaussettes, sur la pointe des pieds, d'une manière un peu ridicule.

Ce soir-là, les images tournent en boucle dans l'esprit de Mina et l'empêchent de dormir. Quand Élise a perdu le contrôle, quand elle a vu le bébé glisser des mains de sa fille, Mina a eu très peur. Quelque chose a crié en elle et, sans réfléchir, elle a lâché Thibaud pour secourir Tom, car c'est ce qu'il fallait faire à cet instant. Arracher l'enfant à l'obscurité trouble et liquide, à la mort annoncée, et le ramener à la lumière, à la vie. Elle a réussi, elle l'a sauvé. Si Élise n'a pas réagi, c'est qu'elle n'a pas eu conscience de ça, Élise ne connaît pas cette présence perpétuelle, insoutenable parfois, des disparus ; elle ne sait pas la douleur que représente l'absence de ce qui n'a pas été vécu, de ce qu'on n'a pas connu.

D'un mouvement régulier de la main, Mina balance le berceau, collé contre son lit, où repose Thibaud. Elle se demande maintenant pourquoi elle a enfermé ce petit corps, si doux dans le bain, si tiède, entre les murs d'un vieux carton. Pourquoi elle en a eu si peur. Dès qu'Élise l'a sorti de sous le lit, dès qu'il est remonté « à l'air libre » et que Mina l'a tenu dans ses bras, ce bébé a retissé instantanément leur lien. Pour la première fois depuis la mort de Paul, Élise s'en est remise à elle, en confiance. Mère et fille se comprenant de nouveau, respirant à l'unisson comme autrefois, en ces temps de jeux innocents entre une fillette et sa poupée. Mina se souvient de comment Élise maltraitait son baigneur, parfois avec une grande violence. Ce jour par exemple où Thibaud refusait obstinément de tenir assis sur une chaise et où, exaspérée par ses chutes successives, elle l'avait mordu furieusement à la joue avant de le jeter à la poubelle en hurlant : « Méchant, méchant ! Va-t'en ! » Mina l'avait récupéré, heureusement. Si Paul ne s'était pas mis en tête de le lui enlever, Élise l'aurait délaissé, soir après soir, sans s'en rendre compte. Ou alors elle l'aurait oublié un matin, dans un coin de sa chambre, au creux de ce couffin en osier qu'elle trimballait à bout de bras, partout. Abandonnant son Thibaud un jour, comme ça, un jour pareil aux autres. Comme le font tous les enfants.

Un jour, elle n'en aurait plus eu besoin, c'est tout, elle aurait grandi.

Grandir, c'est-à-dire laisser derrière soi ce qui nous a tant attachés.

Et maintenant, il y a cet autre Thibaud que rien de grave n'atteindra. L'eau pourra couler sur lui jusqu'à le submerger, il ne se noiera pas. Il pourra dormir dans toutes les positions sans avoir fait un seul rot, il ne s'étouffera pas. Il pourra tomber par terre, être brusqué, martyrisé, même, il ne souffrira pas. L'enfant silencieux au regard que rien ne trouble ne sera jamais aveugle, sourd ou muet ; il ne connaîtra jamais la maladie ni la mort.

Personne ne peut lui faire de mal, pas même Élise.

Ce Thibaud que Mina a lâché. Mais c'est ce qu'elle devait faire, n'est-ce pas ? Pour que Tom vive.

Prise d'étouffement, elle se lève pour ouvrir la fenêtre de sa chambre. Cette fois, c'est sûr, la canicule est inévitable et l'été sera meurtrier, avec son cortège d'incendies de forêt, de peaux brûlées par le soleil, de noyades au fond des piscines. Elle se retourne. Dans son berceau, Thibaud la fixe de son regard pur. Mina découvre avec étonnement qu'il ressemble à Tom, en plus grand, car Thibaud s'étale de tout son long alors que Tom se tient souvent recroquevillé. Ils possèdent le même regard calme, celui de Thibaud posé doucement sur elle à cet instant. Elle se penche sur le berceau, approche son visage du sien, plonge avec avidité dans ces yeux bleu azur, à l'intensité dévorante, qui lui disent : « Je sais que tu es là », qui lui donnent envie de se laisser engloutir, et une seule bouchée suffirait. Thibaud, si lourd, si plein dans ses bras, maintenant. Elle lui pétrit le corps, le sentant avec émotion onduler sous les caresses. Mina serre ses petits doigts entre les siens et soudain une vague immense la submerge, une bouffée de bonheur inattendue et bouleversante. « Mon amour, dit-elle en approchant ses lèvres des joues marbrées, mon petit amour. » Dans un recoin de son corps, quelque chose s'ébranle, et il lui revient cette envie démente qu'elle avait eue, de partir, de quitter Paul. Ce désir fou dont elle n'avait rien fait, qu'elle avait étouffé en collant le bébé à son sein gorgé, ce désir qui s'était définitivement tu au moment où la petite bouche se refermait sur son mamelon.

En tremblant, Mina éloigne ses lèvres de la peau soyeuse, repose l'enfant. Terrifiée à l'idée que cette même folie la reprenne et que le fin rideau qui l'en sépare ne se déchire brusquement. Il faut qu'elle dorme, qu'elle fasse cesser la ronde de ses pensées. Avant de se rallonger, elle attrape dans sa table de chevet la boîte de somnifères et en avale un immédiatement.

Elle est réveillée par des sons étouffés. Une dispute, encore ? Mina s'extrait lentement de son sommeil lourd. Non, ce n'est pas ça, elle ne reconnaît pas la voix d'Élise ni celle de Romain. Autour d'elle, les sons reprennent, plus proches, on dirait les pleurs de Tom. Elle se lève, affolée. Élise et Romain ne doivent pas se réveiller, c'est elle qui gère les nuits.

Lorsque Mina pénètre dans la chambre du bébé, elle est stupéfaite, frappée au visage par cette pièce baignant dans une lumière irréelle, et au cœur d'un coup violent. Au milieu de la pièce, elle ne voit que lui. Tom, couché sur la table à langer. Seul. Tout seul ! Que fait-il là ? Abandonné, livré à lui-même sur cette table étroite bordée par deux gouffres, deux bouches de l'enfer prêtes à l'avaler au moindre mouvement de sa part. Elle se retient de crier, il est calme, surtout ne pas attirer son attention, il dort peut-être, pourvu qu'il ne bouge pas, « Je t'en prie ne bouge pas ! », l'exhorte-t-elle en pensée, elle s'approche rapidement, le plus silencieusement possible, ça y est, elle appuie une main ferme sur son torse, elle le tient !

Sous ses doigts, elle ne sent rien.

Il dort ?

Aucun battement.

Il est mort ?

« Qu'est-ce que tu dis là, Mina ? À quoi penses-tu ! », la tance une petite voix intérieure, quand un mouvement furtif dans le coin de la chambre balaie ses pensées tapageuses. Dans le petit lit à barreaux, l'enfant bouge vaguement un bras avant de replonger dans son sommeil. Honteuse de sa méprise, elle ôte sa main du bébé allongé sur la table. Parce qu'ils sont vêtus du même pyjama, elle a confondu Tom et Thibaud.

Mina se réveille en sueur. Elle n'a pas bougé de sa chambre, elle ne s'est même pas couchée. Elle s'est endormie, accoudée au berceau en osier, la main posée sur le ventre de Thibaud aux yeux fermés. « Mon enfant, mon tout-petit », murmure-t-elle en se redressant. Quel cauchemar ! Elle éprouve encore la sensation du corps sous sa paume, le contact rugueux du pyjama. Maintenant allongée dans son lit, les mains croisées sur son ventre, elle s'efforce de chasser les images et d'éloigner la peur. En inspirant lentement, en expirant longuement, elle s'oblige à se concentrer sur lui, son petit-fils. Tom qui, dans moins d'une semaine désormais, aura un mois. Un mois de vie.

Ce matin, dans l'album de son portable, Élise est retombée sur *Le Nouveau-né* de Georges de La Tour. Quelques jours après la *baby shower*, Élise avait rendu à Vanessa la carte postale dérobée chez sa sœur après en avoir fait une photo. Elle l'avait complètement oubliée. De nouveau, son attention est attirée par les mains de la mère portant l'enfant. Quelle position étrange ! Ses doigts contractés, ses phalanges pliées comme des serres, la femme, ou la Vierge, semble entièrement concentrée sur ce qu'elle tient entre ses mains, ce quelque chose d'empaqueté, d'enrubanné, qui n'est peut-être pas vivant, se dit soudain Élise. L'enfant est si pâle, son visage si lisse ! Elle agrandit l'image. Et tout à coup l'évidence lui apparaît, si clairement qu'elle s'étonne de ne pas l'avoir vue plus tôt : ces mains ne soutiennent pas un nouveau-né, ces mains sont celles d'une musicienne. La femme au regard intense s'apprête à tirer les premiers accords d'une guitare ou d'un luth, aux cordes desquels ses doigts s'ajustent avec application. Oui, c'est ça. Plus Élise regarde le tableau, plus elle imagine un instrument au lieu d'un bébé, une musicienne à la place d'une mère. « Pourquoi pas ? », se dit-elle. Si elle a envie d'y reconnaître une ménestrelle, d'y entendre des notes et quelques vers, qu'est-ce qui l'en empêche ? Sous la réalité, le rêve est partout, et ce qu'on voit n'est pas toujours ce qui est montré. Récemment, en écoutant une émission à la radio, Élise avait découvert l'histoire de Salvador Dalí et du célèbre tableau *L'Angélus* de Millet. L'homme aux moustaches lustrées voyait dans le couple de paysans courbé silencieusement vers la terre, un panier d'osier posé entre eux, non pas la ferveur d'une prière quotidienne dictée par l'angélus, mais le recueillement d'un homme et d'une femme sur la tombe de leur nouveau-né. Il en était si persuadé que, à sa demande insistante, le Louvre avait fini par radiographier le tableau et découvrir en effet l'existence d'un repentir. Sous le panier d'osier, Jean-François Millet avait peint dans une première version un petit caisson noir, de la taille d'un cercueil d'enfant. L'angélus, la prière de l'ange… Alors pourquoi pas un sujet musical à la place d'une maternité ? Excitée, Élise tape le nom du tableau de Georges de La Tour sur le Net, effectue quelques recherches, espère tomber sur une révélation, une surprise, mais il n'y a rien. *Le Nouveau-né* est bien né, la femme est bien mère, la scène est religieuse si on veut, profane si on préfère, rien ne semble clairement décidé par le peintre.

Déçue, Élise quitte le site sur lequel elle était et ouvre, parce qu'elle ne peut pas s'en empêcher, le compte Instagram de Véro. Ce matin, @fantasticmum est diserte en conseils d'organisation dans une vie « full-up », emplie par bébé. Elle jette un œil sur les vidéos d'une demi-minute, gratifiées chacune d'un pouce en l'air victorieux de la parfaite *mum*. Où on voit Véro sortant de la machine des babygros minuscules #lingelave (pouce levé), terminant sa liste sur le site du seul supermarché proposant des couches bio un clic et c'est parti #coursespliees (pouce levé), se séchant les cheveux sans perdre des yeux le babyphone de la salle de bains #mumlavee (pouce levé), courant avec bébé dans la poussette #laformepaslesformes (pouce levé), et c'est vrai qu'elle est encore plus mince qu'avant sa grossesse, limite maigre. Élise a le tournis. Et laisser tomber son bébé dans le bain ? Et lui préférer la présence d'un *reborn* ? Et ne pas être une seule seconde de sa vie une #happymum ? Pouces baissés. Elle sent les larmes lui monter aux yeux.

Le bip d'un nouveau message la distrait. Un SMS de Vanessa : « Great news. Rdv 15h devant le lac. »

Élise sait ce que ça veut dire. *Great news* égale nouvel amoureux.

Second message de Vanessa. Une photo cette fois, celle prise par son amie le jour de leurs retrouvailles, accompagnée d'un smiley clin d'œil.

Dans la position d'une grenouille, bras et jambes écartés, Thibaud ressemble à s'y méprendre à un bébé épanoui, confiant. Les humains, comme les animaux, ne dorment pas sur le dos les bras en croix s'ils ne se sentent pas en sécurité. Élise agrandit la photo le plus possible. Elle est floue, suffisamment pour qu'on ne reconnaisse pas le bébé. Opportunément projetée sur son visage, une ombre cache la différence de ton de leurs cheveux, et ce pourrait aussi bien être Tom, endormi sous la capote de cette poussette. Elle repense au tableau de Millet, ce qu'on voit n'est pas toujours ce qui est… En tout cas, voilà le genre d'image qui plairait à Romain, pense-t-elle soudain. Et si elle la lui envoyait ? Certes, il s'agit d'une *fake picture,* mais l'image existe, et les deux enfants aussi. Avec cette photo, Romain en déduirait qu'elle s'occupe bien d'un bébé, qu'elle l'emmène se promener, qu'il prend l'air. Élise garde un goût désagréable de leur dispute de dimanche, elle aimerait le rassurer. Mi-inquiète, mi-excitée, confortée par le manque de netteté de la photo, elle hésite, le doigt en suspens au-dessus du cliché. Puis appuie finalement sur l'écran et, dans un bruissement, le visage voilé part vers le téléphone de Romain.

Ce n'est pas l'original, mais, en quelque sorte, c'est un repentir.

La réunion s'achève et Romain regagne fièrement son bureau. Il l'a fait. Il a modifié l'horaire du brief quotidien qu'il impose à ses plus proches collaborateurs. À partir de demain, il aura lieu à 9 heures et non plus à 8 heures. Sa dispute avec Élise l'a fait réfléchir. Il en a assez de partir sur la pointe des pieds avant que Tom et elle soient réveillés, il a l'impression de s'enfuir, de laisser derrière lui les choses importantes.

Il incline son fauteuil en cuir et étend ses jambes sur le bureau. C'est son moment avec son fils, qu'il n'a pas vu ce matin encore. Dorénavant, deux fois par jour, il s'accorde dix minutes sans appel téléphonique ni rendez-vous, son assistant Simon y veille avec la férocité d'un rottweiler. Simon, réjoui du changement d'horaire annoncé qui lui permettra, comme il l'a avoué, d'emmener « enfin » son fils à l'école le matin.

Grâce à l'application sur son portable, Romain peut regarder Tom dormir et vérifier qu'il se porte bien. Pour une fois qu'une idée de Mina lui plaît ! Andreas lui-même a été surpris quand Romain lui a montré ce babyphone connecté aux pictogrammes ludiques, et a même été un peu vexé que l'outil ultra moderne ait échappé à sa vigilance. Il ouvre l'appli. Comment va son petit homme ? Avec satisfaction, Romain constate que les indicateurs sont au vert.

Vert, le cœur pictogramme affiche « 150 BPM », une excellente fréquence cardiaque.

Il avait ainsi appris que le cœur des bébés battait jusqu'à deux fois plus vite que celui des adultes.

— C'est bien, mon chéri, murmure-t-il en contemplant le corps ponctué de brefs tressaillements, des rêves sans doute qui le traversent et accélèrent le nombre de battements par minute, 155 puis 158 BPM.

Verts également les deux poumons, avec un taux d'oxygène dans le sang de 96 %. Apparemment, 100 % n'est pas fréquent, Romain n'y a jamais eu droit.

Si tout va bien, les indicateurs apparaissent en vert. Sinon, en cas de mauvais relevé cardiaque par exemple, le cœur passe à la couleur rouge et un message apparaît, en lettres rouge sang : « Fréquence cardiaque élevée ». Ce qui l'a étonné dans la vidéo montrée par Mina, c'est la touche « Ignorer », placée en dessous du message alarmant. Quel genre de parent peut ignorer un problème cardiaque chez son bébé ?

Il poursuit son petit tour d'horizon.

La température ambiante : rassurante, 18 degrés au thermomètre, et cette confirmation : « Il fait bon dans la chambre de bébé. » Puis le repos de Tom. Chaque heure sous surveillance est relevée, et ça intéresse Romain de consulter ces données, classées, comme il l'a montré à Andreas, en trois grandes catégories : 1) Temps de sommeil, 2) Qualité de sommeil, 3) Historique des cycles de sommeil. Des chiffres qui s'additionnent et fournissent en cours de journée des bilans provisoires du genre « Éveillé : 1 h 40 ». « Sommeil léger : 3 h 55 ». « Sommeil profond :

5 h 28 ». Impressionné, Andreas s'est promis d'acquérir le même.

Tout comme hier, les indicateurs sont verts, couleur d'espérance. Tom, merveilleux bébé, dort de mieux en mieux, remarque-t-il en fermant l'application. C'est une bonne nouvelle pour Élise et lui. Leurs nuits, hachées par des réveils successifs, redeviennent peu à peu normales. Tom pleure de moins en moins, ils entendent à peine Mina se lever, et l'appartement semble plus calme avec l'introduction de ce babyphone sophistiqué. Pour une fois, sa belle-mère tient le rôle que s'imaginait Romain, elle est une grand-mère généreuse, férue de nouvelles technologies, ce qu'il ignorait, et d'emblée elle porte son choix sur le *must*. Sa nouvelle acquisition, un pèse-bébé électronique dernier cri, garde les mesures en mémoire sur plusieurs mois et propose des courbes savantes. « Tom a perdu du poids », a ainsi annoncé Mina hier soir. « 24,5 grammes », a aussitôt précisé Élise avec gravité. Romain l'a enlacée pour la rassurer : « Ne t'en fais pas, mon cœur, Tom va bien. Il mangera mieux demain, c'est tout. » Il s'est imaginé Paul, qui aurait trouvé déraisonnable cette anxiété pour quelques grammes de plus ou de moins, qui aurait, à coup sûr, haussé ses larges épaules et rappelé avec sagesse que, « à une petite chose, l'inquiétude donne une grande ombre ».

Malgré tout, l'inquiétude des deux femmes fait tache d'encre, et il se tracasse parfois, lui aussi, pour la santé de Tom. Et puis… sa dispute de dimanche avec Élise a mis au jour des interrogations profondes. Maintenant, Romain se demande quel genre de père il peut bien être.

Par exemple, quand elle l'a questionné sur la façon dont il arrivait à endosser son costume paternel aussi vite, il n'a pas su répondre. D'ailleurs, il ignorait qu'il avait endossé un quelconque costume, et il n'aurait pas su dire à quoi celui-ci ressemblait. C'est quoi, au juste, une tenue de père ? Dans une version, devenue totalement discutable aujourd'hui mais communément admise par sa génération, Paul aurait répondu que le père est celui qui dicte la loi. Mais tout a changé. D'abord, il y a eu les nouveaux pères qui, sous couvert de quelques menus ajustements dans leur emploi du temps, ressemblaient furieusement aux anciens, puis les vrais nouveaux sont arrivés, créant cette fois un tandem parental plus équilibré.

Romain ne sait pas où se situer, on ne se défait pas si facilement de l'éducation que l'on a reçue ni d'une absence d'éducation. Il a pourtant endossé le costume d'un père moderne digne de ce nom, puisqu'il a promis de prendre dès qu'il le pourrait ses vingt-huit jours de congé paternité, pas un de moins. « Pas un de plus ? », avait ironisé Élise. Peut-être qu'il aurait aussi fallu qu'il coiffe une double casquette « télétravailleur et télépère », bref, quelqu'un qui serait, au boulot comme à la maison, en perpétuelle « prés-absence », ce drôle de mot désignant une nouvelle façon d'être aux autres, proche et lointaine à la fois ? Mais, dans son cas, c'est difficile, pour ne pas dire impossible. Directeur général, il doit être présent physiquement au bureau, où, déjà, il manque de temps pour tout, où les journées ne sont jamais assez longues, où ses collaborateurs l'assaillent de demandes. Accessoirement, il leur reste aussi plusieurs années de remboursement sur leur crédit immobilier, et le salaire d'Élise est deux fois et demie inférieur au sien. Où se trouve l'égalité, dans toutes ces différences ?

Romain a beau tourner l'affaire dans tous les sens, il peine à apporter une réponse satisfaisante aux questions posées, et il culpabilise en prenant conscience que la garde, le soin, la sécurité de leur bébé se trouvent entièrement placés dans des mains de femmes. Et que ce n'est pas juste. Comme Élise le lui a lancé à la figure dimanche, elle n'a pas le choix : elle doit rester là. Quand il passe la porte, *lui*, c'est qu'il part travailler, mais si elle fait ça, *elle*, ça signifie qu'elle abandonne son enfant. Il s'était senti infiniment triste, et terriblement impuissant, en comprenant soudain que sa colère n'était pas un avertissement, elle ne s'en irait pas, mais l'expression d'une indignation profonde, que ses cris ressemblaient à des appels au secours et, surtout, qu'elle avait raison. Romain Brizot, quarante et un ans, directeur d'un cabinet d'assurances dans une grande métropole, élevé en Occident et fruit d'une éducation encore largement teintée d'un patriarcat obsolète, n'est pas le père moderne qu'il croit être. Et il n'est un modèle pour personne. Reculer une réunion d'une heure est un premier pas, certes, mais c'est un tout petit pas, insuffisant, il en a conscience. La réflexion de Simon était suffisamment éloquente. Son assistant n'aurait jamais demandé à arriver plus tard, alors c'était bien à lui, Romain Brizot, directeur d'une entreprise comptant soixante salariés, de montrer l'exemple.

Lorsque Élise lui avait parlé des coutumes de ces chasseurs-cueilleurs d'Afrique centrale, il avait cru à une blague, jusqu'à ce qu'elle lui montre les images. Peut-être que les Akas étaient les meilleurs papas du monde, mais il se sentait à des années-lumière de ces hommes aux seins desquels les petites bouches s'accrochaient. Il aurait l'air de quoi, avec Tom pendu à son téton ?

Elle ne lui en demandait pas tant, elle voulait juste lui montrer que tout existe. Et que la vie était faite de choix.

Des coups frappés à la porte, sitôt ouverte. C'est son adjoint, une pile de dossiers à la main, talonné par Simon qui, visiblement désolé, s'excuse de son incapacité à le retenir. Romain les arrête d'un geste.

— Une seconde.

Une photo vient d'arriver sur son portable, envoyée par Élise. Tom, endormi bienheureux, dans sa poussette au soleil. Il sourit, soulagé. Peut-être qu'il n'est pas suffisamment là et qu'Élise en souffre en ce moment, mais elle a réussi à dépasser les premiers temps difficiles, désormais elle assure, et sacrément. Il est fier d'elle et de cette image qui lui permet, momentanément, de renvoyer dans les limbes ses questionnements inconfortables.

— C'est bon. Je suis à toi, Andreas.

Vanessa s'est arrogé la poussette qu'elle manipule avec fierté, le buste droit, gratifiant d'un large sourire les quelques promeneurs croisés sous une chaleur étouffante. L'été est torride et risque d'empirer, se désole Élise en imaginant son corps suant et poisseux. Elle jette des regards envieux sur la taille fine de son amie, sur ses jambes fuselées lui permettant de gracieuses enjambées déclenchant les coups d'œil admiratifs des joggeurs ahanants. À côté, elle se fait l'effet d'une grosse vache à la traîne du troupeau.

— Il s'appelle comment ?

— Antoine.

C'est reparti pour un tour, Élise pourrait l'écrire par avance. Depuis l'adolescence, chaque histoire d'amour de Vanessa démarre sur les chapeaux de roue pour s'achever sur les jantes. Très vite, les tendres serments acquièrent une sécheresse de sarments et finissent brisés, de son fait à elle ou de celui de l'autre, mais Élise n'a jamais connu à son amie d'histoire durable.

— Trente-quatre ans, cheveux noirs, yeux émeraude, un mètre quatre-vingt-quinze, les oreilles décollées et (Vanessa lui lance un regard coquin) bien loti. Que demander de plus ?

— Rien.

— C'est tout ce que ça t'inspire ? Surtout, cache ta joie, Lili.

— Je suis heureuse pour toi, mais bon, ce n'est pas la première fois que…

— Cette fois, justement, c'est une première. Je vais t'épater, mais je ne me suis jamais sentie aussi bien avec un homme. Tu veux que je te dise ? Je crois que cette fois-ci je l'ai trouvé, mon bonheur. J'ai même trouvé mieux qu'un amoureux géniteur, j'ai trouvé un vrai père pour mon enfant.

— Prends ton temps.

— J'ai trente-six ans, j'te rappelle, bientôt trente-sept. Je suis pressée, les hormones et l'âge font mauvais ménage.

Vanessa se penche sur la poussette et, sans demander l'autorisation, en sort avec douceur son occupant. Elle le tient à bout de bras, le contemple, admirative.

— Je veux un bébé comme ça, un bébé que j'aimerai et qui m'aimera.

— Tu sauras, toi, murmure Élise, ton enfant t'aimera.

— Je veux un « Love Mum » comme lui ! déclare Vanessa en embrassant avec ferveur l'inscription sur le pyjama.

— *Love mum*, *love mum*, *love* personne, *love* rien du tout, oui, s'indigne brusquement Élise. Ce pyjama est un tissu de mensonges.

Tom ne peut pas l'aimer, Tom ne l'aime pas, aucun bébé ne l'aimera jamais.

— Pourquoi tu cries ?

— Parce que… (Et soudain, dans un souffle, les mots sortent d'une traite.) Parce que je ne suis pas une bonne mère.

Ça y est. Il a suffi de quelques mots, qu'Élise aurait peut-être prononcés devant la psychologue si elle n'avait pas volontairement oublié son rendez-vous, et l'inavouable est confessé. Pour la première fois, et à haute voix. C'est presque grisant. Maintenant elle peut le dire autant de fois qu'elle veut, devant tout le monde, s'il le faut. Pas une bonne mère.

— Je ne suis pas une bonne mère.

— N'importe quoi !

Subitement énervée, Vanessa toise Élise et, d'une voix sifflante, provocante, lance :

— Comment ça, tu n'es pas une bonne mère, Élise ?

Quand elle a ses yeux fixes et brillants de vipère, Vanessa fait peur. Et quand elle l'appelle par son prénom, c'est mauvais signe. Elle peut être dangereuse, quand elle veut. Comme ce jour où, dans la cour du lycée, elle s'était jetée sur un grand type d'au moins dix-sept ans qui s'était permis une réflexion déplacée à son égard. Vanessa en avait tout juste quinze et lui arrivait à peine à l'épaule, mais sa colère était telle qu'elle avait pris le dessus. « C'est une dingue ! », avait décrété le grand type, dépassé. Élise était tombée en admiration devant cette dingue qui n'avait peur de rien et, un mois plus tard, les deux filles étaient devenues les meilleures amies du monde.

— Vanessa, s'il te plaît, tu ne sais pas tout, tu ne peux pas comprendre.

— Ah non ? Eh bien, tiens !

Dans un geste rageur, Vanessa lance brusquement le bébé dans sa direction. Horrifiée, Élise le voit voler, bras et jambes ballant dans les airs, il opère un arc de cercle, ça dure une fraction de seconde, mais elle vit au ralenti la scène interminable, elle voudrait arrêter cette atrocité mouvante et figée qui se produit sous ses yeux quand le petit corps tombant retrouve brutalement sa vitesse normale, chute à toute allure, elle a à peine le temps de se précipiter et d'ouvrir les bras, il s'écrase dans ses mains, dur comme une pierre, sans un cri, sans un pleur.

— Tu es folle ! hurle Élise, saisie de tremblements. (Elle se laisse tomber sur un banc, les genoux flageolants, l'enfant dans les bras.) Pourquoi tu as fait ça ?

De l'autre côté de l'allée, un promeneur pétrifié les dévisage, et l'épouvante lisible dans son regard est plus effrayante que tout.

Vanessa hausse les épaules. Se penchant sur Élise, elle articule exagérément en détachant chaque mot :

— Pour te prouver que *tu es une bonne mère.*

Élise serre le bébé contre elle, contre son cœur qui bat la chamade. Elle a eu si peur, en elle tout vacille et tremble encore.

— Tu te fiches de moi ?

— Non. C'est un *reborn*, et pourtant tu l'as rattrapé. Par réflexe, sans réfléchir. Un réflexe de mère.

Si elle savait... Vanessa n'est pas au courant pour le bain. Si Mina n'avait pas été là, Tom serait peut-être... (Impossible de formuler le mot terrible, Élise en change aussitôt, pour éloigner le mauvais sort, pour tenir le destin à distance.) ... il ne serait peut-être plus vivant.

— Tu es une bonne mère, Lili.

— C'est faux, murmure-t-elle en serrant plus fort Thibaud.

— C'est vrai ! réplique Vanessa d'un ton ne souffrant pas la contestation. Si seulement tu voulais y croire et si ta mère te laissait un peu de place. Faudrait qu'elle te lâche, mais ça, c'est comme demander à une puce de renoncer au chat.

Qu'est-ce qu'elle sait, Vanessa, des bonnes mères ? Elle critique Mina, mais ce n'est pas elle qui se réveille la nuit, pas elle qui donne des biberons, change des couches nauséabondes, berce et rendort.

— Tu me le prêterais une heure ? demande soudain Vanessa en désignant Thibaud d'un coup de menton.

Cette facilité qu'a son amie de changer de sujet en une demi-seconde. Élise serre davantage Thibaud contre elle.

— Pour quoi faire ?

— Pour voir la réaction d'Antoine. Je ne lui ai pas encore parlé de bébé, et celui-là donne envie, tu ne trouves pas ?

— Tu es folle ! Vous commencez à peine votre histoire, tu vas juste scier la branche sur laquelle tu viens de t'asseoir.

— Sois sympa. Prête-le-moi.

— Pourquoi tu ne lui amènes pas ton neveu, plutôt ?

— Alors là, tu rêves ! Le jour où la mère louve laissera quelqu'un poser un doigt sur son fils… Imagine-toi que Véro a demandé à sa mère, *notre mère médecin*, de suivre un stage « premiers secours bébé » avant de lui confier Adrien. Par moments, je ne comprends plus du tout ma sœur.

Élise ouvre des yeux ronds. Parce que ça existe, ce genre de stage ?

— Depuis qu'Adrien est né, j'ai dû le prendre trois secondes dans mes bras, se lamente Vanessa.

Son amie a l'air si triste, soudain.

— Tu le veux vraiment maintenant ?

— Ben… j'ai rendez-vous avec Antoine dans un quart d'heure.

Négligeant son cœur qui bat un peu plus fort, prenant sur elle, Élise lui tend Thibaud.

— Tiens.

Le regard illuminé, Vanessa s'empresse de le lui prendre des bras.

— Merci, Lili. Je te le rapporte d'ici une heure, une heure et demie max. Promis, juré.

Son amie s'éloigne rapidement, craignant sans doute qu'elle ne change d'avis. Immobile, Élise suit des yeux sa silhouette pressée. Par bribes, la poussette lui apparaît et elle devine son occupant bousculé par l'allure inhabituelle. Elle imagine même le visage de Thibaud, ballotté de gauche à droite, mais ses battements de cœur ne s'accélèrent pas pour autant. « Comme c'est étrange », songe-t-elle en regardant Vanessa tourner au coin d'une allée et s'engager dans une autre. Bientôt elle ne les verra plus. Thibaud à peine réapparu, de nouveau disparu. Ce n'est pas l'arrachement redouté. Élise s'extrait de sa contemplation, fait quelques pas, se retourne pour les voir une dernière fois : l'allée est vide. Thibaud est parti et elle se sent subitement délivrée, allégée d'être seule avec elle-même, sans plus rien ni personne qui prolonge son corps : ni berceau, ni poussette, ni enfant. Son cœur revenu à la normale. Libre de laisser tourner en elle cette phrase que Vanessa lui a assenée, tout à l'heure, ces quelques mots qui grandissent et prennent un nouveau sens : « Tu es une bonne mère. »

Un instant, c'est vrai, dans ce corps qui se détachait sur le ciel, Élise a vu Tom.

Un tout petit instant, seulement. Mais un petit instant tout de même.

À peine a-t-elle repoussé derrière elle la porte d'entrée que résonne :

— Tu étais où ?

Debout dans le couloir, sa mère lui barre le chemin. Agacée, Élise avance, décidée à la pousser s'il le faut, épaule contre épaule maintenant, mais Mina ne bouge pas d'un centimètre et jette des regards anxieux autour d'elle.

— Où est Thibaud ? s'inquiète-t-elle.

— Pousse-toi, s'il te plaît, je voudrais rentrer.

— Qu'est-ce que tu en as fait ?

La voix suraiguë de sa mère. Et cet air égaré, ces yeux qui roulent autour d'elle, à la recherche de la poussette. Cette mère lui fait peur, soudain. Élise force le passage, parcourt rapidement le couloir jusqu'au salon. Si bien rangé, rien ne dépasse, silencieux comme si l'appartement était inhabité. Mina sur ses talons lui répète d'une voix dure.

— Il est où ?

— Prêté à Vanessa, elle me le rapporte dans une heure.

Marche interrompue, pensée suspendue. Dans son dos, elle ressent l'arrêt subit de sa mère que cette annonce laisse sans mot.

« Et Tom ? », pense Élise, mal à l'aise, en se dirigeant vers sa chambre.

Parvenue devant la porte, elle l'entrouvre doucement. Aucun bruit, il doit dormir. La pièce plongée dans la pénombre exhale une touffeur qui la prend à la gorge. Il faut aérer. Élise s'approche à pas vifs de la fenêtre, commence à ouvrir les volets mais le soleil est là qui tape sans répit sur la vitre et elle referme aussitôt. Se retourne vers le berceau où Tom, recroquevillé sur son sommeil, présente un petit visage rougi par la chaleur ambiante. Regarde le souffle rapide de sa respiration soulever son pyjama. Remarque la transpiration perlant à sa cheville enfermée dans l'affreux bracelet du babyphone.

— Il devrait dormir en body, dit-elle, frappée par l'évidence.

— Oh non, non, répond hâtivement sa mère, de nouveau sur ses talons. Il dort bien au chaud, ne le réveille pas. (Élise sursaute en sentant la main de Mina sur son épaule.) Elle en fait quoi, Vanessa ? Et comment tu as pu faire ça ?

Se retenant de hurler sur sa mère, Élise murmure, les dents serrées :

— Faire quoi… ?

— Élise, on ne prête pas un bébé, même un… un…

— Un faux, tu veux dire ?

La sonnerie de l'entrée les interrompt.

— C'est lui ! s'écrie Mina.

Vanessa se tient devant la porte, le regard luisant, les yeux rougis. Tandis que Mina rentre précipitamment la poussette, Élise sort de l'appartement, entraîne son amie sur le palier.

— Qu'est-ce qui s'est passé ? C'est Antoine, c'est ça ?

Elle se retient de lui rappeler qu'elle l'avait prévenue. Vanessa est si enflammée, si irréfléchie parfois ! Son amie acquiesce d'un mouvement de tête et des larmes se remettent à couler sur ses joues. Élise la prend dans ses bras.

— Qu'est-ce qui se passe ? demande-t-elle en lui caressant les cheveux.

— Il ne peut pas avoir d'enfant.

— Nooon ?

Traversée par un sentiment d'injustice terrible, Élise se détache de Vanessa. Son amie joue vraiment de malchance.

— Mais pourquoi ?

— Pas d'enfant, l'homme de ma vie, tu te rends compte ? se lamente Vanessa, arborant un air de désolation absolue.

— Il est impuissant ? tente Élise.

— T'es con, je m'en serais aperçue.

— Stérile ?

— Ne parle pas de malheur !

— Alors quoi ?

— Vasectomisé.

Première fois qu'Élise entend parler d'un homme vasectomisé, elle en reste sans voix.

— Ce type de contraception masculine se pratique de plus en plus, figure-toi. Un jour, il en a eu marre des slips chauffants, et hop, un coup de bistouri, on n'en parle plus. Rien de tel qu'une petite vasectomie pour régler le problème. *No child, no cry.*

— Merde, alors.

Cette fois encore, la belle histoire d'amour s'écroule comme un vulgaire château de cartes. Élise lance timidement, d'une voix la plus encourageante possible :

— Ce n'était pas le bon, mais j'ai confiance, tu finiras par le trouver, c'est sûr.

D'un brusque revers de main, Vanessa sèche ses larmes et se redresse en lançant, d'un ton affirmatif, rempli d'orgueil :

— C'est lui, et c'est le bon, j'en suis certaine !

— Mais puisqu'il ne peut pas avoir d'enfant et que tu en veux ? Comment veux-tu que ça fonctionne entre vous ? Crois-moi, je sais de quoi je parle quand, au sein d'un couple, on n'est pas d'accord sur ce sujet.

— Et qu'est-ce qu'ils font, maintenant, ses spermatozoïdes ? (Vanessa s'énerve de plus en plus.) Tu veux savoir ? Ils attendent tranquillement l'autodestruction. Et tant pis pour mes ovules qui n'espèrent qu'eux ! Quel gâchis, quel égoïsme, ça me révolte !

Les yeux de Vanessa brillent de colère.

— Heureusement, j'ai lu que ce n'était pas totalement irréversible, enfin, on ne sait pas vraiment, mais il est possi…

Ah non ! Élise l'interrompt :

— T'es gonflée, quand même. Ton Antoine, ce n'est pas qu'il ne *peut* pas, c'est qu'il ne *veut* pas d'enfant. C'est son choix, et ça n'a rien d'égoïste. Il a pris les mesures qui s'imposent, je trouve ça plutôt courageux. Il ne fait pas porter la responsabilité d'une éventuelle grossesse uniquement sur les femmes. Et puis…

Les yeux de Vanessa deviennent plus scintillants encore.

— Et puis quoi ?

— Et puis, il se protège d'un bébé dans le dos. Certaines femmes en sont capables. Toi-même, tu aurais peut-être pu lui faire ça, non ? Après avoir enfin déniché l'objet de tes obsessions, le géniteur de tes rêves, le père idéal de ton enfant idéal… Je me trompe ?

Vanessa détourne les yeux et ne prend pas la peine de lui répondre.

— Il a à peine regardé Thibaud et il a détesté que ce soit un faux. Ça l'a dégoûté, il m'a dit que je n'avais pas besoin de « cette affreuse poupée » pour lui parler de bébé.

— Il n'a peut-être pas tort et, au moins, il s'exprime.

— Oui, ça, c'est un truc super, chez lui. On a discuté pendant toute l'heure. (De nouveau, les larmes aux yeux de Vanessa). J'avais tellement envie d'un bébé à nous.

— Tu vois, souligne Élise avec douceur, tu en parles déjà au passé.

— Quand je lui ai demandé pourquoi il ne voulait pas d'enfant, il m'a demandé pourquoi j'en voulais. Que c'était ça, la vraie question.

— Et ?

— Et je n'avais jamais pensé les choses sous cet angle.

Le regard de son amie se perd au loin.

— Il a l'air bien, ton Antoine, tu sais. Tu as peut-être raison, celui-là, c'est peut-être le bon. Et puis…

— Et puis… quoi ? demande Vanessa, méfiante.

— Et puis, je pourrais vous prêter Tom.

On ne prête pas un bébé, surtout à une fille impulsive comme Vanessa, c'est un coup à ne pas le revoir. Mina a couché Thibaud dans son berceau et, assise à côté sur son lit, elle le scrute, s'évertuant à trouver ce qui aurait pu changer en lui, le temps de cette fugue insensée organisée par deux filles inconscientes. Elle cherche à savoir si un autre bébé aurait pu prendre sa place en son absence, si cette garce de Vanessa, qu'elle a toujours détestée, aurait pu l'échanger contre un autre. À le détailler, elle le voit bien, pourtant : il est resté tel qu'il était, semblable à lui-même, avec ses légères variations dans le regard. « Viens là, mon ange », dit-elle en le prenant dans les bras. Elle l'allonge contre elle : il s'arrondit de cette même façon tendre et molle contre son ventre. Elle lui caresse le torse, lui soulève un bras : il répond en écho à ses gestes, les vrais, ceux des vivants. C'est bien lui. Elle en est sûre désormais, elle le sent, c'est lui. La dernière fois dans le bain, c'était lui aussi, son corps chaud, soudain soulevé entre ses mains, telle une vague. Ce corps qui ondule et frémit, qui tape et se rappelle à elle, qui remue tant et plus que Paul et elle, en riant d'émotion, ne savaient plus où poser leurs mains, « il a bougé », « il est là », « non, là ». Elle aurait aimé que ce bébé bouge en elle pour toujours, qu'il ne sorte jamais, qu'il reste bien au chaud. Un bébé, il faut toujours le garder au chaud, toutes les mères savent ça. Il ne faut pas laisser un bébé tout nu dans son lit, comme veut le faire Élise. Il faut le prendre avec soi, contre son corps, à son sein nourricier. C'est ce que font les bonnes mères. Dans un nid, dans un ventre, dans une couveuse, dans un appartement, un bébé doit toujours avoir chaud.

« Laisse-la tranquille, elle dort », disait Paul en l'entraînant hors de la chambre.

Sorti d'un ventre, un bébé a toujours froid. C'est pour ça qu'aussitôt on l'enveloppe dans un drap.

— Tu te souviens que c'est aujourd'hui la visite du premier mois ?

Élise lui pose la question parce que Mina ne parle plus du poids de Tom et qu'elle semble porter moins d'intérêt à ces rendez-vous médicaux auxquels elle tenait tant, il y a peu. Maintenant, c'est Élise qui guette anxieusement le chiffre de la balance électronique qui a encore diminué.

— Un mois, déjà, s'émerveille sa mère en avançant devant le visage de Tom une part du gâteau au chocolat qu'elle vient de préparer.

Mina a planté dessus une fine bougie dont la flamme danse un instant dans les yeux de l'enfant et se reflète dans ceux de Thibaud, qu'elle a assis près du transat de Tom, sur le canapé.

— Joyeux anniversaire, mon chéri ! fredonne-t-elle avant d'éteindre d'un souffle la petite lueur.

Muet, Tom garde les yeux fixés sur un point du plafond qu'Élise ne distingue pas. Mina lui parle, mais il n'est pas là, tout arrimé à ce point invisible. « Tout entier là-haut et pas là », pense soudain Élise avec une pointe d'inquiétude. Elle est déroutée par cet *happy birthday* que Mina tient subitement à célébrer, deux jours seulement avant son propre anniversaire, jamais fêté. Élise l'avait compris le jour de ses dix ans. Dans son innocence d'enfant, elle avait imaginé que ce premier chiffre rond serait suffisamment important pour mériter un acte particulier, mais cet anniversaire était passé aussi inaperçu que les précédents. Elle se souvenait encore de son après-midi sinistre, devant le dessin animé *Alice au pays des merveilles*. Jusqu'au moment où, sur l'écran couleur, un lapin et un chapelier fou l'avaient brusquement consolée. Puisque c'était comme ça, à partir de maintenant, le 2 août serait son jour à elle, celui de son non-anniversaire.

Avec ce gâteau et cette bougie, Élise prend conscience qu'un jour Tom aura un an, puis deux, puis dix, puis quinze, puis vingt. Désormais, en dehors de l'anniversaire de Romain et du sien, il y aura aussi celui de Tom, et ils le fêteront avec soin, chaque année. Il va grandir. « Si tout va bien. » Mal à l'aise soudain, Élise fixe Thibaud, soigneusement calé entre deux coussins. Il la regarde, de ce regard trop présent qui l'épingle douloureusement. « Mais tout ira bien, il n'y a aucune raison », se raisonne-t-elle en se détournant.

— Tu penses aux anniversaires, toi, maintenant ? demande-t-elle en refusant la part de gâteau tendue par Mina.

— Parce que tu m'as rappelé la visite du premier mois, brode sa mère tranquillement.

La pédiatre tourne vers Élise son visage constellé de taches de rousseur en s'enquérant, amusée, la main posée sur le pyjama de Tom :

— Il vous *love* toujours bien, ce petit ?

Élise acquiesce de la tête, repensant à la méthode Coué vantée par Vanessa. « À force de le voir écrit, ma Lili, tu vas t'en persuader. Tom t'aime. » C'était étrange, la consonance dans la bouche de Vanessa, ce « Tom t'aime » qui ressemblait à un totem.

Maintenant nu sur le pèse-bébé, Tom ne dit rien, les yeux rivés au plafond.

— Il a maigri ?

Élise aimerait que leur balance dernier cri ait fait erreur.

— Oui, en effet.

Depuis le fauteuil où elle est restée assise, Mina lance d'un ton neutre :

— Tu vois…

— Il boit bien, notre petit *lover* ? demande la rousse, les sourcils froncés.

— Moyen, dit Élise.

— Moyen, c'est-à-dire ? (Elle referme la couche l'air tracassé.) Est-ce qu'il finit tous ses biberons ?

— Hier soir, il a presque fini.

— Presque seulement, souligne Mina depuis son siège.

La pédiatre lui adresse un regard noir, puis retourne à Élise qui répond silencieusement à sa question en indiquant entre deux doigts la quantité bue.

— Ce n'est pas assez, d'autant plus qu'il fait très chaud, en ce moment.

Elle a fini de rhabiller Tom. Maintenant elle force l'ouverture des petits poings serrés et glisse ses index entre les mains qui se referment, par réflexe.

— Allez, on se redresse ! l'encourage-t-elle en le tirant vers elle. (Il se laisse faire, la tête branlante.) Eh ben alors, mon bonhomme, on se réveille un petit peu.

Au bout de quelques secondes, elle cesse de le tirer et le repose délicatement.

— Il est calme, votre bébé, murmure-t-elle. Très calme.

Elle rend Tom à Élise.

— Et vous, comment allez-vous ? demande-t-elle à brûle-pourpoint. On parle du bébé, mais sa mère, c'est tout aussi important.

Sa mère. Élise sent ses mains trembler sous le précieux chargement, ses doigts se contracter, exactement comme dans la scène du tableau, alors peut-être qu'on peut tenir un enfant comme un instrument, sans le faire tomber. Quand on est sa mère.

— Il faut prendre soin de vous aussi, conseille la femme dans un sourire, et ne pas hésiter à vous faire aider. Vous voyez toujours votre psychologue ?

En détournant le regard, Élise opine de la tête.

— C'est important, tout en vous laissant tranquillement aimer par votre petit ange. (Elle désigne son pyjama.) Mignon, mais trop épais pour la saison.

— Il y a un prochain rendez-vous ? s'enquiert Mina en avançant la poussette.

— Vous n'aurez pas besoin d'être là, la mère et l'enfant me suffisent. Disons… après-demain.

— Déjà ? s'étonne Élise.

— Juste histoire de refaire un petit tour d'horizon.

— Mais tout va bien ? s'inquiète soudain Élise.

— Ça ira, s'il reprend du poids. Surveillez aussi son activité, observez s'il répond davantage aux stimuli qu'aujourd'hui. Je ne le trouve pas très tonique, mais avec cette chaleur on est tous flapis ! soupire la pédiatre en s'épongeant le front. De toute façon, on se revoit dans deux jours et, entre-temps, si vous avez la moindre question ou le moindre doute, vous m'appelez, n'hésitez pas, surtout.

Élise est rassurée de savoir cette femme présente pour elle et pour son enfant, réconfortée de la revoir très rapidement. Tom dans les bras, elle ressent maintenant incontestablement sa perte de poids, il est plus léger que Thibaud. Et, pourtant, c'est étrange, sa présence est devenue tellement plus forte… Tom, si dense dans ses bras en cet instant, malgré son regard flottant, un regard dont le bleu commence déjà à s'estomper. Il n'aura pas les yeux ciel de Mina et elle s'en réjouit, ils seront peut-être verts comme les siens.

Dans le couloir du cabinet, profitant de ce que sa mère s'est absentée aux toilettes, Élise se penche sur la poussette et lui chuchote à l'oreille :

— Joyeux non-anniversaire…

Avant d'ajouter, plus doucement encore :

— … mon petit ange.

Le mot a été prononcé par une professionnelle. En s'adressant à elle en sa qualité de mère de Tom, plus encore que Vanessa avec son « tu es une bonne mère », la pédiatre a donné à Élise un début, inespéré, de confiance en elle. Naturellement qu'elle est la mère de Tom, et qu'elle va s'occuper de son fils et le surveiller durant les deux prochains jours, Élise a senti l'inquiétude du médecin. Dans le même temps, cette affirmation énoncée avec une évidence déroutante lui ouvre aussi une autre réalité, inquiétante. Romain avait raison : sa mère, « trop intrusive », ainsi que le soulignait Paul régulièrement, a pris trop de place, occupe trop d'espace. Brutalement, l'absence de son père, seul capable de contenir l'ingérence de Mina, submerge Élise en la remplissant d'un incommensurable, d'un insoutenable chagrin.

— Papa, papa, pourquoi tu n'es plus là ? gémit-elle doucement.

Elle aurait tellement besoin de lui, aujourd'hui… Mina a accaparé Tom, Thibaud, Élise, même, et, pour finir, leur couple. C'est alors que les mots retentissent dans sa tête, d'une présence inouïe, elle en frissonne : « Elsie, je ne t'ai pas appris à te laisser aller comme ça. Tiens-toi debout, fillette. Vas-y ! » Des phrases qui, tels des aiguillons, la poussent vers la chambre de Tom.

Désormais, elle est régulièrement saisie par le besoin impérieux de l'entendre ou de le voir. Plusieurs fois dans la journée, Élise tend l'oreille, à l'affût d'un chouinement ou d'un pleur. Elle passe une tête dans sa chambre avec le secret espoir, souvent déçu, qu'il soit réveillé et qu'elle puisse le prendre dans ses bras. Elle entre sur la pointe des pieds pour regarder le petit prisonnier par amour, à la cheville menottée qu'elle se retient de délivrer. Elle reste parfois plusieurs minutes au-dessus du corps en body, car, tenant tête à Mina cette fois, elle a réussi à le dévêtir. Ces dernières heures, Tom dort beaucoup, accablé par la chaleur étouffante de l'appartement, et ce malgré les volets gardés fermés toute la journée. Mais ils vont sortir, il faut absolument qu'elle lui achète des pyjamas légers. Et, bien que la température extérieure soit élevée, ça lui fera du bien, il arrêtera de cuire dans son lit. Il a juste fallu trouver le bon moment : entre deux biberons, pas à l'heure du bain, aux horaires d'ouverture du magasin. Il a aussi fallu penser à : la couche de rechange, le biberon d'eau, la tétine, le doudou, le bavoir, tous à portée de main dans le sac à langer. Sans oublier de soigner sa propre allure pour l'occasion : maquillée, cheveux lavés, tee-shirt repassé. Ces longs préambules l'auraient découragée si Vanessa, qui a repéré un magasin « formidable », n'avait promis de l'accompagner. Penchée sur le lit, Élise détache le bracelet du pied de Tom, le touche pour le tirer doucement de son profond sommeil. Elle se réjouit de cette sortie, elle a envie de lui choisir un vêtement, elle ne lui a encore rien offert de personnel. Dans un frisson, elle se revoit ouvrant la commode blanche remplie par Mina, y découvrant tous ces vêtements blancs achetés par sa mère, ce paquet de « Love Mum » écœurants. Elle se promet de lui acheter les pyjamas le plus colorés de la boutique.

Le SMS de Vanessa arrive à ce moment-là.

« dsl, big pb, a + »

Ah non, elle ne peut pas lui faire ça ! Élise appelle sur-le-champ. Répondeur. Elle laisse un court message. « Qu'est-ce qui se passe ? » Dans la foulée, elle envoie un texto explicite : « ????? » Pas de réponse, il n'est pas lu. Pas le genre de son amie, le problème a l'air grave en effet.

Découragée, Élise regarde Tom dans son lit. Elle n'est encore jamais sortie seule avec lui, Mina l'accompagnait toujours. Mina qui n'est pas là, elle l'a entendue partir tout à l'heure, faire des courses, sans doute. Maintenant que tout est prêt, quelle déception ! Élise en veut à Vanessa de sa défection qui la met en rage. Mais c'est mal la connaître. Elle va y aller quand même. Après tout, elle est sa mère, a dit la pédiatre, elle en est capable. Il faudra bien qu'elle se lance un jour, Mina et Vanessa ne seront pas toujours là. Alors ce sera aujourd'hui.

— Tom ?

Penchée sur le lit, elle l'appelle en caressant la petite main aux veines bleutées.

— Tom ?

Il entrouvre un instant les paupières avant de les refermer aussitôt, comme si l'effort était trop difficile. Le prenant dans ses bras, constatant que le dos de son body est trempé de sueur, elle est confortée dans sa décision.

Sur le palier, elle croise sa mère, essoufflée et en nage, le regard fixe. Tirant derrière elle le Caddie des courses.

— Ta grande copine n'est pas avec toi ? s'enquiert-elle, sarcastique.

En apprenant que Vanessa ne vient pas, Mina s'invite aussitôt.

— Je range les courses, je prends Thibaud et on y va.

— Thibaud ? Pourquoi tu veux prendre Thibaud ?

— Tu le prêtes sans difficulté à une fille sans enfant et moi, qui suis ta mère et sa grand-mère, je n'y ai pas droit ?

Désignant Tom, allongé, immobile, dans la poussette, elle ajoute d'un ton mauvais :

— Une fille qui proposait, je te rappelle, d'utiliser Thibaud comme « unité de mesure ». Une excellente idée, d'ailleurs, pour une fois.

— Ce n'est pas vrai, Tom a maigri, bredouille Élise dans le vide tandis que la porte d'entrée claque derrière Mina.

Quelques minutes plus tard, sa mère ressort, le ventre arrondi. Elle a glissé Thibaud contre elle, dans le bandeau congolais offert par Vanessa. Un sentiment de dégoût envahit Élise à voir cette femme de l'âge d'une grand-mère jouer ainsi les mères impunément, s'emparer de Thibaud comme s'il lui appartenait. Comme si elle cherchait à la provoquer.

Choisissant les trottoirs ombragés, elles marchent côte à côte dans la ville étouffante. Élise évite de regarder Mina qu'elle devine droite et fière, les mains entourant le porte-bébé. Dans la poussette, Tom dort toujours. Le petit vent qu'elle sentait tout à l'heure a disparu, séché par l'été torride.

Le magasin n'est pas loin, les voilà déjà devant la vitrine bariolée, remplie d'habits aux couleurs chatoyantes. Des vêtements jaunes, marron, rouges ou noirs – Élise reconnaît bien là les goûts peu conformistes de Vanessa – qui arrachent à Mina un froncement de sourcils désapprobateur assorti d'un jugement lapidaire et définitif :

— C'est affreux.

Vautrée sur un canapé vert vintage, une jeune vendeuse à la coiffure noir et blanc, cheveux neige et mèches corbeau, salue négligemment l'entrée d'Élise d'un geste bref de la main. Après avoir fait éclater une bulle de chewing-gum rose, elle se lève nonchalamment. L'anneau perforant sa narine droite accentue son côté ado rebelle.

— C'est pour lui ? demande-t-elle d'une voix étonnamment enfantine.

Elle désigne la poussette d'un mouvement de menton. Les bébés, ce n'est visiblement pas son truc. Ce doit être la fille, la nièce ou la cousine du propriétaire de la boutique, en déduit Élise.

— Ou pour lui ?

La jeune vendeuse s'est reprise en voyant Mina entrer à son tour. Entre deux mouvements bruyants de mâchoire, elle constate :

— Y en a deux, en fait.

Élise s'empare d'un premier pyjama sur la pile devant elle, le déplie, mal à l'aise. Pourquoi avoir laissé sa mère emmener Thibaud ? La voir évoluer dans le magasin avec ce bébé collé à elle la gêne de plus en plus.

— Quelle horreur ! s'écrie Mina à voix haute en ouvrant des yeux effarés sur le pyjama léopard jaune à taches noires entre les mains d'Élise.

— Ceux-là, alors ? propose la vendeuse en dépliant un babygros rempli de fleurs multicolores et criardes, puis un autre couvert d'une constellation solaire éblouissante. D'un geste sans appel, sa mère rejette toutes les propositions.

— Petits cœurs, rayures, nuages ? finit par soupirer la vendeuse en se plantant devant un rayon classique réduit à son strict minimum.

Résignée, elle gonfle une nouvelle bulle.

— Les cœurs, on a ce qu'il faut, élimine d'emblée Élise.

En éclatant, l'énorme bulle lacère les jeunes lèvres de rides roses.

— Les nuages, alors ?

— C'est parfait, les nuages, confirme Mina.

Non, non. Élise veut quelque chose de plus original, de plus coloré.

Mais sa mère s'arrête sur deux pyjamas, un bleu et un blanc, tous deux ornés de nuages rosâtres. Hésite sur la taille, trouve le naissance trop petit, le 1 mois trop grand, « et pourtant c'est son âge ».

— Vous avez des cabines ? demande Mina.

Élise jette un coup d'œil sur les paupières closes à la peau si fine de Tom en se demandant si, sérieusement, il existe des parents capables de réveiller leur bébé pour lui enfiler une succession de vêtements et, dans ce cas, comment les tympans d'une vendeuse survivent à une journée entière d'essayages barbares. Stupéfaite, elle voit Mina se diriger d'un pas décidé vers la cabine indiquée, les pyjamas à la main.

— Ben dis donc, y dort bien, lâche la vendeuse en jetant un œil sur Tom. C'est votre mère, avec vous ? Z'avez de la chance de l'avoir, parce que deux d'un coup, pfft, c'est du boulot.

Ôtant son chewing-gum de sa bouche, elle le colle sur un bout de papier qu'elle roule en boule avant de le fourrer dans la poche arrière de son jean.

Mina ne va quand même pas essayer les pyjamas sur Thibaud ? Élise s'approche de la cabine, en écarte le rideau. Assise sur un tabouret en plastique fuchsia, sa mère a sorti Thibaud du porte-bébé. Elle l'a assis sur ses genoux et elle évente de la main le devant de son chemisier, trempé de transpiration. En apercevant sa fille dans le reflet du miroir, l'espace d'un instant elle lui renvoie un regard d'une dureté inouïe, avant de recomposer son visage d'avant, souriant.

— Ça va ? demande Élise.

— Très bien, merci.

Mina raccroche le foulard, glisse Thibaud dedans et se lève, emboîtant le pas à Élise.

— On les prend, dit-elle en tendant les pyjamas à la vendeuse.

— Un bleu, un blanc, les jumeaux, faut les différencier. Même si les deux font la paire, déclare la jeune fille, fière de sa remarque. (Puis elle s'empare de la carte bleue tendue par Mina.) Sans contact ?

Elles redescendent l'allée des Peupliers, la si mal nommée. Pas un arbre ne pousse dans cette pauvre petite rue où l'asphalte luisant exhale une odeur poisseuse de goudron chaud. Pour protéger Tom du soleil, Élise a relevé la capote de la poussette. Elle devrait remercier sa mère pour les pyjamas, mais les mots ne franchissent pas ses lèvres, elle n'aurait pas choisi ceux-là et elle voulait les acheter elle-même. Elle n'a pas eu le temps de protester, Mina a dégainé sa carte bancaire ; maintenant Élise est en colère contre cette prise de pouvoir maternelle, inappropriée, et contre elle-même de n'avoir pas su s'y opposer. Mais elle se tait, l'air est trop lourd pour une dispute, elle commence à avoir mal à la tête et atrocement chaud. Son pantalon de toile pèse des tonnes, son tee-shirt adhère à son dos ruisselant, le soleil darde ses rayons sur son corps brûlant. Un vertige soudain la saisit, ses jambes flageolent. Elle a juste le temps de s'asseoir sur un muret de pierre. Le bas-ventre cisaillé par des tiraillements douloureux, elle sent un ruisseau de sang s'écouler brusquement, gorger sa serviette hygiénique. Une grosse goutte de sueur glisse sur l'arête de son nez et s'immobilise à son lobule, lourde, hésitante. Élise respire à larges bouffées, cherchant à reprendre son souffle, à retrouver son calme.

Comment fait sa mère pour ne pas étouffer avec ce porte-bébé ? Avec Thibaud et sa peau cuisante contre sa poitrine ?

Mina approche l'index du visage d'Élise et recueille d'un geste tendre la goutte tremblante au bout de son nez.

— Ma pauvre chérie, dit-elle, c'est la chaleur, ça va passer.

Elle attrape le biberon d'eau dans la poussette, le lui tend.

— Bois, ça va te faire du bien.

Élise hésite avant d'avaler une longue gorgée qui la soulage un peu.

— Bois encore, l'incite sa mère.

Dans son sommeil, Tom respire par saccades, le teint terreux, les lèvres craquelées. « Il a soif lui aussi », pense Élise, se retenant de boire davantage. Il y a quelques jours, @fantasticmum expliquait que la déshydratation des bébés était rapide, qu'il fallait faire très attention en cas de forte chaleur. Elle lève le biberon devant ses yeux, il reste juste assez d'eau pour lui, elle approche la tétine de la petite bouche sèche. Mais Tom n'ouvre pas les lèvres, Tom dort, Tom n'a besoin de rien.

— Il n'a pas soif, tu vois bien. (Mina lui reprend le biberon des mains.) Ça va mieux ? Tu peux te lever, maintenant ?

Elles rentrent lentement. Élise chancelante, se retenant au bras de sa mère et marchant à pas comptés, comme une petite vieille. Mina sûre d'elle à la tête des deux enfants, Thibaud glissé dans le porte-bébé et Tom recroquevillé dans la poussette.

Quand Élise regagne enfin sa chambre, elle s'allonge les bras en croix, le corps meurtri, l'esprit vide.

— Repose-toi, dit sa mère en fermant la porte derrière elle, je vais les coucher, je m'occupe d'eux.

— D'eux deux, balbutie Élise en cherchant à lutter contre le sommeil.

Elle voudrait se relever, s'en sent incapable. De loin, elle entend Mina marmonner, leur parler, s'occuper d'eux, deux qui font la paire, a dit la vendeuse. Il faut qu'elle sorte de ce lit, Élise a la sensation d'être empêtrée dans son propre corps qui double, triple de volume. La chaleur suffocante accumulée dans la chambre prend possession de tout son être, retient en étau ses jambes pesantes et dures comme du bois, gonfle ses doigts, les gorge d'eau. Elle ne pourra plus jamais retirer son alliance, plus jamais sortir de ce lit. « Mes petits, mes petits. » La voix de Mina lui parvient, distinctement cette fois. Une voix grinçante, inquiétante, presque méconnaissable. Suivent des mots fredonnés, tirés de cette berceuse d'enfance, « Auprès de moi, mon enfant, mon tout-petit » qui font frissonner Élise. « Le voyage n'est pas fini… » À peine commencé pas fini. Pas commencé à peine fini. Tom. Si proche et si lointain. Une appréhension subite aiguillonne Élise avec brutalité. Tom dévoré par Mina. Tom dont Élise pourtant, et elle seule, est la mère. Au prix d'un effort incommensurable, elle rassemble ses lourdes jambes, s'assied au bord du lit et, bravant le vertige qui la saisit, se lève et quitte la chambre en se tenant au mur.

« Ton Tom, tu nous le présentes quand ? Avant ses dix-huit ans, j'espère. » Et Andreas d'éclater d'un rire gras.

En réponse, Romain lui a montré le cliché de Tom assoupi dans le parc.

« Ah, s'ils étaient tout le temps comme ça ! s'est exclamé son adjoint, de sa voix épaisse de vendeur tout-terrain. Quand je pense à la différence entre mon Alba qui hurle dans la journée et mon Alba en photo… Tu es sûr que c'est bien ce Tom-là qui te réveille la nuit ? »

Il assortit son propos d'un clin d'œil entendu à son patron.

Alba, c'était ça. Un joli prénom pour un bébé plutôt laid. Peu après la naissance, Andreas avait prié Natasha de venir parader avec sa progéniture au boulot, et Romain s'était efforcé de trouver « charmante » la nouveau-née vagissante, couverte de croûtes.

Depuis, la réflexion de son adjoint a fait du chemin dans son esprit et, seul dans son bureau, Romain rouvre l'album de son téléphone. Il regarde de nouveau la photo en question. Elle est floue, davantage encore quand il l'agrandit, et l'ombre portée sur Tom obscurcit son visage. On distingue mal ses traits, on les devine plus qu'on ne les voit. Maintenant, cette image le dérange. Elle ne ressemble pas aux autres prises de son fils, qu'il fait défiler à coups d'index nerveux : à la maternité, à la maison, dans son berceau, couché dans leur lit. Celle-ci capturée dans le parc lui cause le même inexplicable malaise que celle des trois générations, Mina, Élise et Tom, prise à l'installation de sa belle-mère chez eux. D'un doigt, Romain se déplace dans l'image. Ému par les mains ouvertes en éventail, il caresse les paumes offertes sur l'écran. Elles lui donnent une brusque envie de rejoindre son fils, de l'avoir dans ses bras, de sentir ses petits doigts se refermer sur le sien. En vrai. Même si, souvent, Tom garde les poings tellement serrés que Romain est obligé de forcer pour y glisser son index. Gêné d'avoir à imposer sa force à plus faible que lui. Surpris par la puissance nerveuse de ce corps jeune de quelques semaines seulement.

Il ferme l'album photo et se demande s'il ne va pas céder à la tentation. Aujourd'hui, c'est l'anniversaire d'Élise. Il a secrètement réservé le charmant boudoir du Manoir des arômes ce soir, mais s'il pouvait rentrer chez lui, là maintenant, débarquer à l'improviste ! Il arriverait avec un immense bouquet multicolore de dahlias, les fleurs favorites d'Élise. Il lui embrasserait la nuque, déposerait un baiser sur le front de Tom occupé à téter dans ses bras et elle lui sourirait, surprise, heureuse. C'est lui qui finirait de donner le biberon. Et Tom le boirait entièrement. D'ailleurs, chaque année, Romain prendrait sa journée pour l'anniversaire de sa femme. Tom aurait grandi, il ferait des dessins sur une petite table tandis qu'Élise s'occuperait de sa petite sœur, puis de son petit frère, car ils auraient trois enfants, un chiffre qu'aimait Paul lui aussi, quoique la vie le lui avait refusé. Trois, aux yeux de Romain, c'était cette idée séduisante que, dans une famille, les enfants soient plus nombreux que les parents.

Malheureusement, sa réunion démarre dans une heure et sa résolution s'écroule. Tant pis, il commencera l'année prochaine, il se le promet ! Mais avant, il veut de nouveau voir son enfant, en vidéo cette fois. Entendre le bruit des battements de son cœur, s'assurer qu'il va bien et le regarder dormir, minuscule dans son pyjama. Il rouvre l'application du babyphone déjà consultée ce matin.

Il est aussitôt assailli par les lettres rouges sur l'écran. Elles recouvrent l'image de son fils, allongé sur le dos dans un pyjama inconnu à nuages, la cheville attachée au bracelet, les bras en croix. Son Tom que Romain dévore des yeux, tétanisé, dans un état de stupeur et d'horreur absolu. Tom recouvert par six lettres rouges, rouge sang, qui clignotent : « DANGER DANGER ». Et ces mots : « Fréquence cardiaque nulle… Fréquence cardiaque nulle. » Non. Non. NOOOON ! Romain tape du doigt sur les chiffres tout en se précipitant dehors, secoue son téléphone, c'est l'application qui déconne, s'il vous plaît, pitié pitié pitié. Et ce silence, profond comme un gouffre ! Élise ! Le téléphone sonne. Messagerie. Mina ! Messagerie. Il est déjà dehors, au volant de sa voiture, laissant sonner et sonner et sonner encore le téléphone de l'une, le téléphone de l'autre, qui répètent en boucle : « Bonjour, c'est Élise, laissez-moi un mes… », « Bonjour, vous êtes bien sur la messagerie de Min… » Écrasant la pédale de l'accélérateur, il hurle dans leurs répondeurs respectifs leurs prénoms.

Hors d'haleine, Romain se rue dans la chambre.

— Tom !

Penchée sur le lit, Mina chantonne à mi-voix « Mon petit, mon tout-petit ».

Romain traverse la pièce comme au ralenti, chaque seconde, insoutenable, s'étirant interminablement, l'empêchant d'approcher son enfant que les barreaux du lit découpent en morceaux, son fils qu'il ne distingue que par bribes. Enfin parvenu au-dessus de sa couche, il est pris d'une violente nausée et, incrédule, horrifié, brusquement vidé de toutes ses forces, il se laisse glisser à terre.

— Qu'est-ce que ça veut dire, qu'est-ce qui se passe ? souffle-t-il.

— C'était huit jours avant la naissance, à l'échographie, dit Mina en se tournant vers lui.

Elle le regarde avec, dans les yeux, une noire détermination, farouche.

— Où est Tom, où est Élise ? crie Romain en se relevant.

Partagé entre l'épouvante et la fureur, il plonge les mains dans le lit, saisit avec violence le corps couché, arrachant le bracelet qui attache le pied de ce Thibaud, cette poupée morbide disparue, réapparue dans le berceau de son fils. Que se passe-t-il ? Que s'est-il passé ?

— Où sont-ils ? hurle-t-il au visage de Mina.

— À l'hôpital.

Mina poursuit d'une voix brisée, le regard vide :

— Comme moi, autrefois, avec ce médecin désolé. Il m'a annoncé ça comme il m'aurait dit : « Je suis désolé, le magasin est fermé. » Désolé. Et moi, sans Paul qui était au travail, je ne…

Les mots se succèdent dans la bouche de Mina et, soudain, c'est comme si elle s'ouvrait tout entière. On dirait qu'elle est enfin vivante comme jamais elle ne le fut aux yeux de Romain qui ne l'a toujours connue qu'angoissée. On dirait qu'elle n'a plus peur, que les digues ont lâché, maintenant que les souvenirs lui reviennent par vagues avec une précision affolante. Il reste sidéré, Thibaud dans les bras, debout dans l'encadrement de la porte.

Élise, encore sous le choc, ne quitte pas Tom des yeux. Elle a glissé son doigt dans sa petite main encore molle, sans réaction. Un tuyau de sérum physiologique court le long de son bras, lui réinjecte le sodium qui lui faisait défaut. Tout est allé très vite après que le médecin lui a eu pris Tom des mains. « Vous êtes venue à temps », a-t-il dit en le perfusant.

Elle a eu si peur ! Lorsque Romain l'a rejointe à l'hôpital, elle l'a vu arriver avec reconnaissance. Elle n'est plus seule. Bouleversé, il s'est assis à ses côtés, en silence, et il a longuement regardé Tom. Tom, hors de danger. Et maintenant, tourné vers elle, il lui raconte son épouvantable peur à lui, et plus encore.

Élise ne quitte pas Tom des yeux, ne lâche pas sa main. Il lui semble que c'est la seule façon pour elle de ne pas pleurer, de ne pas hurler, de ne pas s'horrifier de ce récit inconcevable, impensable. De cette chose confessée par Mina que Romain lui révèle avec des mots simples et sans ambages.

— Tu n'étais pas seule dans le ventre de ta mère. Il y avait un petit garçon avec toi.

Le gouffre en elle, semblable à une fosse noire et glacée, vertigineuse. Et son cœur qui bat à toute allure. Un autre. Elle le sent à ses côtés, il la touche, elle le prend, ils s'agrippent, son rêve étrange revient flotter par bribes sombres et lumineuses, ce disparu soudain réapparu. Et son cœur qui bat si vite, si fort.

— Puis il y a eu un accident. À la fin de la grossesse, le cordon ombilical de ton jumeau a fait des nœuds et lui a coupé l'oxygène. Il est mort. C'était imprévisible, on ne pouvait rien faire, seulement attendre l'accouchement, cinq jours plus tard.

Neuf mois de proximité, de contacts, et puis un jour plus rien. Plus rien que ses mouvements à elle, et la mort à ses côtés. Y est-elle pour quelque chose ? Elle s'effraie. Ce frère inconnu, le plus familier et intime de tous les êtres qu'elle connaîtra jamais, les terreurs de son enfance, ses cris d'angoisse l'arrachant à ses nuits : tout lui réapparaît, par vagues.

— Quand le médecin lui a dit que le cœur d'un des bébés ne battait plus, Mina ne l'a pas cru. Elle affirmait à Paul que ce n'était pas toi qui le faisais bouger en elle, que c'était lui, et lui seul. Il bougeait encore, donc il vivait toujours. Voilà ce qu'elle a cru durant les jours interminables qui ont précédé ta naissance.

« *Ma* naissance, *notre* naissance », corrige intérieurement Élise. Médusée, incapable du moindre geste.

— Vous êtes nés par voie basse. Lui en premier parce qu'il était le plus près de la sortie, et toi ensuite.

Un aîné au monde. Qui l'a quittée sans laisser de souvenir, voilà trente-cinq ans. Les battements de son cœur redoublent à ses tempes. Trente-cinq ans d'un silence parental inexplicable, inexcusable.

— Pourquoi ils ne m'ont rien dit ? murmure-t-elle, la mâchoire serrée.

— Ils n'ont rien dit à personne. Ta mère ne l'a pas vu, pas touché. C'est l'hôpital qui s'est occupé de tout à l'époque, une incinération, sans doute. Paul, lui, l'a vu juste après sa naissance, il a poussé un cri terrible, il a pleuré, puis il n'en a plus jamais parlé.

Élise revoit sa mère, si fière dans le magasin avec les deux bébés, ce Thibaud au regard pur, cet ersatz d'enfant faussement ressuscité. L'importance et l'attention qu'elle accordait à cet être de silicone. Elle se revoit elle-même, serrant sa poupée qui seule parvenait à calmer ses plus terribles cauchemars de petite fille. Et ce *reborn* auquel elle s'est tant attachée… Mina et elle, vivantes pour deux, habitées par un même disparu.

— Mina dit qu'il fallait oublier, c'est tout, que c'est ce que voulait Paul, que c'est ce qu'il avait décidé.

Paul ? Paul a décidé ça ? Ce père, si fort qu'Élise le croyait invincible, si vivant qu'elle le pensait immortel, a vraiment voulu ça ? En un éclair, elle comprend le flottement dans ses yeux, certains jours, quand il la regardait en semblant voir plus loin. Bien avant de mourir lui-même, cet homme-là a donc courbé l'échine devant la mort, à la disparition de son petit garçon, il a capitulé et battu en retraite tel un enfant épouvanté… Dans le regard de Romain, une désillusion semblable à la sienne – Paul n'est pas le père tout-puissant qu'il s'imaginait –, mais également une brève lueur, nouvelle et soulageante : Romain pourra être le père qu'il veut, un père à sa façon, un père unique.

— Ils ont décidé d'oublier le mort pour se concentrer sur ta vie, continue-t-il d'une voix émue.

— Voilà pourquoi ils ne fêtaient jamais mon anniversaire…

Ventre berceau, ventre tombeau, deux images indissociables, inconciliables. Élise reste suspendue à cette superposition insensée, folle. Un tombeau invisible pour celui que Mina n'avait pas pu regarder et qui n'avait pas pu mourir à ses yeux. Un berceau entier, trop grand pour Élise toute seule, dans cette enfance qui les avait si étroitement liées.

— Il se serait appelé Augustin, le troisième prénom de Tom vient de lui.

Elle se penche sur Tom, cherchant dans ses traits quelque chose de ce frère disparu, une trace de ce jumeau perdu. Elle scrute son visage, parcourt son corps, ses jambes, ses bras, suit des yeux le tuyau qui sort de sa veine… avant de se reprendre, horrifiée. Que fait-elle ? À quoi pense-t-elle ? Augustin est Augustin. Tom est Tom. Ils sont deux êtres distincts, ont deux existences différentes. L'un vivant au bout de sa main, l'autre mort dans le ventre où elle a pris vie. Mais que faire de celui qui vient de lui revenir ? Si on ne fait pas quelque chose des morts, si on les enterre sous le silence, ils grossissent et prennent toute la place, il ne faut pas, il ne faut pas taire la mort. Mais comment laisser partir quelqu'un qu'on n'a pas connu ? Et, tout à coup, une évidence se fait jour, qui apaise les battements de son cœur et comble son gouffre intérieur : Augustin est reconnu. Il était là, dès le début, à leur insu. Parce qu'ils ont accolé son prénom à celui de Tom, son souvenir restera gravé dans leur mémoire à tous, pour toujours. Aujourd'hui débute un long chemin, qu'elle fera. Pour que cet enfant perdu prenne sa place. Toute sa place. Rien que sa place.

Et soudain Élise sent. C'est à peine distinct, de la légèreté d'une plume, elle sent la petite main se refermer doucement sur son doigt. Tom, dont la naissance a tout changé. Grâce à lui, l'*infans* sans parole, un mot s'est posé sur les choses tues. Au commencement était le mot, et le mot était en Tom.

Les mains croisées sur son ventre, le visage penché vers le marbre gris, Mina se tient devant la tombe de Paul.

— Tu m'as dit ça, Paul, tu t'en souviens ? À l'époque tu m'as dit : « Il faut oublier. »

Oublier que les utérus peuvent être des tueurs. Oublier que, dans ce ventre où les enfants rêvent, il y a des drames et qu'il faut apprendre à vivre avec. « Vous avez une belle petite fille, en vie, a dit aussi le médecin. Il faut l'oublier, madame. » Oublier quoi, qui ? Cette vague forme, enveloppée dans un linge, qu'on emportait à la hâte pendant que son corps à elle se remettait en travail pour la venue d'Élise ? Qui lui dit que c'était bien lui ? Paul, parce qu'il s'est penché sur le paquet tenu par cette femme en blouse blanche ? À qui ressemblait-il ? C'est la première et dernière fois que Mina a entendu Paul crier de cette façon. Comment oublier ?

— Tu ne m'as rien dit d'autre, je ne t'ai rien demandé. J'ai ravalé ma colère et j'ai essayé d'oublier.

Mina se penche pour enlever un pétale fané tombé sur son prénom. Jusqu'au bout elle avait cru à un miracle et, quand il n'était sorti vivant de son ventre que la petite Élise, elle avait absurdement continué à attendre quelqu'un d'autre en silence, durant toutes ces années. La patience est la grande force des femmes. Elles savent attendre, leur corps sait attendre, leur corps n'oublie pas, lui. Jamais.

Mais, aujourd'hui, c'est fini.

— Je le leur ai dit, Paul. Je sais que tu n'aurais pas voulu, mais je le leur ai dit. Et ça m'a libérée.

Elle est prête à parler, à tout raconter, elle n'a plus peur. La folie est passée à côté, la folie l'a épargnée.

— Je vais enfin pouvoir pleurer notre enfant, Paul. Notre petit garçon bien-aimé, notre fils mort. Après, ça ira mieux. (Elle essuie d'un revers de main cette larme qui lui échappe et a un petit sourire.) Il y aura beaucoup de pleurs, je sais, mais tellement moins de douleur… Tu vois, ton adage ne tient pas toujours.

Elle dépose le bouquet d'anémones sur la tombe.

— Maintenant, c'est là qu'Augustin doit reposer. En paix, à tes côtés.

En quelques heures, son teint a dégrisé, ses fontanelles ne sont plus creusées, ses cernes sont effacés. Il a repris des couleurs. « Votre fils est réhydraté, vous n'avez plus rien à craindre, a assuré le médecin, vous pouvez rentrer chez vous. » « Rentrer avec Tom pour toute la vie », pense Élise en le serrant contre elle et en se rappelant les mots de la puéricultrice à la maternité : « Vous verrez, vous aimerez. »

— On rentre à la maison, chuchote-t-elle à l'oreille de son bébé, et elle suit Romain dans les couloirs de l'hôpital.

— Lili ?

Vanessa s'approche à pas vifs. Instinctivement, Élise serre Tom plus fort contre elle. Il n'est plus question de le lui prêter, encore moins de le lui donner, qu'est-ce qui lui a pris de lui proposer une chose pareille ? Et que fait-elle là ? Son amie semble bouleversée.

— C'est affreux, Véro a complètement buggé. On l'a retrouvée errant dans la rue, à moitié nue, elle avait laissé Adrien dans la chambre fermée à clé, pour le protéger, elle disait, tout seul dans son transat pendant des heures, on a dû défoncer la porte. Heureusement il n'a rien, mais Véro est en plein délire. Elle est internée en psychiatrie depuis ce matin.

Quoi ? La mère parfaite ?

— Les médecins parlent de psychose puerpérale. Ils ne connaissent pas les raisons, trop de pression, peut-être. C'est grave et rare, mais ça se soigne, avec le temps, soupire Vanessa en les accompagnant jusqu'à la sortie.

Derrière ces vidéos paradisiaques de mère accomplie, derrière ces images d'un bonheur sans nuages se cachait une épouvantable lutte intérieure. Invisible, sournoise. Élise éprouve un subit élan de compassion envers la *fantastic mum* aux ailes brisées d'avoir visé trop haut.

— Vous faites quoi, ici ? s'inquiète tout à coup Vanessa. Tom est malade ?

Élise lui explique les raisons de leur présence à l'hôpital et tait le reste. Elle en parlera plus tard, quand l'annonce aura fait son chemin en elle.

Sur le parking, un attroupement s'est constitué autour de deux pompiers.

— Un malaise, sans doute, décrète Vanessa en s'éventant de la main. Avec cette chaleur !

— Merde ! s'écrie alors Romain en découvrant la vitre arrière fracassée de leur voiture. Merde et merde !

— C'est votre véhicule ? demande un des pompiers d'un ton ferme.

Dans les bras de l'autre, Élise reconnaît Thibaud, vêtu du même pyjama nuages que Tom. Romain acquiesce d'un signe de tête.

— Vous êtes malade ou quoi ? lui hurle soudain au visage une femme rouge de colère. Il fait quarante-cinq degrés et vous laissez un bébé allongé en plein soleil sur la banquette arrière d'une voiture fermée à double tour, même pas aérée. Assassin !

— On a dû casser la vitre pour sauver le bébé, explique le pompier dont le regard inquisiteur va et vient d'un bébé à l'autre.

— Vous voyez bien que ce n'est pas un vrai, intervient Vanessa.

— Ce type est un malade ! tempête la femme, à la limite de l'apoplexie.

Si ça continue, c'est elle qu'il va falloir réanimer.

— Calmez-vous, madame, l'arrête le pompier en chef. Vous avez eu peur, c'est normal. Vous nous avez prévenus, c'est très bien, maintenant, calmez-vous et laissez-nous régler ça.

Il fait très chaud sur ce parking, et Élise s'inquiète pour Tom. Que lui importent désormais les regards peu amènes posés sur elle ! Elle explique, les pompiers peuvent demander au médecin, ils vérifient, professionnels, le médecin confirme au téléphone, c'est entendu, qu'ils rentrent chez eux prendre soin de leur petit. Romain passera plus tard faire une déclaration à la gendarmerie.

— C'est surtout pour des questions d'assurance, précise le pompier.

— Si c'est pour ça, alors, s'amuse Romain avec un sourire.

— Et… et celui-là ? s'enquiert le pompier en leur tendant Thibaud.

— Vanessa, propose spontanément Élise.

Son amie ouvre grands les bras sur le vide.

— Ah, non merci, les enfants, c'est fini. Antoine et moi, on fait nos valises, direction l'Amérique latine. Pour commencer.

Elle se penche vers Élise et lui confie, avec un air de conspiratrice :

— Tu sais quoi, ma Lili ? En fait, je ne veux pas d'enfant. C'est juste que, jusqu'ici, je ne m'étais jamais réellement posé la question.

— Tous des malades ! hurle la femme courroucée en s'éloignant.

L'appartement est silencieux, Mina a déserté les lieux. Les placards de sa chambre sont vidés, les draps du lit ôtés, il ne reste plus aucune trace de sa présence.

Ils sont enfin seuls. Romain, Tom et elle. Tous les trois, pour la première fois, semble-t-il à Élise qui dépose en douceur le cosy sur la table de la salle à manger. Romain la rejoint et colle son épaule à la sienne. Maintenant, ils sont ces parents recueillis sur le berceau de leur enfant, émerveillés de le savoir vivant. Tom est réveillé et ses grands yeux, qui ne sont plus bleus du tout, sont ouverts. « Verts comme les miens, un jour peut-être », se prend à espérer Élise. À côté, dans le vase habituel, Mina a laissé un bouquet d'anémones fraîches. C'est plus fort qu'elle. Neuf mois maintenant que Paul est mort, « Le temps d'une grossesse », pense soudain Élise avec ironie et tristesse.

Elle remarque alors un cadeau, grossièrement emballé dans du papier doré. Se tourne vers Romain en souriant, mais il lève les sourcils, étonné. Ce n'est pas lui. Un présent de sa mère pour Tom ?

Avec impatience, Élise arrache le papier, dégage une boîte blanche.

À l'intérieur, elle découvre une paire flambant neuve de baskets connectées autolaçantes. Et, glissés dans l'une des chaussures, ces simples mots : « Bon anniversaire, ma chérie. Maman. »

C'est alors qu'Élise le voit. Ce n'est pas une illusion, sous le voile de ses larmes joyeuses, elle en est certaine. Entouré par les anémones de son grand-père, Tom esquisse son tout premier sourire.

# Remerciements

À Thierry, qui a cru en ce roman dès ses débuts et m'a, tout au long de son écriture, encouragée de sa présence aimante. À Marine, pour sa précieuse disponibilité dans les moments importants. À Alexis, pour son inébranlable confiance, et à Marie, pour son éclairage sur les parentalités douloureuses. À Brigitte, dont le regard s'est régulièrement posé sur moi de façon réconfortante.

Pour le partage de leur expérience avec générosité et bienveillance, je remercie également Marie M., la première à m'avoir confié son histoire de drôle de mère, Viridiana Ferrière et Julie Barrère, qui m'ont ouvert l'atelier Cinébébé, les psychologues Léo Robiou-Dupont, Béatrice Guillemard, Line Petit et Frédérique Millasseau, sans oublier Chantal Birman et les médecins du CHU de Nantes Yolande Carois-Cambazard, Julie Esbelin et Julien Branchereau.

Et, bien sûr, un immense merci à mon formidable éditeur, Grégory Berthier-Saudrais, dont la sensibilité et l'attention sont un soutien de grande valeur, à Marie-Laure Nolet, pour la qualité et la finesse de son accompagnement, et à Céline Thoulouze pour sa confiance.

Et une grande pensée à toutes ces inconnues croisées à la maternité du CHU de Nantes, femmes enceintes ou jeunes accouchées qui, sans le savoir, m'ont aussi inspirée.

Pour en savoir plus
sur les Éditions Plon
(catalogue, auteurs, vidéos, actualités…),
vous pouvez consulter
www.plon.fr
www.lisez.com

lisez!

et nous suivre sur les réseaux sociaux

Editions Plon
@EditionsPlon
@editionsplon

#lisez engagé !
www.lisez.com
Pour plus d'information :
Imprimé sur du papier issu de forêts gérées durablement.

CET OUVRAGE A ÉTÉ ACHEVÉ D'IMPRIMER SUR ROTO-PAGE
PAR L'IMPRIMERIE FLOCH À MAYENNE EN MARS 2023

N° d'impression : 102235
*Imprimé en France*